# THOMAS BREZINA

# Amy Angel

ROMAN

**Bibliografische Information der Deutschen Nationalbibliothek**
Die Deutsche Nationalbibliothek verzeichnet diese Publikation in der Deutschen
Nationalbibliografie; detaillierte bibliografische Daten sind im Internet über
http://dnb.d-nb.de abrufbar.

© 2007 SchneiderBuch
verlegt durch EGMONT Verlagsgesellschaften mbH,
Gertrudenstraße 30–36, 50667 Köln
Alle Rechte vorbehalten
Redaktion: Birgit Arteaga
Umschlaggestaltung und Illustrationen: Hauptmann und Kompanie Werbeagentur,
München-Zürich, Milena Djuranovic
Druck und Bindung: Ebner & Spiegel, Ulm
ISBN 978-3-505-12376-4

07 08 / 8 7 6 5 4 3 2 1

*Jeden Tag ereignen sich Wunder.*

*Oft direkt neben uns.*

*Da wir aber meistens nur in eine Richtung blicken, übersehen wir sie häufig.*

*Manchmal jedoch haben wir Glück. Dann begegnen wir jemandem, der uns hilft zu sehen, wie unglaublich viel Schönes darauf wartet, von uns entdeckt zu werden. Wir können erkennen, wo Liebe schon die ganze Zeit war und wir sie nur nicht beachtet haben.*

*Manchmal begleitet uns jemand eine kurze oder längere Weile durch unser Leben. Wenn sich unsere Wege trennen, dann hat sich vieles verändert. Wir fühlen uns vielleicht stärker, besser, fröhlicher und sogar glücklicher.*

*Wer uns zu dieser neuen Freude im Leben verholfen hat, erscheint uns oft wie ein Engel.*

**Manchmal ist es sogar einer. Selbst wenn er Jeans und ein ausgeleiertes T-Shirt trägt ...**

**Amy wollte ihn umarmen,** nur einmal, nur ein einziges Mal. Sie wollte die Wärme seines Körpers spüren, ihren Kopf auf seine Schulter legen und seine Haut riechen. Manchmal stellte sie sich vor, wie ihre Hände auf seinem Rücken ruhten, seine Muskeln fühlten und sie sich so sicher und geborgen vorkommen würde wie noch nie zuvor in ihrem ganzen Leben.

Wann immer sie an diesen Wunsch dachte, überkam sie eine schreckliche Traurigkeit. Sie wusste, er konnte niemals in Erfüllung gehen. Sie würde ihn weiterhin sehen und auch mit ihm sprechen, nur anfassen würde sie ihn nie können.

Als sie fünf Jahre alt war, erschien er ihr zum ersten Mal. Es war der Tag, an dem ihre geliebte Miss Bixi aus dem Fenster gefallen war. Und wenn sie sich heute, zehn Jahre später, daran erinnerte, spürte sie noch immer einen eisigen Schauer auf ihren Armen und dem Rücken.

Ihre Mam hatte sie früh geweckt. Sie musste zur Arbeit und hatte fast eine Stunde Autofahrt vor sich. Im Winter, wenn es draußen noch finster war, fiel Amy das Aufstehen immer so schwer. Sie quengelte, rollte sich zur Seite, umklammerte den Rand der Bettdecke und presste die Augen fest zu.

Damals, an jenem Tag im November, hatte ihre Mam laut mit ihr geschimpft und versucht, sie an den Händen aus dem Bett zu zerren. Amy hatte sich gewehrt und sich extra schwer gemacht. Schließlich hatte ihre Mam die Geduld verloren. Sie hatte Miss Bixi, die pummelige Puppe mit dem weichen Körper und den langen rotbraunen Haaren, die jede Nacht neben

Amys Kopfkissen liegen musste, ergriffen, war damit ans Fenster getreten und hatte es aufgerissen. Die feuchte, kalte Novemberluft war in Amys Zimmer geströmt.

Ihre Mam hatte sie nicht vorgewarnt, dass sie die Puppe hinauswerfen würde. Sie hatte sie mit spitzen Fingern an einem Plastikbein über das Fensterbrett gehalten, hatte Amy schnaubend angesehen und gewartet, bis diese flehend und wimmernd aus dem Bett gekrochen kam. In ihrem Nachthemd mit den kleinen goldenen Bärchen darauf war Amy zu ihr gelaufen und hatte versucht, nach Miss Bixi zu greifen.

Ob ihre Mam es absichtlich gemacht hatte oder ob es ein Versehen war, das wusste sie nicht. Jedenfalls war Miss Bixi in die Tiefe gefallen. Neun Stockwerke.

Amys Schreck war so groß, dass sie nicht einmal aufgeschrien hatte. Sie konnte sich auch nicht daran erinnern, geweint zu haben. Sie war von ihrer Mutter unsanft in eine grüne Hose und einen orangefarbenen Pulli gestopft worden und hatte in der Küche einen Brei aus Milch und aufgeweichten Cornflakes hingestellt bekommen. Keinen einzigen Löffel hatte sie davon gegessen. Nachdem sie endlich in ihrer dicken Winterjacke steckte, war sie an der Hand ihrer Mam dahingestolpert.

„Miss Bixi", hatte sie immer wieder gesagt. „Miss Bixi."

Erst als sie aus dem Haus in den graubraunen Morgen traten, hatte sie sich losgerissen. Sie war auf die Wiesenfläche, die unter ihrer Wohnung lag, gelaufen. Darauf standen die Rutsche und der Kletterturm, die sie von ihrem Fenster sehen konnte. Sie rannte hin, um ihre Miss Bixi zu holen. Ihre Mam hatte laut nach ihr gerufen, aber darum hatte sie sich nicht gekümmert.

Das Gras war nass und niedergetreten. Vom frischen Grün des Frühlings und dem satten Grün des Sommers war nur noch wenig zu erkennen. Die Halme waren gelblich und müde. Amy fand eine leere Coladose, zerdrückte Kekspackungen und ein paar Bausteine, die dem kleinen Jungen gehörten, der sie immer vom Balkon warf.

Ihre Puppe aber blieb verschwunden.

Lange suchen konnte sie nicht, weil ihre Mutter ihr zornig nachkam. Mit den spitzen Absätzen ihrer Schuhe versank sie in der weichen Erde, was sie noch wütender machte. Sie packte Amy an der Hand und zerrte sie hinter sich her zum Auto. Damals war es ein kleiner, alter Wagen gewesen, mit mattem Lack und der ewigen Sorge, ob er anspringen würde.

Angeschnallt in ihrem Kindersitz hatte Amy geweint. Es waren stille, aber sehr heiße und verzweifelte Tränen gewesen.

„Steh auf, wenn ich dich wecke, und es wird nie wieder geschehen", hatte ihre Mam ihr eindringlich erklärt. Nachdem sie ein Stück gefahren waren und Amys Gesicht ganz nass war, hatte ihre Mam versprochen, eine neue Puppe zu kaufen.

Aber eine neue Puppe war nicht Miss Bixi. Es gab nur eine Miss Bixi.

Am Eingang des Kindergartens hatte Miss Lora gewartet. Sie hatte eine Vorliebe für Kokosnussöl, von dem sie sich viel hinter die Ohren und auf die Handgelenke tupfte. Amy mochte Miss Lora recht gerne, trotzdem brachte sie kein Wort über die Lippen. Sie konnte einfach nicht erzählen, was Schreckliches geschehen war.

Sie war immer eine der Ersten im Kindergarten. Für Kinder wie sie, deren Eltern schon so früh zur Arbeit mussten, gab es eine sogenannte Aufwachgruppe. Sie durften sich auf Matratzen legen und noch ein wenig schlafen. Später saßen sie dann an den kleinen Tischen und bekamen von Miss Lora und den anderen Betreuern aufgeschnittene Äpfel und Orangen, Toast, Cornflakes, Milch und Tee.

Amy hatte sich eine Decke genommen und sich damit auf eine Matratze in der Ecke gekauert. Bis zum Kinn hatte sie die Decke hochgezogen und weiter vor sich hin geweint. Die Tränen hatten einen weißlichen Schleier vor ihren Augen gebildet, durch den sie alles verschwommen gesehen hatte. Sie musste immer an Miss Bixi denken. Wo war sie? Ging es ihr gut? Sie brauchte doch jemanden, der lieb zu ihr war.

Das Licht war von weit her gekommen. Zuerst erschien es wie ein heller Punkt in der Mitte ihres Gesichtsfeldes. Schnell wurde der Punkt größer, bekam einen Körper, Beine und Arme. Amy hatte geblinzelt. Mehrere Male.

Umgeben von einem warmen goldgelben Schein stand er vor ihr. Er sah nicht aus wie die Gestalt auf dem Bild, das ihnen Miss Lora zeigte, wenn sie von Gott und Jesus erzählte. Er trug kein langes weißes Gewand und über seinem Kopf schwebte auch nicht so ein runder Heiligenschein. Er war mit einem T-Shirt bekleidet, auf das ein aufgerissener roter Mund mit herausgestreckter Zunge gedruckt war. Dazu hatte er lindgrüne Badeshorts mit orangefarbenen Seesternen an. Die Zusammenstellung der Farben tat fast in den Augen weh. Damals aber spürte Amy das noch nicht. Seine Flügel, die hinten aus dem Rücken wuchsen, ragten über die Schultern und ihre Spitzen reichten bis zu den nackten Waden. Übrigens hatte der Engel schwarze Flipflops an.

9

Sein Mund war von einem dichten Dreitagebart umrahmt und er lächelte verschmitzt. Mit der Hand strich er sich Strähnen dunkler Haare aus der Stirn.

Amy war er sofort vertraut. Als hätte sie ihn schon einmal gesehen. Aber ohne Flügel.

In seinen großen Händen hielt er, so behutsam und zart, wie sie selbst es nicht besser gekonnt hätte, Miss Bixi. Die Puppe war unversehrt, bis auf zwei nasse Flecken auf ihrem gelben Kleidchen.

Amy wollte sie haben und nach ihr greifen.

Er lächelte. Es war ein so warmherziges Lächeln, voller Liebe. Wie einen Hundewelpen drückte er Miss Bixi an seine Brust und streichelte ihr über den Kopf. Stumm sah er Amy an, als wollte er sagen: Bei mir hat sie es gut, verlass dich drauf. Sei ganz beruhigt.

Lange hatte Amy ihn angeschaut. Es war seltsam, den erwachsenen Mann die kleine Puppe im Arm wiegen zu sehen. Der harte Schmerz in ihrem Herzen war langsam geschmolzen. Und dann hatte der Engel sogar zu ihr gesprochen: „Ich kümmere mich um sie. Hab keine Angst." Seine Stimme hatte so tief und gleichzeitig sanft geklungen.

Amy hatte die Decke weggeworfen und wollte zu ihm laufen, um sich Miss Bixi zu holen. Da aber war er verschwunden und das helle Licht erloschen. Sie war verwirrt, gleichzeitig aber auch getröstet zurückgeblieben, weil Miss Bixi bei ihm ganz sicher gut aufgehoben war.

Aus dem Nichts hatte sie seine Stimme gehört. „Ich werde immer bei dir sein, wenn du mich brauchst. Immer."

Er hatte Wort gehalten.

Zehn Jahre später redete Amy noch immer mit ihm. Sie vertraute ihm alles an, was sie sonst keinem sagen konnte. Bei ihm fand sie Trost und ein verständnisvolles Lächeln für all den Kummer, den sie erlebte.

Und manchmal, wenn sie im Bett lag und zur Zimmerdecke starrte, auf der vage Schatten des Baumes vor ihrem Fenster tanzten, da wurde der Wunsch, ihn nur ein einziges Mal zu umarmen, übermächtig. Sie glaubte dann, nicht mehr aushalten zu können, dass es niemals geschehen würde.

Doch wenigstens erschien er auch heute noch so oft wie früher. Er hörte immer zu. Manchmal mit einer kleinen Falte, die etwas näher bei der rechten Augenbraue war als bei der linken. Manchmal mit einem Lächeln, bei dem er den rechten Mundwinkel etwas höher zog als den linken. Manchmal mit traurigem, mitfühlendem Gesicht.

Hoffentlich würde er auch am nächsten Morgen zu ihr kommen. Es würde ein so wichtiger Tag für sie werden. Sie musste mit ihm darüber sprechen. Er sollte erfahren, was sie plante. Noch nie hatte er versucht, sie von einem Vorhaben abzubringen. Er würde es auch diesmal nicht tun. Trotzdem wollte sie seine Zustimmung, weil sie selbst so unsicher war.

# 1

Die Kanten der Vorhänge schlossen nicht
vollständig. So schafften es die Strahlen der auf-
gehenden Sonne, in das Zimmer einzudringen
und es zu erhellen. Amy hatte geglaubt, die beiden Hälften der geblümten Gardine wirklich gut
zugezogen zu haben. Sie musste an diesem Morgen ausschla-
fen, weil sie sonst wieder diese dunklen Ringe unter den Augen
hatte. An diesem Tag aber durften sie unter keinen Umständen
erscheinen. Sie musste gut aussehen.

So weit das mit ihrem Gesicht überhaupt möglich war.

Das gelbe Licht des Morgens tanzte auf ihrer Bettdecke wie
einer dieser überfröhlichen Menschen, die schon um fünf Uhr
aufspringen konnten, hellwach waren und es von allen anderen auch erwarteten.

Zuerst zog sich Amy die Decke über den Kopf. Darunter
aber war ihr zu heiß und sie bekam nicht genug Luft. Das Gesicht in das Kissen zu vergraben, gab ihr nur das Gefühl, gleich
ersticken zu müssen. Die Augen fest zuzupressen, nützte ebenfalls nichts, denn wenn sie einmal aufgeweckt worden war,
konnte sie nicht mehr einschlafen.

Schnaufend wälzte sie sich auf der Matratze und strampelte
die Decke halb zur Seite. Ein warmer Frühsommertag kündigte sich an. Aus dem Garten ertönte das laute Konzert der Vögel in den Bäumen.

Nicht dass Amy schlechte Laune gehabt hätte. Es war nur einfach noch zu früh. Sie drehte den Kopf zum Radiowecker, auf dem 6:10 Uhr leuchtete.

Das Licht im Zimmer kam nicht nur von der Morgensonne. Sie fühlte es sofort, fuhr sich hastig durch die vom Schlaf verstrubbelten aschblonden Haarsträhnen, stemmte sich hoch und stützte sich auf einen Ellbogen.

Die frühe Uhrzeit war sofort unwichtig und vergessen, weil er da war. Etwas auf ihrem Schreibtisch schien ihn zu interessieren, deshalb kehrte er ihr die blütenweißen langen Schwingen zu. Amy hatte sich schon oft gewundert, wie er sie durch die engen Schlitze in seinem dunkelgrauen Pullover steckte. Die Öffnungen schlossen am Flügelansatz völlig ab. Also mussten die Löcher klein sein. Die Schwingen aber waren an der breitesten Stelle mindestens so groß wie seine beiden Schulterblätter zusammen.

Es rauschte immer ein wenig, wenn er sich bewegte. Die Flügel klappten dann sanft auf und zu wie die zarten Hautflügel eines Schmetterlings.

Das T-Shirt und die Strandshorts trug er schon lange nicht mehr. Er wirkte älter und männlicher als bei ihrer ersten Begegnung. Der dunkelgraue Wollpulli war lässig, genau wie die weit geschnittenen Cordhosen.

„Hallo", sagte Amy und wischte sich verstohlen über das Gesicht. Ihr dickes, verwaschenes Nachthemd klebte feucht auf ihrer Haut. Bestimmt glänzte sie wieder auf der Stirn und der Nase. Sie wollte sich viel lieber schick für ihn machen, doch er zog es vor, sie in Momenten wie diesem zu überraschen.

13

Grüßend nickte er, ohne ein Wort zu sprechen. Da war nur dieses Lächeln, das sich in all den Jahren nie verändert hatte.

„Wenn ich es mache, dann ist es nur heute möglich!", erklärte Amy. Sie war überzeugt, er könne ihre Gedanken lesen, und deshalb machte sie ihm nichts vor.

Noch immer schwieg er.

„Ich mache es, weil es mir viel bedeutet. Weil ich es unbedingt haben möchte. Für mich. Ein Stück von ihm, etwas, das er mit seiner Hand geschrieben hat, das seinen Schwung besitzt und das mir gehört. Es ist dann so, als hätte ich ein bisschen von ihm bei mir. Für immer."

Amy zögerte kurz. Sie schwang die Beine aus dem Bett, legte aber die Decke wieder über sie. Ihre Beine waren so dünn, so entsetzlich dürr. Sie wollte nicht, dass er sie sah. Von ihrem Hinterteil gar nicht zu reden oder von dem Bereich oben herum, wo andere einen Busen hatten. Sie wusste, wie gerne einige Jungen in der Schule hinter ihrem Rücken kicherten und sie Bügelbrett nannten.

„Vielleicht wird es gar nicht klappen. Ich meine, es kann auch schiefgehen. Also ehrlich gesagt, ich glaube selbst kaum, dass ich es schaffe. Wahrscheinlich ist Beatrice danach fürchterlich wütend auf mich, weil ich es tue, obwohl es niemand machen darf. Aber das ist mir egal." Sie atmete heftig wie nach einem kurzen Lauf. „Ja, es ist mir egal, weil … weil ich es so will." Zögernd fügte sie hinzu: „Das … das ist doch trotzdem in Ordnung? Nicht wahr? Ich kann das so machen?"

Er stand nur da, bewegte die Lippen langsam, hob die Augenbrauen und schien zu überlegen.

Schnell ergänzte Amy: „Also, eines gebe ich zu: Wenn ich es

14

habe … also ich werde es schon in der Schule herumzeigen. Es ist etwas, das sonst keiner besitzt. Und … und das ist schon eine feine Sache. Ich meine, ich kenne da einige, die sehr staunen werden. Und alle wollen das auch haben."

Wieder strich sie sich durch ihre dünnen Haare, die sie so gerne viel dichter und kräftiger gehabt hätte. Kein Shampoo, das volleres Haar versprach, hatte bisher sein Versprechen gehalten. Amy hatte sie wirklich alle durchprobiert.

„Sag mir, ist es in Ordnung? Werde ich es schaffen?"

Immer mehr Sonnenlicht strömte durch den Spalt zwischen den Vorhängen. Das Fenster war genau nach Osten ausgerichtet. Amy hatte die untere Hälfte der Scheibe etwas hochgeschoben. Ein sanfter Windstoß wehte herein und bauschte den Stoff. Er brachte den Duft von feuchter Erde, Gras und den alten Rosen, die sich am Zaun rankten.

Oft war es wie in diesem Moment: Er antwortete Amy nicht, auch wenn sie noch so drängend fragte. Je heftiger sie von ihm eine Bestätigung haben wollte, desto zurückhaltender wurde er.

„Bitte!", sagte sie, fast schon flehend. Sie brauchte noch Aufmunterung und Zustimmung, dass sie das Richtige tat.

Langsam nickte er. Er sprach genauso klar und mit tiefer, weicher Stimme wie damals im Kindergarten. „Mach es, Amy. Tu es. Du machst es bestimmt gut."

Mit den Augen eines kleinen Mädchens blickte sie von der Bettkante zu ihm hoch: „Wirst du mich beschützen? Wirst du bei mir sein?"

Er breitete seinen rechten Arm aus, als wolle er ihn einer unsichtbaren Amy neben sich um die Schultern legen.

15

Das war wohl seine Art auszudrücken, dass er sie nicht allein ließ und sie unterstützte.

Über den Flur drang das Rauschen der Dusche aus dem Badezimmer. Henry war also auch schon auf den Beinen. Laut klopfte jemand mit den Fingerknöcheln an ihre Tür: „Amy, aufwachen. Es ist halb sieben. Los, aufstehen."

„Ich bin schon wach!", rief Amy zurück. Schnell wandte sie sich wieder ihm zu. Der Platz am Schreibtisch aber war leer. Im Stillen verwünschte Amy ihre Mutter. Sie hatte ihn wieder vertrieben, wie sie es immer tat.

Nachdem sie sich noch einmal geräkelt hatte, warf Amy die Decke zur Seite und sprang auf. Tapsend ging sie auf die Tür zu. An der Innenseite hing ein langer, schmaler Spiegel, ein Geschenk ihrer Mutter. Amy mochte den Goldrahmen. Was der Spiegel ihr zeigte, mochte sie allerdings weniger. Ein bisschen selbstmitleidig betrachtete sie ihr ovales Gesicht, das ihr so schrecklich langweilig erschien. Mit dem Zeigefinger fuhr sie von Sommersprosse zu Sommersprosse und betastete ihre zu kleine, spitze Nase. Das Einzige, was sie an sich mochte, waren ihre blauen Augen. Es war kein sehr helles Blau, sondern ein tiefes, ungewöhnliches Türkis, aber fast ohne Grün.

Wenn nur ihr rechtes Auge nicht ständig zucken würde. Was wie ein Zwinkern aussah, war in Wirklichkeit eine Bewegung, die Amy nicht unter Kontrolle hatte. Nicht lange nach dem Verschwinden von Miss Bixi hatte das Zucken begonnen. Mit den Fingern drückte Amy gegen die dünne Braue. Die Muskeln um das Auge beruhigten sich. Kaum hatte sie losgelassen, spürte sie schon wieder, wie sie sich zusammenzogen. Es war hoffnungslos.

Auf ihrer linken Wange klebte eine helle Wimper. Amy zupfte sie weg, hielt sie vor ihren Mund und wünschte sich etwas. Sie pustete sie fort und dachte fest an ihren Wunsch. Jetzt musste der Aberglaube nur noch stimmen und ihr Wunsch wirklich in Erfüllung gehen.

In einigen Stunden wollte sie in Händen halten, was sie sich schon so lange wünschte.

Neben der Tür hing das Poster, das ihn fast in Lebensgröße zeigte. Die Hände in den Taschen seiner weiten, ausgewaschenen Jeans, das olivfarbene T-Shirt leicht schief, mehrere Silberketten um den Hals, an denen Haizähne, runde Amulette und lange Krallen baumelten, stand er da. Den Kopf hatte er leicht gesenkt. Sein Haar war dicht und dunkel und lag glatt an, ohne aber frisiert oder ordentlich auszusehen. Leicht von unten sah er sie an. Um seine Lippen spielte ein Lächeln, das Amy unglaublich sexy fand.

„Morgen, Matt", sagte sie leise. Sie blickte über die Schulter zurück in ihr Zimmer. Von drei Wänden schaute ihr Matt in allen möglichen Größen entgegen. Sie war sicher sein treuester Fan. Wenn sie ihn nur nicht mit so vielen anderen Mädchen teilen müsste.

# 2

Später einmal stellte er sich die Frage: Was hätte ich anders gemacht, wenn ich schon am Morgen gewusst hätte, wie grauenvoll der Tag für mich enden würde?

Sofort eingefallen war ihm, dass er gelaufen wäre. Nein, gerannt wäre. Er hätte den besten Jet gechartert, den er am Flughafen bekommen hätte. Oder er wäre hinter das Lenkrad des schnellsten Sportwagens gesprungen und einfach gefahren, gefahren und gefahren. Vollgas, um dem Schicksal zu entkommen.

Über die Idee mit dem Auto lachte er nur kurz. Er lachte über sich selbst, weil doch genauso ein Wagen ihm zum Verhängnis geworden war.

Niemand hatte ihm gesagt, was ihm in nur sechzehn Stunden zustoßen würde. Niemand hatte es geahnt. Es schien ein völlig normaler Tag im Leben des Matt Moor zu sein.

Matt M, wie er sich selbst gerne nannte.

Als er erwachte, lag er auf dem Rücken in einem riesigen Bett. Er verstand nie, wieso die größte Suite eines Hotels immer so ein gigantisch langes und unfassbar breites Bett brauchte. Wenn nicht er in der sogenannten Präsidentensuite wohnte, dann übernachteten hier Staatspräsidenten mit ihren Ehefrauen. Brauchten die Betten, in denen sie gut und gerne noch ihre halbe Verwandtschaft hätten unterbringen können?

Es dauerte immer, bis er zu sich kam. Zuerst wusste er nicht, wo er war. Dunkel erinnerte er sich an Paris. Das Konzert im Fußballstadion war vorbeigegangen als ein Wirbel aus grellen farbigen Lichtern, platzenden Feuerwerkskörpern und einem Rauschen der Töne seiner Musiker. Er war über die lange Bühne gefegt, hatte sich einmal auf den Rücken fallen und den Kopf nach unten zu seinen Fans hängen lassen. Wie sehr er sich beim Singen verausgabt hatte, spürte er noch am leichten Kratzen in seinem Hals.

Nein, er war aber nicht mehr in Paris. Am nächsten Tag war er in seinem eigenen Jet weitergeflogen worden.

Rund um ihn nahm der Raum Gestalt an. Er war viel zu groß für ein Schlafzimmer. Matt mochte weder diese Monsterbetten noch Schlafzimmer, in denen er vom Bett aus die Tür nicht sehen konnte.

Erst jetzt bemerkte er das Kopfkissen in seinem Arm. Er drückte es an sich wie kleine Kinder ihre Kuscheltiere. Angewidert schleuderte er es fort. Es war eine absolut blöde Angewohnheit, die er endlich loswerden wollte. Leider griffen seine Arme im Schlaf von ganz allein nach dem Kissen.

Sein schwarzes T-Shirt roch säuerlich. Die graue Jogginghose war verrutscht und hatte sich um seine Beine gewickelt. Mit dem Handrücken fuhr er sich über das Kinn und hörte das Schaben der Bartstoppeln.

Gut, dass ihn so keiner sah. Superstar Matt M, ungeduscht, verschwitzt, mit dem Abdruck der Falten des Kopfkissens auf der Wange und verquollenen Augen. Er streckte alle viere von sich und gähnte herzhaft laut.

Wenn ihn seine Fans so erleben könnten!

19

Er rollte zur Seite, bis er vom Bett fiel. Seine Zunge fühlte sich an wie Löschpapier. Die Augen noch immer halb geschlossen, stand er auf und ging, vorgeneigt, die Arme baumelnd wie ein Orang Utan, Richtung Badezimmer. Sein Blick streifte eine kleine Standuhr. Es war sieben Uhr morgens. Er kam sich richtig spießig vor, weil er in letzter Zeit so früh wach wurde und meistens schon vor Mitternacht im Bett lag.

Allein.

Er hasste es.

Wie alles in der Suite war auch das Bad gigantisch. Im blank polierten Marmor des Bodens und der Wände spiegelte sich seine Silhouette. Matt stellte die Dusche auf eiskalt und drehte den Hahn voll auf. Noch immer in seinen Schlafsachen stellte er sich in den kalten Regen, der von oben aus einem großen, runden Brausekopf schoss. Er stand einfach nur da und ließ das Wasser an sich herunterströmen.

Der Telefonapparat an der Wand neben dem Waschbecken läutete. Matt hörte es durch das Rauschen und er ahnte, wer anrief. Triefend nass kam er hinter der Glaswand hervor, riss den drahtlosen Hörer von der Halterung und knurrte ein knappes: „Jop?"

„Schon auf?" In der Stimme des Anrufers schwang ehrliches Erstaunen.

„Hi, Robert."

„Es sollte dein Weckruf sein. In zwei Stunden hast du das Interview mit Louisa Nisson. Du weißt!"

„Ja, Robert."

Matt hinterließ eine nasse Spur. Zuerst auf dem Marmor, dann auf dem Teppich des Schlafzimmers und schließlich auf

20

dem Teppich des Wohnsalons. Sein Weg führte ihn zu einer Bar, aus der er eine Halbliterflasche Mineralwasser nahm, diese mit den Zähnen aufschraubte, ansetzte und in einem Zug in sich hineinschüttete. Währenddessen ließ er den Vortrag seines Managers Robert Dalter über sich ergehen.

„Was Louisa Nisson schreibt, schreiben die anderen Zeitungen ab. Du musst sie beeindrucken. Hinter diesem Interview bin ich seit einem Jahr her. Deiner neuen CD tut es auf jeden Fall gut. Du willst doch Nummer eins werden."

„Ja, Robert!"

„Mach auf verletzlicher Junge. Zeig dein neues Tattoo. Das wirkt sexy. Und rede viel über das Konzert heute Abend. Matt hilft den Armen. Zeig, dass du nachdenkst."

„Ich sag dir was, Robert."

„Ja?"

„Du kannst mich mal. Mir geht das so was von auf den Arsch. Sag mir lieber, was mit dem Werbevertrag ist. Für dieses neue Eis. Zahlen sie die zweite Mille auch?"

Am anderen Ende der Leitung suchte Robert Dalter nach den richtigen Worten. Es kam nun darauf an, nichts zu sagen, was Matt reizen könnte. Sonst wäre ein Wutanfall vorprogrammiert. Wutanfall bedeutete Brüllen, Brüllen bedeutete alles Mögliche, was in seiner Nähe war, kaputt schlagen, kaputt schlagen bedeutete schlechte Schlagzeilen in den Zeitungen, und die konnten sie weiß Gott nicht gebrauchen.

„Die Verhandlungen laufen noch, Matt."

„Heißt das, ich bin ihnen das nicht wert?" Matt hob die leere Mineralwasserflasche, die im noblen Parkhotel natürlich aus Glas war.

21

„Ich habe da noch viel mehr vor", beeilte sich sein Manager zu versichern.

Matt stand ein paar Momente starr da, dann ließ er die Flasche wieder sinken.

„Übrigens bist du auf zwei Titelseiten mit dem Konzert heute Abend! ‚Matt M live auf dem Trafalgar Square!' Die Tickets werden bereits für ein paar hundert Pfund gehandelt."

Etwas Unverständliches knurrend, riss Matt eine Schranktür der Bar auf. Er holte eine Dose Chips heraus, zog den Deckel mit den Zähnen ab und leerte sich den Inhalt direkt in den Mund. Robert konnte das Knirschen der Chips hören.

„Louisa Nisson hat sich übrigens von sich aus gemeldet. Ein gutes Zeichen. Sie sieht in dir mehr als den Jungen, der die Mädchen zum Kreischen bringt."

Wahrscheinlich hielt Robert das für eine gute Neuigkeit, Matt aber war sie völlig egal. Er brummte etwas, das nach „See you" klang, und legte auf. Sofort läutete das Telefon in seiner Hand noch einmal. Wieder war es sein Manager.

„Matt, ein Fotograf wird bei dem Interview dabei sein. Der Haarstylist ist schon unterwegs. Ich habe dir aus deiner Lieblingsboutique ein paar Jeans geordert und weiße Hemden, unter denen die Tattoos zu sehen sind. Die Zimmermädchen kommen in einer halben Stunde. Louisa Nisson wollte unbedingt in der Suite mit dir sprechen. Wenn es geht, sei nett zu den Mädchen und bring keine zum Heulen." Er sagte den letzten Satz locker wie einen Scherz, meinte ihn aber bitterernst.

„Was ist mit meinem Maserati?", fiel Matt plötzlich ein. „Heute muss ich ihn kriegen. Sag bloß nicht, diese Stinkstiefel können ihn schon wieder nicht liefern."

„Ich kümmere mich darum", versprach Robert. Das tat er immer. Er kümmerte sich um alles in Matts Leben. Hatte Matt Erfolg, verdiente er viel Geld mit seinen CDs und Konzerten, dann ging es auch Robert gut.

Irgendwie mochte er Matt sogar. Auch wenn dieser es ihm nicht immer leicht machte. Oft erschien es Robert einfacher, mit einer Zeitbombe umzugehen als mit seinem Star.

Nachdem er das Telefon abgeschaltet hatte, ließ Matt sich auf das perlmuttweiße Sofa fallen. Sein nasses T-Shirt und die triefende Jogginghose hinterließen dunkle Abdrücke. Er freute sich schon darauf, den Zimmermädchen zuzusehen, wie sie das Sofa mit dem Föhn zu trocknen versuchten.

# 3

„Die halbe Portion, Amy!" Ihre Mam sagte es so nüchtern und automatisch wie ein Robo-
ter, der nur zu diesem Zweck konstruiert worden war. Sie saß am runden Tisch in der Küche
und hörte die Nachrichten ab, die über Nacht
auf ihrem Handy eingegangen waren.

Amy schluckte, gab aber einen Teil der Cornflakes, die sie in
die weiße Schale geschüttet hatte, in das Vorratsglas zurück.

„Mehr zurück!", befahl ihre Mutter, die ihr den Rücken zu-
drehte und nicht einmal sehen konnte, wie viel Amy noch in
ihrer Schale hatte.

Nur keinen Streit an diesem Morgen. Amy goss Milch über
die dunkelgelben Flocken, dann mischte sie ihr Frühstück sorgfältig mit dem Löffel durch. Den Standardsatz, den ihre Mutter gerne benutzte, wollte sie gerade heute unter keinen Umständen hören. Er lautete: Du willst doch nicht aussehen wie
ein Zahnstocher mit Pickel. Als Zahnstocher bezeichnete sie
Amys Figur, der „Pickel" wäre der kleine Kugelbauch, den
Amy bekommen würde, wenn sie zu viel Chips, Hamburger
oder eben Cornflakes aß.

Neben ihrer Mutter saß Henry im weißen Hemd, mit Schlips
und dunkler Anzughose, wie jeden Tag die aufgeschlagene Zeitung in den Händen. Vor acht Jahren hatte Amys Mam ihn ge-
heiratet.

In der zweiten Klasse hatte Amy ein Bild ihrer Familie gemalt. Das Bild war an die große Pinnwand des Klassenzimmers gehängt worden, wo ihre Mam es ein paar Wochen später beim Elternsprechtag gesehen hatte. Sie war wütend nach Hause gekommen, hatte sich in einem fort ihre kurzen hellbraunen Haare hinter das Ohr gestrichen und Amy ausgeschimpft.

„Was hast du dir dabei nur gedacht? Du machst uns mit deiner Zeichnung unmöglich hier!"

Amy hatte den Zorn ihrer Mutter überhaupt nicht verstanden. Sie hatte Henry – zum Glück bestand er nicht darauf, von ihr Dad genannt zu werden – und ihre Mutter so gemalt, wie sie die beiden jeden Morgen erlebte: Von Henry waren nur die Beine zu sehen. Sein Rest verschwand hinter der riesigen aufgeschlagenen Zeitung. Nur ab und zu griff eine Hand um die Seite und fischte nach der Kaffeetasse oder dem bröseligen Croissant. Und ihre Mutter war über eine Mappe gebeugt, in der sich wichtige Papiere stapelten. Statt eines Gesichts hatte Amy nur den Mittelscheitel gezeichnet. Der Kopf sah dadurch wie ein Hinterteil aus, wie andere Eltern im Klassenzimmer grinsend festgestellt hatten.

Im Stehen löffelte Amy die Cornflakes und spülte eine Tasse Tee hinterher.

„Herrgott noch einmal", ihre Mutter schlug mit der flachen Hand auf den Tisch, ohne das Handy vom Ohr zu nehmen. „Setz dich hin beim Essen. Wie oft muss ich dir das noch sagen?"

Es stimmte. Sie ermahnte Amy täglich. Amy aber wollte so wenig wie möglich von ihrer Mutter beobachtet werden. Diese war nämlich fest davon überzeugt, Amy könnte das Augenzucken abstellen, wenn sie es nur wirklich wollte. Viele ihrer Blicke waren stumme Vorwürfe.

Henry schloss die Zeitung. Zuletzt überflog er die Schlagzeilen der Titelseite.

„Dieser Sänger tritt heute auf dem Trafalgar Square auf", sagte er mit einem spöttischen Lachen in der Stimme. „Armer Lord Nelson. Zum Glück sind seine Ohren aus Stein. Ich wünschte, meine wären es auch, wenn ein Lied von diesem Matt M im Radio kommt und ich nicht rechtzeitig abdrehen kann."

Amy rückte ihren Stuhl zurecht. „Ich mag die Songs von Matt M."

Ihre Mutter sah kurz auf. „In deinem Alter hatte ich auch keinen Geschmack. Das ist normal."

„Aber er macht echt gute Musik. Das finden auch die anderen in der Schule. Und er ist wirklich in Ordnung, er singt heute für die Obdachlosen." Amy bekam immer rote Flecken auf dem Hals, wenn sie sich aufregte.

„Wir müssen einmal zum Arzt wegen dieser roten Flecken", stellte ihre Mutter fest.

„Die Tickets für die Show heute Abend sind verschenkt worden", stichelte Henry weiter und faltete die Zeitung gewissenhaft zusammen, wie er es jeden Tag auch mit seinen Hosen und sogar mit seinen Boxershorts tat.

„Nicht verschenkt. Jeder, der ein Ticket bekommt, muss spenden. Und es werden sehr reiche Leute kommen. Vielleicht sogar jemand, den du vertrittst!" Amy hatte das vage Gefühl, vielleicht gerade einen Treffer gelandet zu haben.

26

Henry lenkte sofort ein. „Auch wenn ich mir das nicht vorstellen kann, sollst du natürlich alles anhören, was dir Spaß macht." Er roch wie gewöhnlich nach Rosmarin und Teer, dem Geruch des Haaröls, mit dem er seine dunklen Haare nach hinten frisierte. Amy wusste, wieso er dieses Öl verwendete. Der schmierige Glanz verdeckte die grauen Strähnen an den Seiten, und das war Henry wichtig.

Ein kurzer Blick auf die Uhr ließ ihn in die Höhe fahren. „Ich muss los. Der Verkehr ist zurzeit absolut verrückt. Um neun Uhr habe ich schon den ersten Termin." Henry war ein hohes Tier in einer großen Anwaltskanzlei in London. Zeitweise arbeitete er Tag und Nacht, dann bekam Amy ihn über Wochen nicht zu sehen. Ihre Mutter sagte nie etwas wegen der Überstunden. Henry verdiente viel Geld, mit dem sie sich das Haus mit den fünf Schlafzimmern und dem Garten in Bromley leisten konnten.

Bromley war ein Vorort Londons, nur zwanzig Minuten mit dem Zug entfernt.

Henry küsste seine Frau flüchtig auf den Kopf und nickte Amy freundlich zu.

„Es wird heute sehr spät. Ich habe nämlich noch eine Sitzung und danach ein gemeinsames Dinner", kündigte er an, bevor er das Haus verließ.

Noch im Badezimmer hatte Amy mit dem Gedanken gespielt, ihre Mutter um Erlaubnis zu bitten. Sie wünschte sich eine Mutter, die zuhörte und verstand, wieso es ihr so viel bedeutete, zu dem Konzert und danach zur Party in einem Hotel in der Nähe zu gehen. Beatrice, Henrys Schwester, die sich mit ihrem Bruder aber nicht sehr gut verstand, arbeitete dort als

Restaurantleiterin und hatte versprochen, sie einzuschleusen. Amy zweifelte keine Sekunde daran, dass Beatrice das gelingen würde. Beatrice schaffte alles, was sie sich in den Kopf setzte.

Die wenigen Worte beim Frühstückstisch hatten sie überzeugt, es wäre besser, die Wahrheit für sich zu behalten und zu lügen, auch wenn sie darin nicht sehr gut war.

„Nach der Schule möchte ich heute mit Tanja noch lernen. Für Mathematik."

Mit dem ausgestreckten Zeigefinger tippte ihre Mutter in rasender Geschwindigkeit auf der winzigen Tastatur des Handys herum. Abwesend nickte sie kurz.

„Ich werde dann vielleicht gleich bei ihr übernachten", log Amy weiter. Sie zog den Kragen des grauen Pullis ihrer Schuluniform höher, falls die roten Flecken stärker wurden.

„Ist ihre Mutter damit einverstanden?"

„Hat bestimmt nichts dagegen."

„Ich will nur nicht, dass es wieder in eine Orgie aus Chips und Limo ausartet."

Gekränkt schloss Amy die Augen und atmete tief aus.

„Bei Tanja darf niemand nach acht Uhr anrufen. Wegen ihrer kleinen Schwester. Sie wird sonst wach und schläft die halbe Nacht nicht", sagte Amy, damit ihre Mutter nicht auf die Idee kam, sie dort erreichen zu wollen.

„Dann sollen sie das Telefon doch auf stumm schalten oder ganz ausstecken." Ihre Mutter sah es wie immer praktisch. Für alles hatte sie einen Rat, wie es besser gehen konnte.

„Das machen sie auch so", sagte Amy schnell.

„In Mathematik kannst du dich wirklich etwas mehr anstrengen. So schwierig ist das nicht."

28

Ohne etwas zu erwidern, löffelte Amy den Rest der Cornflakes und trank eine zweite Tasse Tee.

„Mathematik brauchst du dein ganzes Leben. Besser, du lernst es jetzt richtig."

Die Schuhe mit den glühenden Kohlen fielen Amy ein. Sie schämte sich selbst heute noch für diese Vorstellung. Irgendwann einmal hatte ihr jemand ein Märchen erzählt, in dem die böse Königin am Ende in Schuhen tanzen musste, die mit glühenden Kohlen gefüllt waren. Der Tanz war erst zu Ende, als die Königin tot zu Boden fiel.

Es war ein Jahr nach dem Verschwinden von Miss Bixi. Ihre Mutter hatte damals begonnen, mit Henry auszugehen. Er hatte sie eines Abends aus der Wohnung im Hochhaus abgeholt. Amys Mam war spät von der Arbeit gekommen und hatte noch unter der Dusche gestanden, als Henry klingelte. Amy hatte den Türöffner für das Eingangstor gedrückt. Danach war sie in das Schlafzimmer der Mutter gelaufen, wo ein neues Kleid aus dunkelblauer Seide mit dünnen Trägern auf dem Bett bereitlag. Amy hatte es sich über ihren Pulli und die Spielleggings gezogen und war in der Diele in Mams Stöckelschuhe geschlüpft. In dieser Verkleidung hatte sie Henry geöffnet.

Er hatte sie angestarrt, als wäre sie ein kahl rasierter Pudel, sich aber schnell gefangen, gequält gelächelt und irgendetwas Hilfloses gestammelt. Eingehüllt in einen Bademantel war ihre Mam aus dem Bad gestürmt, als Henry Amy gerade die Frage stellte, mit der sich Erwachsene gerne retteten. Sie lautete: „Was möchtest du später einmal werden?"

Vor dem Spiegel stehend hatte sich Amy gedreht und bewundert. Das Kleid schlotterte an ihrem zarten Körper.

„Schönheitskönigin", hatte sie geantwortet. Am Abend zuvor hatte sie eine Misswahl im Fernsehen gesehen und beschlossen, dass sie auch einmal eine kleine Krone auf den Kopf gesetzt bekommen würde.

Hinter ihr hatte ihre Mutter gelacht. Es war ein Lachen, das Amys Traum zerschmetterte. Henry hatte unsicher zwischen dem dünnen, kleinen Mädchen und seiner Mutter hin- und hergesehen, die sogar im Bademantel eine elegante Erscheinung war. Schließlich hatte er in das Lachen eingestimmt.

Damals hatte Amy sich ihre Mutter in den riesigen Schuhen vorgestellt, die mit glühenden Kohlen gefüllt waren. Sie hatte den Rauch aufsteigen sehen und in ihrer Fantasie ihre Mutter bis zum Umfallen tanzen lassen.

In der Nacht war sie ein paar Mal schreiend aufgewacht. So sehr schämte sie sich für ihre Gedanken und wünschte, sie könnte sie ungeschehen machen und für immer aus ihrem Gehirn löschen. Aber das schien nicht möglich. Selbst so viele Jahre danach drängte sich das Bild ihrer Mutter in den tödlichen Schuhen vor ihre Augen.

Das Handy gab ein ungeduldiges Piepsen von sich. Ihre Mutter las etwas von der Anzeige ab. „Ich muss los." Der im Telefon eingebaute Kalender hatte sie gerade an einen Termin erinnert. Sie lief um den Tisch zu Amy und kniff sie in die Schulter. „Mathematik ist wichtig, vergiss das nicht."

„Ja, Mam!"

Wenig später fiel die Haustür zu und Amy war endlich alleine. Sie stand sofort auf und warf zwei Scheiben Vollkornbrot in den Toaster. Dann lief sie in ihr Zimmer und riss die Türen ihres Schrankes auf.

Was sollte sie heute Abend anziehen? Jeans? Diese Hippie-bluse? Oder die sandfarbene Leinenhose, zu der sie ein Jackett besaß, und darunter das schwarze T-Shirt mit der Rose aus Glit-zersteinen? Ihre Mutter mochte das T-Shirt nicht sehr, was Amy dazu brachte, es auszuwählen. Um etwas größer zu er-scheinen, lieh sie sich die schwarzen Riemchensandalen mit den hohen Absätzen ihrer Mutter. Sie würde sie nicht vermissen, denn in der kleinen Kammer neben der Haustür warteten min-destens fünfzig andere Paar Schuhe auf langen Regalbrettern.

Sorgfältig verstaute Amy die Klamotten für den Abend in einer länglichen Tasche. Dabei blickte sie an sich hinab, sah den grauen Pulli und den grünen Faltenrock der Schuluniform und schüttelte sich. Sie gefiel sich in fast keiner Kleidung, in der Uniform aber fühlte sie sich wie ein verkleideter Geier.

Darin konnte sie Matt nie gegenübertreten. Niemals!

# 4

„Haare wie ein junger Gott!", schwärmte der Haarstylist. Er tänzelte um Matt herum, der im Schlafzimmer auf einem Stuhl hing und sich einen Zeichentrickfilm im Fernsehen ansah. Der Stylist nannte sich Felipe, hatte aber nichts Spanisches an sich. So wie er mit spitzen Fingern an Matts festem Haar zupfte, jede Strähne einzeln legte oder aufrichtete, würde er noch Stunden für die Frisur brauchen.

„Werd endlich fertig", knurrte Matt ihn an. Mit den Zehen schob er den Saum des Bademantels hoch und bewunderte das neue Tattoo auf seiner Wade. Es war eine Schlange, die sich von oben nach unten um das Bein wand und knapp über dem Knöchel das Maul weit aufriss und die Giftzähne vorstreckte. Sie würde unter seinem Hosenbein hervorschauen, wenn er tief in die Hocke ging oder in die Höhe sprang. Ein guter Effekt, da war er sicher. Die Fotografen würden das Tattoo lieben und vielfach knipsen. Es war ein gutes Motiv für die Klatschzeitungen, in denen bereits gerätselt wurde, was die Schlange zu bedeuten hatte.

Jemand klopfte schüchtern an die Tür des Wohnsalons.

„Ja?", rief Matt und ließ hören, wie lästig es ihm war, wer auch immer draußen stand.

Ein Zimmermädchen trat ein, das vor Aufregung am ganzen Körper bebte.

Matt ließ aus Gewohnheit einen prüfenden Blick über die Brüste des Mädchens wandern und von dort nach unten auf die Beine.

Wie konnte jemand nur so flach sein? Matt wandte sich ab und spürte, wie ihm übel wurde. Er hasste diese jämmerlichen Mädchen, die vor ihm krochen.

„Das Wohnzimmer wäre fertig, Sir."

Sie nannte ihn Sir. Bestimmt hörte sie seine CDs und träumte auch von ihm. Jetzt sagte sie „Sir" zu ihm, als wäre er zweihundert Jahre alt.

„Kann ich noch etwas für Sie tun, Sir?"

„Einfach nur abhauen", brummte Matt, laut genug, dass sie es hören konnte. Aus den Augenwinkeln beobachtete er, wie sie einen hochroten Kopf bekam. Er verspürte aber kein Mitleid. Wer so aussah, der konnte nichts anderes erwarten, als von ihm abgefertigt zu werden.

Auf dem schnellen Rückzug stieß das Zimmermädchen in der Tür mit einem jungen Mann zusammen. Er hatte sich mit bedeutungsvollen großen Schritten genähert und sagte mit sehr fester Stimme: „Hi, Matt, dein Outfit, das du bei uns bestellt hast." Er winkte hinter sich, und zwei Mädchen mit wichtiger Miene schleppten einen Arm voller Jeans und einen Berg Hemden herein. „Matt, willst du aussuchen oder soll ich etwas zusammenstellen?" Der Mann sprach, als würden sie einander schon lange kennen, obwohl Matt ihn noch nie gesehen hatte.

Das größere der beiden Mädchen, dessen kantiges Gesicht von gelackten Haarsträhnen umrahmt wurde, warf ihm einen Blick unter den langen Wimpern zu. Matt fing ihn auf und begann mit ihr zu flirten.

33

„He", sagte er gedehnt, „He, du, wie heißt du?"

Das andere Mädchen rümpfte eifersüchtig die Nase.

„Meg", antwortete ihre Kollegin betont tief und rauchig.

„Meg, was soll ich anziehen? Worin würde ich dir am besten gefallen?"

Sofort drückte Meg dem Burschen die schweren Jeans in die Arme, wühlte suchend darin herum und zog ein Paar heraus, das über den Knien und auf den Schenkeln künstlich aufgerissen war. Die Taschen waren mit Nieten eingefasst und ein breiter Lederlatz konnte an den Hüften umgeschnallt werden. Ein Drache aus Messingnieten spuckte darauf Feuer. Aus den Hemden, die ihre Kollegin kaum noch halten konnte, zog Meg ein blütenweißes mit schwarzen Manschetten. Sie hielt die Teile übereinander, damit Matt einen Eindruck bekam, wie sie angezogen aussehen würden.

„Ich wusste, du hast Geschmack, Baby!"

Siegessicher lächelte Meg ihn an, ohne ein Wort zu sagen.

Grob fuhr Matt Felipe an, der gerade eine Dose Haarspray schüttelte.

„Wie lange dauert dein dämliches Gezupfe noch? Kannst du nicht schneller?"

Felipe riss die Hände in die Höhe. „Verzeihung, Verzeihung, aber ich will später keine Beschwerden."

„Ach, verzieh dich", schnauzte Matt, sprang auf und versetzte dem schlaksigen Felipe einen Stoß gegen die Schulter. Der Haarstylist stolperte nach hinten.

Matt ging auf Meg zu und nahm ihr die Kleidungsstücke aus den Händen.

„Kommst du zum Konzert?", fragte er sie leise.

„Keine Karte!", erwiderte Meg mit einem bedauernden Schulterzucken, das aber etwas Gleichgültiges hatte.

„Kriegst du von mir. Aber nur, wenn du nachher zur Party kommst." Er hatte die verführerische Miene aufgesetzt, die immer wirkte.

„Na gut!"

Es machte ihn verrückt, dass Meg nicht in große Begeisterung ausbrach.

„Klopf, klopf!", sagte jemand an der Tür.

Da er sich gestört fühlte und dieses Trampeltier von Zimmermädchen erwartete, brauste Matt sofort auf: „Jetzt mal alle raus, verstanden?" Mit einer schnellen Bewegung packte er Meg am Handgelenk, um sie zurückzuhalten.

„Verzeihung, wir haben einen Termin. Im Salon war aber niemand." Die Dame in der Tür strahlte eine unnahbare Kühle aus. Sie hatte eine große Handtasche über dem Arm hängen und ließ ihre Augen über jede Kleinigkeit des Schlafzimmers wandern.

Sofort wusste Matt, wer vor ihm stand. „He, Louisa", rief er, als hätte er niemand anderen in diesem Moment sehen wollen. „Ich bin gleich bei Ihnen. Tee vielleicht, oder Kaffee? Frühstück? Ich hatte noch keines!"

Die Journalistin lächelte ihn auf eine Art an, die erst gar nicht versuchte, ihm näher zu kommen. Ganz im Gegenteil, sie schien den Abstand vorzuziehen. Je größer, desto besser.

Meg wurde von ihrem Chef Richtung Ausgang dirigiert.

„Die Karte kriegst du", raunte Matt ihr noch schnell zu. Dann aber widmete er sich voll und ganz Louisa Nisson. „Ich schlüpf nur schnell da hinein." Er bedeutete Felipe, ebenfalls zu verschwinden. Als er endlich allein im Schlafzimmer war, schloss er mit Nachdruck die Tür, lehnte sich mit dem Rücken dagegen und schnaubte wie ein Pferd.

Im Badezimmer zog er sich an und sprühte eine Wolke seines Lieblingsduftes über sich. Bevor er in den Salon ging, drückte er auf seinem Handy die Taste 0. Sofort wurde die Nummer seines Managers gewählt, der sich nach dem ersten Klingeln meldete.

„Ist sie schon da?", lautete seine Frage.

„Du machst mir Stress. Der Haartyp und die Klamotten waren zu spät. Bestell Frühstück, alles, was dieser miese Schuppen zu bieten hat." Da er keine Lust auf gute Tipps von Robert hatte, legte er einfach auf.

Im Wohnsalon war nur noch die Journalistin. Sie schlenderte an der Fensterfront entlang und genoss den Ausblick auf die Dächer Londons. Von hier oben, aus dem 32. Stockwerk, konnte man den Big Ben, das Riesenrad am Ufer der Themse und sogar die St Paul's Cathedral sehen. Die Parks bildeten weite Flecken von frischem Grün und strahlten mit dem Blau des Himmels um die Wette.

Matt schätzte Louisa Nisson auf Mitte vierzig. Sie war langweilig gekleidet. Sandfarbene Hose, flache Schuhe und eine braune Jacke aus weichem Rauleder. Weder die schulterlangen, glatten Haare waren auffällig, noch das dezent geschminkte Gesicht. Es würde ein leichtes Spiel. Solche Frauen konnte Matt ganz einfach um den Finger wickeln.

Er blieb an der Tür zum Wohnsalon stehen, senkte den Blick und bemühte sich, wie ein kleiner Junge zu schauen, der getröstet werden musste. Er nannte es den „Gebrochenen-Flügel-

Blick", weil er an einen Vogel erinnerte, der einen gebrochenen Flügel hatte.

„Hi noch mal."

Louisa wandte sich ihm zu. Sie musterte Matts neues Outfit aufmerksam, aber er konnte von ihrem Gesicht nicht ablesen, ob es ihr gefiel oder nicht.

„Ich habe uns Frühstück bestellt."

„Keine Umstände meinetwegen", sagte Louisa Nisson und machte eine wegwerfende Handbewegung.

„Ach, ich habe selbst Hunger."

„Gestern Abend noch an einem Song gearbeitet?"

Matt log, ohne auch nur eine Zehntelsekunde zu zögern. „Ja, woher wissen Sie das?" In Wirklichkeit hatte er sich zuerst einen Film reingezogen und danach die neuen Computerspiele ausprobiert, die er sich hatte bringen lassen.

„War nur eine Vermutung."

Irgendetwas an ihr störte Matt. Er glaubte sehr schnell zu wissen, was es war: Sie bewunderte ihn nicht. Überhaupt schien sie nicht sehr beeindruckt von ihm und der Präsidentensuite zu sein. Na gut, dann würde er seine Taktik eben ändern. Mit großen Schritten ging er zum weißen Sofa, dessen Kissen von dem widerlich schüchternen Zimmermädchen einfach umgedreht worden waren, um die feuchten Flecken zu verbergen, und ließ sich hineinfallen. Er streckte die Beine aus und legte die Arme auf die Rückenlehne. Gemütlich fläzend sah er zu ihr hoch, ohne ihr einen Platz anzubieten.

„Kann losgehen. Was wollen Sie wissen?" Wenn der „Gebrochene-Flügel-Blick" nicht wirkte, setzte er auf Frechheit. Das gefiel ihm ohnehin besser.

Die Journalistin nahm ihm gegenüber in einem ebenso weißen Sessel Platz und stellte ein kleines Aufnahmegerät auf den Couchtisch, das Mikrofon auf Matt gerichtet.

Das Interview begann mit harmlosen Fragen. Es ging um sein Leben in New York, das Anwesen, das er im Süden Englands besaß, und um seine Leidenschaft für schnelle Autos. Sie fragte ihn nach seiner neuen CD, von der er begeistert schwärmte, und sie wollte wissen, wie er sich gefühlt hatte, als er vor sechs Jahren, mit gerade neunzehn, Nummer eins der Hitparade wurde.

Das Frühstück wurde auf drei Servierwagen hereingeschoben. Matt nahm grünen Tee, wie sein Gesundheitsberater ihm empfohlen hatte, dazu eine Schüssel, in der er Fruchtsalat, Joghurt und Müsli verrührte. Louisa Nisson knabberte an einer Scheibe Toast und nippte an einer Tasse Kaffee. Die gebratenen Eier, der Champagner, Lachs, Käse und Schinken würden unberührt zurückgehen.

Die nächsten Fragen betrafen seine Familie. Matts Vater hatte den großen Erfolg seines Sohnes nicht mehr erlebt. Er starb bei einem Arbeitsunfall in seiner Autowerkstatt, als eine Hebebühne ihn erdrückte. Damals war Matt erst elf Jahre alt gewesen. Seine erste E-Gitarre hatte er bereits geschenkt bekommen. Seine Mutter hatte er vor drei Jahren verloren. Sie war an Krebs erkrankt und Matt hatte nach ihrem Tod einen Song für sie geschrieben. „Dear one" war der Titel und er hatte ihm wieder einen Nummer eins Hit beschert.

„Angeblich haben Sie diesen Song aber schon lange fertig gehabt. Er soll absichtlich erst veröffentlicht worden sein, nachdem Ihre Mutter gestorben war, und gar nichts mit ihr zu tun haben!" Völlig unerwartet hatte Louisa Nisson den ersten Giftpfeil abgeschossen. Da Matt nicht darauf vorbereitet war, wurde er voll getroffen. Er ließ den Löffel sinken, auf dem sich Früchte und Müsli türmten, und starrte sie zuerst ertappt, dann aber feindselig an.

„Wenn du berühmt bist, darf wirklich jedes Arschloch über dich jeden Scheiß erzählen!"

Wie eine geduldige Mutter drehte Louisa Nisson den Kopf leicht zur Seite, als hätte sie nicht gehört, was Matt gerade von sich gegeben hatte. Sie bückte sich zu ihrer Tasche, die neben ihren Beinen stand, und kramte kurz darin. Mit einem gefalteten Zettel in der Hand, richtete sie sich wieder auf und sah auf die flüchtig hingekritzelte Notiz. „Heute Abend wird Geld gesammelt für Obdachlose."

Erleichtert, dass sie das Thema wechselte, schaufelte sich Matt mehr von seinem Frühstücksgemisch in den Mund, kaute hastig und würgte es hinunter. Er brauchte dringend etwas im Magen, um diese Kobra zu überstehen. Am liebsten hätte er sie vor die Tür gesetzt, aber er dachte an Roberts Ermahnungen und die Auswirkungen, die ihr Artikel auf den Verkauf seiner neuen CD haben könnte.

„Wieso stellen Sie sich in den Dienst dieser Sache?", wollte Louisa wissen.

Dazu hatte Matt eine nette Geschichte auf Lager. Er erzählte von einem Mann, der in der Nähe des Hauses seiner Eltern Nacht für Nacht im Eingang eines Ladens geschlafen hatte. Als Matratze musste ihm Wellpappe genügen, auf der er neben zwei Plastiktüten lag, in denen sich seine gesamte Habe befand. Eines Tages aber war der Mann nicht mehr da gewesen.

Erst drei Jahre später hatte Matt ihn wiedergesehen. Er arbeitete in einem Café. Ihm war von einer Organisation geholfen worden, die ihm ein Dach über dem Kopf besorgt hatte. Jetzt hatte er eine Bleibe und Arbeit und war glücklich. Matt wollte etwas dazu beitragen, dass vielen dieser Leute, bei denen der Zug von den Gleisen gesprungen war, geholfen werden konnte. Deshalb wollte er an diesem Abend singen.

Es irritierte Matt sehr, dass die Journalistin ihm nicht wirklich zuzuhören schien. Sie malte auf dem Zettel herum, als wartete sie nur darauf, dass er endlich fertig war. Nachdem er ausgesprochen hatte, nahm er einen großen Schluck Tee.

Louisa Nisson legte den Kopf leicht schief und sah ihn lange schweigend an.

Verdammt noch mal, was kam als Nächstes?

„Wieso helfen Sie Naomi nicht?"

Fünf einfache Wörter, die eine Frage bildeten, die für jeden anderen völlig harmlos war. Fünf einfache Wörter, die Matt wie ein Peitschenhieb trafen. Er öffnete den Mund, schloss ihn wieder, öffnete ihn erneut. Es klang nicht überzeugend, als er zurückfragte: „Wer soll das sein? Ich kenne keine Naomi!"

Um ihn zappeln zu lassen und doch noch zu einer Aussage zu bringen, spielte Louisa mit ihrem Bleistift, indem sie ihn zwischen den Fingern jonglierte. Schweigend sah sie Matt in die Augen. Sie ließ keinen Zweifel daran, dass sie seine Lüge durchschaut und herausgefunden hatte, was er zu verbergen versuchte.

Auf einmal wurde Matt übel. Die Wut in ihm erzeugte ein Gefühl, als würde er platzen. Er musste seine ganze Beherrschung aufwenden, um diese Louisa nicht anzubrüllen und vor die Tür zu setzen. So nebensächlich wie möglich sagte er: „Nächste Frage. Ich muss gleich los."

Sein Herz hämmerte wie verrückt. Er spürte, dass er unter den Achseln schwitzte. Wer hatte der Schreib-Tussi diese Info zugesteckt? Es gab überhaupt nur einen Menschen, der es wusste. Also musste er es gewesen sein. Den Grund konnte sich Matt absolut nicht erklären.

Aber seine Wut war grenzenlos.

# 5

„Schulversammlung! Er gibt etwas bekannt!" Mit beiden Armen winkend kam Tanja
vor dem Schulhaus auf Amy zugestürmt. In kleinen Gruppen standen Jungen und Mädchen in
der Morgensonne, die erst seit einigen Tagen
sommerliche Kraft zeigte.

Das Haupthaus der St Patrick Schule stammte aus der Zeit
von Königin Victoria und strahlte mit seinen zahlreichen Er-
kern, Säulen und Bogenfenstern etwas sehr Würdevolles,
Standhaftes aus. Die Fassade sollte eigentlich cremeweiß glän-
zen, war im Laufe der Jahre aber mehr und mehr verblichen
und von Autoabgasen grau und matt. Mr Patridge, der Direktor, hatte bereits mehrmals an die wohlhabenden Eltern einen
Appell gerichtet, für die Renovierung der Schule zu spenden,
aber kein Gehör gefunden. Die meisten Eltern empfanden die
Höhe des Schulgelds der Privatschule mehr als ausreichend
und waren nicht bereit, noch mehr zu bezahlen.

Tanjas kurzes Haar, das sie blauschwarz gefärbt hatte,
bewegte sich kein bisschen. Mit viel Gel hatte sie es in spitzen
Strähnen nach hinten gestylt und sah aus, als wäre sie nach
dem Haarewaschen in einen Windkanal geraten. „Versamm-
lung in der Halle. Zeus spricht zu uns", verkündete Tanja voller Vorfreude. Mit Zeus meinte sie den Direktor, dessen Spitz-
name vom griechischen Göttervater Zeus abgeleitet war.

Amy nickte, war mit den Gedanken aber bei ihrem Vorhaben für den Abend.

„Es geht sicher um den Schulball. Es sind nur noch zehn Tage bis dahin. Mami und ich fahren am Samstag in die Stadt und suchen ein Ballkleid für mich." Tanja wiegte die Hüften. „Ich habe mindestens hundert Zeitschriften durchgeblättert und mir tausend Ballkleider angesehen. Aber ich kann mich nicht entscheiden, ob ich mir etwas Enges, Körperbetontes nehmen soll oder besser ein Kleid, das oben herum eng ist und unten mehrere Tüllröcke übereinander hat. So eine schwingende Glocke ist doch elegant. Findest du sicher auch! Nicht?"

„Ja, sicher. Bestimmt!" Amy zog die Stirn kraus. Als gäbe es für sie nichts Wichtigeres, als über Tanjas Ballkleid-Entscheidung nachzudenken. Ihre eigene Mutter hatte auch schon angekündigt, mit ihr einkaufen gehen zu wollen. Lust hatte Amy dazu aber so gut wie keine. Ihre Mutter würde bestimmt wieder nur bei jedem Kleid, in das Amy von den geschäftigen Verkäuferinnen gesteckt wurde, dieses ‚Warum-habe-ich-keine-schicke-Tochter-Gesicht' aufsetzen. Nein, vielen Dank, Amy konnte sehr gut darauf verzichten.

Am anderen Ende des Vorplatzes standen einige Jungen aus der Parallelklasse. In St Patrick wurden Jungen und Mädchen in getrennten Klassen „gehalten", wie Tanja es nannte. Für sie war das eine Notwendigkeit, da sie Jungen prinzipiell für untergeordnete und niedere Lebewesen hielt.

„David hat eine neue Frisur", sprang Tanja zum nächsten Thema, wie es ihre Art war.

David war etwa einen halben Kopf größer als die anderen Jungen. Sein dunkelblondes Haar hatte er in breiten Strähnen quer über den Kopf und in die Stirn frisiert. Lässig hing seine schwarze Tasche, aus der oben Ränder von Heften und Büchern ragten, über seiner Schulter.

Amy hatte den Verdacht, dass Tanja David als nicht ganz so unterentwickelt wie alle anderen Jungen empfand. Sie konnte ihr in diesem Fall auch nur zustimmen, denn auch ihr gefielen seine schlaksige Art zu stehen und zu gehen und das freche Grinsen, das er so oft aufsetzte.

Ein Junge mit wildem Wuschelkopf neben David winkte Amy zu. Sie hob grüßend die Hand. Es war Robin, neben dem sie die ersten vier Schuljahre gesessen hatte, als die Klassen noch gemischt waren.

Hinter sich hörte sie eine Stimme, die gewohnt war, laut zu sprechen und immer gehört zu werden. Ohne sich umzudrehen, wusste Amy, wer da redete.

„Ich meine, diese schwarzen Seidenpullis sind so grässlich mittel und noch tiefer. Das tragen doch nur Leute, bei denen man das große Gähnen bekommt, wenn sie ins Zimmer kommen. Die fasst ja noch nicht einmal meine Granny an und die ist fast hundert."

Zwischen Tanja und Amy fiel ein langer, schlanker Schatten. Er gehörte Fiona, die nicht dürr, sondern schlank war und von den Jungen gerne wegen ihrer langen Beine bewundert wurde. Die Schuluniform, die Pflicht war, trug sie, als wären es Designerklamotten. Schuhe, Gürtel, Umhängetasche, Brille, Armband, Uhr und Halskette hatten alle die Namen teurer Marken. Sie roch sogar teuer. Es war nicht einer dieser Düfte, die man in jeder Parfümerie bekam. Sie hatte den anderen einmal das kunstvoll geformte Fläschchen gezeigt und selbst Mühe gehabt, den französischen Namen auf dem Etikett richtig auszusprechen.

„Hallo!", sagte Fiona plötzlich eine ganze Oktave höher. Ihr fiel etwas ein und sie begann suchend in der großen Umhängetasche zu wühlen. Die Hefte, Bücher, Schreibsachen und Unterlagen, die sie herauszog, streckte sie einfach in Amys Richtung. Es war für sie selbstverständlich, dass Amy sofort zugriff und ihr Zeug hielt.

„Hast du eine?" Neben Fiona schlüpfte Kristin aus ihren Stöckelschuhen. Amy bewunderte sie fast für die Qual, die sie jeden Morgen auf sich nahm. Um größer zu erscheinen, stelzte Kristin Tag für Tag in Schuhen mit so hohen Bleistiftabsätzen, dass sie fast nur noch auf den Zehenspitzen ging, zur Schule. Während des Unterrichts waren solche Schuhe natürlich verboten und zu ihrem Leidwesen musste Kristin sie am Schultor gegen flache Collegeschuhe tauschen. Jedes Mal sah es so aus, als würde sie von einem Podest steigen und auf Zwergengröße schrumpfen. „Du hast keine! Du tust nur so, gib's doch zu!", bohrte sie weiter.

„Ta-taaaaa!" Mit einem siegessicheren Lächeln schwenkte Fiona zwei lange, breite Tickets im Sonnenlicht. Der Name war groß und fett aufgedruckt: Matt M.

Amy spürte ein Jucken am Hals und nestelte am Kragen des Poloshirts herum, das sie unter dem Pulli trug.

„Wo hast du die Tickets her? Wie hast du sie bekommen? Ich habe das ganze Internet abgesucht, aber nur Tickets zu Wahnsinnspreisen gefunden. So viel hast du doch nicht gezahlt, oder?" Tanja wollte es wie immer bis ins kleinste Detail wissen.

45

„Mein Dad kennt den Bürgermeister und das Konzert ist doch seine Idee gewesen. Also hat Dad nur im Büro des Bürgermeisters anrufen müssen." Fiona sprach darüber, als könnte das wirklich jeder.

Gierig klebten Kristins Augen auf den Karten. „Für wen ist die zweite?"

„Für meine beste Freundin natürlich!" Fiona warf Tanja einen gütigen Blick zu. „Sorry, bitte nimm es nicht übel. Du bist wirklich fast meine beste Freundin."

Kristin wuchs, auch ohne Stöckelschuhe.

Das alte Eisenschloss des Doppelflügeltores der Schule knackte heftig, als es von innen aufgesperrt wurde. Ein Mann mit einem mürrischen, zerknitterten Gesicht, das bestimmt schon lange nicht mehr gelächelt hatte, stemmte die beiden Torhälften nach außen. Sein Name war Mr Lott und er war der Hausmeister. Aus der verbeulten Tasche seines grauen Arbeitsmantels zog er eine große Messingglocke und schwang sie über seinem Kopf. Das scheppernde Läuten bedeutete, die Schüler sollten in die Halle kommen.

„Ich weiß, du bist total verrückt nach Matt, Schätzchen!" Fiona hatte sich Kristin zugewandt, deren Augen vor Erwartung groß waren.

Die Mädchen strömten als Erste in die Schule. Lässig stapfend und schlürfend folgten die Jungen. Nur Amy, Fiona, Tanja und Kristin standen noch auf dem Vorplatz.

Für den kurzen Bruchteil einer Sekunde keimte in Amy die schwache Hoffnung auf, Fiona könne sie ausgesucht haben. Allerdings hatte sie noch nie den Eindruck gehabt, ihre beste Freundin zu sein.

„Ich gehe mit Rachel", verkündete Fiona. Es klang, als hätte das ohnehin jedermann klar sein müssen.

Die Enttäuschung ließ Kristin in sich zusammensinken und noch kleiner erscheinen, als sie ohnehin schon war.

„Rachels Eltern sind die Manager von ‚Pardon Madame‘, wo es von jedem Teil nur drei Stück gibt. Das sind Edelklamotten, die du dann nicht an jeder Tusse siehst. Mit Rachel kann ich ins Lager und Sachen anprobieren, noch bevor sie in die Shops kommen."

Mahnend schüttelte der Hausmeister die Glocke erneut. Er warf den Mädchen einen ungehaltenen Blick zu, als hätten sie Schuld, wenn er einmal Athrose in der Schulter bekäme.

Während sie durch den Spitzbogen traten, redete Fiona munter weiter. „Das absolut Steilste aber ist, dass mein Dad auch noch eine VIP-Einladung bekommen hat. Nach dem Konzert steigt eine Party in einem Hotel. Matt M wird dort sein. Dad begleitet uns zum Konzert, weil es keinen abgetrennten VIP-Bereich während der Show gibt. Mitten unter den Leuten auf dem Trafalgar Square hat er Sorge um mich. Danach gehen wir natürlich zu der Party."

Diesmal hatte Amy das Gefühl, die Flecken auf ihrem Hals wären Feuer. Sie brannten wie verrückt und leuchteten bestimmt wie Ampellichter. Ihr Vorhaben konnte sie vergessen. Wenn Fiona sie auf der Party sah, dann wusste am nächsten Tag die halbe Schule, dass Amy keine „Very Important Person", sondern ein einfaches Serviermädchen war, das Fiona womöglich den Drink reichen musste.

Wusste der Teufel, was Tanja an Fiona so mochte. Sie tat alles, um in ihrer Nähe zu sein. Da Tanja die einzige richtige

Freundin war, die Amy an der Schule hatte, blieb ihr nichts anderes übrig, als Tanjas Begeisterung für Fiona zu teilen. Oder wenigstens zu akzeptieren.

Was soll ich tun? Was soll ich tun? Was soll ich tun? Sie hätte so gerne die Augen geschlossen und gewartet, bis er auftauchte und ihr etwas riet.

Kristin hatte die Enttäuschung halbwegs verdaut und war damit beschäftigt, die Stöckelschuhe in ihre Tasche zu stopfen. „Bring mir ein Autogramm mit", sagte sie bettelnd.

Tanja und Fiona wechselten einen mitleidigen Blick. Jeder wusste, dass jedes Fetzchen Papier mit Matts Unterschrift in Gold aufgewogen werden könnte. Er gab nur bei sehr wenigen, sehr ausgewählten Gelegenheiten Autogramme. Nirgendwo, in keiner der Popzeitschriften, die die Mädchen nach Artikeln über Matt M durchblätterten, war etwas über eine Autogrammmöglichkeit erwähnt gewesen.

Die Halle der Schule war ein weitläufiger Raum mit gerippten Steinsäulen, die das hohe Kreuzbogengewölbe stützten. An einer Säule, die sich knapp vor der langen Wand gegenüber dem Eingang erhob, war aus Holz ein erhöhtes Rednerpult mit einigen Stufen angebracht. Es erinnerte an die Kanzel in einer Kirche und wurde nun von Mr Patridge erklommen.

Göttervater Zeus auf dem Gipfel des Olymps hatte bestimmt nicht anders ausgesehen als der Schulleiter auf der Kanzel, einen Meter hoch über den Gesichtern der Jungen und Mädchen. Sein Kopf wurde von einem Ring eisgrauer Locken umrahmt, denen nur noch ein Kranz aus Olivenblättern fehlte. Seine schmale Brille musste Radargeräte eingebaut haben, die Störenfriede in der Menge sofort erfassten.

Mit den Fingern trommelte Mr Patridge auf die graue Schaumstoffkappe des Mikrofons, das an einem gebogenen Schwanenhals aus der hölzernen Einfassung wuchs. In den Lautsprechern unter der Decke pochte es dumpf.

„Guten Morgen!", ließ er seine Stimme dröhnen. Er hatte ein Organ, das bis in den letzten Winkel der Halle vordrang. „Guten Morgen!", wiederholte er, legte danach eine Pause ein und blickte auffordernd in die Menge vor sich.

Leiernd tönte es zurück: „Guten Morgen, Mr Patridge!"

„Ich habe euch eine Mitteilung zu machen und wünsche, dass sie ernst genommen wird."

Neben Amy seufzte Tanja. „Klingt doch nicht nach Schulball."

„Jeder von euch wird bis zum Ende des Monats mindestens zehn Stunden wohltätige Arbeit ableisten."

Gemurmel erhob sich. Teils fragend, teils murrend, teils missmutig brummend.

„Alle Schüler dieser Schule werden beweisen, dass ihnen Menschen, die Hilfe benötigen, nicht gleichgültig sind."

„Und alle SchülerINNEN!", rief Tanja dem Schulleiter laut entgegen. Zu Amy sagte sie: „Es ist typisch, dass Männer nur in männlichen Formen reden. Sie leugnen damit die Existenz der weiblichen Hälfte der Menschheit. Dagegen muss man einschreiten. Immer!"

Damit sie nicht weiter auf sie einredete, gab Amy ihr heftig nickend recht.

Von der Kanzel dröhnte es: „Alle SchülerINNEN und Schüler! Ich danke Tanja für den beherzten Zwischenruf, der durchaus berechtigt ist."

49

Zufrieden lächelte Tanja vor sich hin, dennoch erwartete sie Anerkennung von den umstehenden Mädchen und war ein bisschen enttäuscht, als die anderen sich wenig beeindruckt zeigten.

„Wir – der Lehrkörper der Schule und ich – verlangen von euch vollen Einsatz. Es gibt in eurer Nachbarschaft bestimmt Menschen, denen eure Zuwendung, Unterstützung und euer Einsatz hilfreich sein können. Macht euch nützlich und lasst euch schriftlich bestätigen, was ihr getan habt."

Die Begeisterung der Schülerinnen und Schüler war sehr gering. Ohne darauf einzugehen, fuhr der Schulleiter fort: „Wir geben euch auch die Möglichkeit, Geld für einen wohltätigen Zweck zu sammeln. Ihr dürft dazu an der Schule selbst gebackenen Kuchen oder Kekse in den Pausen verkaufen, nicht aber zuckerhaltige Limonaden, Chips oder anderes Junkfood. Außerdem müsst ihr vorher bei eurem Klassenlehrer schriftlich abgeben, für welche Organisation ihr sammelt, und mit ihm bereden, wie hoch der Betrag sein muss."

„Oder mit IHR! Wir haben auch KlassenlehrerINNEN!", kam der Einwurf von Tanja.

„Oder mit IHR, eurer KlassenlehrerIN!", sagte Mr Patridge und verkniff sich ein genervtes Stöhnen. Er klatschte in die Hände, was über die knackende Lautsprecheranlage wie ein Schuss klang. „Das war's für heute. Nun ab in eure Klassen."

Was sollte sie tun? Diese Frage, die sich Amy in einem fort stellte, bezog sich nicht auf die Tätigkeit, die Mr Patridge verlangte, sondern auf ihren Plan für den Abend. Sie hatte alles gewissenhaft und haarklein vorbereitet, aber Fiona machte ihr mit diesen Tickets und der Einladung zur Party einen Strich durch die Rechnung. Es war wieder einmal typisch für sie. Auf die Idee, jemand aus ihrer Schule könnte es tatsächlich auf diese Party schaffen, war Amy überhaupt nicht gekommen. Sie hätte daran denken müssen. Es war ein Fehler. Wieder einer.

Mitschüler trabten an ihr vorbei, die meisten in Gespräche vertieft. Neben ihr redete Tanja ohne Punkt und Komma und bemerkte nicht einmal, dass Amy ihr gar nicht zuhörte.

Durch das Dickicht ihrer trüben Gedanken drang ein Satz zu Amy. „… sie hat nicht mehr gesprochen, seit damals im Kindergarten. Sie ist jetzt genauso alt wie ich." Tanja kicherte kurz. „Muss sie ja sein, da wir gemeinsam im Kindergarten und sogar in derselben Gruppe waren. Ihre Mutter ist seither zu Hause und nur bei ihr. Ich werde Jacqueline besuchen. Es ist wirklich ein komisches Gefühl, wenn jemand kein Wort spricht, auch wenn du die besten Geschichten erzählst." Sie stieß Amy mit dem Ellbogen in die Seite. „Wir könnten gemeinsam zu Jacqueline gehen."

„Ja, gute Idee!", antwortete Amy lahm.

In Amys Kopf drehte sich die Frage, ob sie ihr Vorhaben fallen lassen sollte oder nicht, immer und immer wieder, wie rote Reklameschriften.

# 6

Es war eine andere Wut als sonst. Sie steckte viel tiefer in seinem Bauch und gab ihm nicht
einmal Lust darauf, in der Hotelsuite Glas oder
einen der grässlichen vergoldeten Stühle zu zer-
trümmern. Matt hatte das Interview zu einem schnellen Ende
gebracht. Er war in die Höhe gesaust, hatte die Hände an die
Schläfen gepresst, die Augen geschlossen und den Kopf
gewiegt. Dazu hatte er die Melodie eines Songs gesummt, der
es nicht auf die neue CD geschafft hatte.

„Ich hab ihn, den Song", hatte er gestöhnt, als wäre ihm
eine Erleuchtung gekommen, die die Menschheit retten könnte. Er hatte das „Gebrochene-Flügel-Gesicht" aufgesetzt, um
die Journalistin zum Abzug zu bewegen. Immer noch sum-
mend war er auf die Tür zugetänzelt, hatte sie aufgerissen und
so getan, als wäre er völlig in seiner Musik versunken.

Den leichten Spott um Louisa Nissons Mundwinkel hatte er
nicht mitbekommen. Seelenruhig hatte sie Bleistift und Zettel
in ihre Tasche fallen lassen, den Verschluss zugedrückt und dabei ein hohes Klick erzeugt. „Na dann, alles Gute für heute
Abend", hatte sie Matt gewünscht und war an ihm vorbei auf
den Flur hinausgetreten. Bestimmt hatte sie den Windstoß im
Rücken gespürt, den die Zimmertür erzeugt hatte, als Matt sie
mit aller Kraft zugeworfen hatte. Einen Knall hatte es nicht
gegeben, da die Tür ölgedämpft war.

Auf einmal bekam Matt kaum Luft. Etwas drückte ihm auf die Brust und ließ ihn hilflos japsen. Er würde ersticken. Und keiner war in der Nähe, der Mitleid mit ihm hatte. Stolpernd bewegte er sich auf die Fensterfront zu, riss sein Handy vom Couchtisch, prallte gegen ein Fenster und rüttelte an dem Beschlag. Das Fenster ließ sich eine Handbreit nach außen klappen, bevor ein Haken einrastete und es stoppte. Matt presste die Nase durch den Spalt und sog gierig die Luft ein. Ruhiger machte ihn das nicht.

Noch immer in gebückter Haltung fingerte er auf seinem Handy herum. Die Taste der Null konnte er erfühlen, ohne hinzusehen. Er drückte sie ins Gerät und hob es an sein Ohr. Robert meldete sich nach dem ersten Freizeichen.

„Wie ist es gelaufen?"

„Du verdammter Bastard!", explodierte Matt.

Robert tat, als hätte er es nicht gehört, und ließ eine kurze Pause entstehen. Er hoffte, Matt würde sich beruhigen, aus der Erfahrung der vergangenen Jahre wusste er aber, wie gering die Chance war.

„Du Bastard!", brüllte Matt in einer Lautstärke, die seine Stimmbänder brennen ließ. „Du Stück Dreck. Du bist nicht einmal Hundescheiße."

„He, he, he!" Robert war einiges gewohnt. Dieser Ausbruch war aber auch ihm zu viel. „Mal langsam, Matt. Ganz ruhig! Worum geht's denn?"

„Das weißt du genau, du Schwein. Ich bring dich um. Ich mach dich fertig. Du bist gefeuert. Ich will dich nie wiedersehen." Keuchend und hochrot im Gesicht ließ sich Matt erschöpft auf den Teppich unter dem Fenster sinken. Er lehnte den Kopf gegen die Wand und spürte, wie ihm der Schweiß in die Augen rann.

Auf Roberts Seite blieb es ruhig. Sein beherrschtes Atmen war das einzige Geräusch. Als er endlich zu reden begann, war seine Stimme völlig verändert. Sie klang, als wäre etwas zerbrochen, das nicht mehr gekittet werden konnte.

„Kann ich wenigstens erfahren, um was es geht?"

Auch wenn, von außen betrachtet, Matt Roberts Boss und Auftraggeber war, hatte die beiden immer so etwas wie Freundschaft verbunden. Robert Dalter war Anfang vierzig, machte aus seinem genauen Alter aber ein großes Geheimnis. Er war für Matt an manchen Tagen der Ersatzvater, an anderen mehr der Kumpel gewesen.

„Du hast mich verarscht. Du hast es der verdammten Tusse gesteckt. Sollte wohl eine Kitsch-Story werden mit Schmalz. Du bist das Letzte, Rob. Ich hab dich so satt."

„Hör zu, Matt, ich verstehe noch immer nicht, um was es geht. Aber mir reicht es auch. Das kann ich dir sagen." Robert hörte sich weit entfernt an, als stünde er hinter einer dicken Glasscheibe.

Matt war über seine Reaktion enttäuscht. Er hätte sich erwartet, dass sein Manager ihn anflehen würde, doch weiter für ihn arbeiten zu dürfen. Schließlich brauchte Rob das Geld. Jedenfalls dachte Matt so.

„Leck mich!", fauchte Matt und schleuderte das Handy mit aller Wucht gegen den Spiegel hinter der kleinen Bar. Mit einem scharfen, unangenehmen Geräusch zuckten sternförmig Sprünge durch das Glas. Ein großer Teil kippte von der Wand und zersprang auf der Marmorplatte über dem Kühlschrank.

Taumelnd bewegte sich Matt auf das Sofa zu und ließ sich rücklings hineinfallen. Er streckte Arme und Beine von sich und wimmerte vor sich hin.

Wieso tat er das nur? Warum blieb er nicht völlig ungerührt und gleichgültig?

Die Wut bohrte in seinem Inneren. Er hätte in diesem Moment auch morden können, wenn ihm das richtige Opfer in die Finger gekommen wäre. Naomi wäre so ein Opfer gewesen und Rob natürlich auch.

Sie waren Verräter. Hinterhältige, widerliche, feige Verräter. Matt fielen die Abenteuerbücher ein, die er als kleiner Junge gelesen hatte. Darin kam immer ein Verräter vor, der am Ende eine grausame Strafe erhielt.

Wie sollte er an diesem Abend nur auf die Bühne gehen und Matt M sein? Vielleicht war der Artikel um diese Zeit schon erschienen? Er traute dieser kalten Schmiererin alles zu. Sie hatte das Interview nur verlangt, um zu erleben, wie er auf Naomi reagierte.

Schon wollte Matt Rob anrufen, damit der einen Arzt besorgte. Er brauchte Beruhigungsmittel. Außerdem musste er sich abreagieren. Ein Boxtrainer sollte kommen, auf den er ungehemmt eindreschen konnte. Und schwimmen wollte er auch. Das Hotelbad musste geschlossen werden. Er hatte keinen Bock auf irgendwelche Gaffer, die ihm zusahen, wenn er seine Bahnen zog.

Nein, Rob würde nur noch von ihm hören, wenn er ihn fertigmachte. Die Anwälte mussten antanzen. Er würde ihnen den Auftrag geben, Rob zu verklagen. Nichts durfte ihm bleiben. Absolut nichts. Sie sollten ihn auslöschen.

Bestürzt bemerkte Matt, was er tat. Er hatte, ohne es zu beabsichtigen, ein kleines Kissen vom Sofa genommen und es fest an seine Brust gepresst. Mit einem fast tierischen Aufschrei schleuderte er es von sich. Es traf eine Stehlampe mit Porzellanfuß, die kippte, fiel, aber nicht zerbrach.

Jemand klopfte an die Tür.

Matt reagierte nicht.

„Fotograf!", kam es von draußen, fordernd, als müsse Matt ihn einlassen.

Müde stemmte er sich auf und bewegte sich Richtung Schlafzimmer. Aus einem ovalen Wandspiegel sah ihm sein aufgequollenes Gesicht entgegen. Er hatte rote Augen und von Felipes Kunstwerk war nur noch eine Ruine übrig.

Für ein Foto von Matt in diesem Zustand hätten viele Zeitungen einen hohen Preis gezahlt. Aber dazu würde es nicht kommen, weil er nicht daran dachte, zu öffnen.

Vor ein paar Wochen hatte Matt auf einmal keine Lust mehr gehabt zu singen und den ganzen Tag hinter geschlossenen Vorhängen gehockt und gesoffen. Rob war sofort mit einem Psycho-Heini aufgetaucht. Allein diese Brille mit dem dicken Rand hatte Matt schon aufgeregt. Der Typ hatte aber eine tiefe, weiche Stimme gehabt, die ihn hypnotisierte. Von dem ganzen Schmu, den er über Matt ausgeschüttet hatte, war ein Satz hängen geblieben: „Lenke deine Gedanken auf ein Ereignis in naher Zukunft, auf das du dich freust. Das dir angenehme Gefühle bereitet."

Ja, das wollte Matt jetzt tun. Er dachte fest an seinen Maserati. Wenn er die Augen schloss, konnte er die niedrige Karosserie vor sich sehen und den spiegelnden roten Lack. Matt trat ein imaginäres Gaspedal und stellte sich das satte Brummen des Motors vor. 500 PS waren die Kraft, die er jetzt brauchte. Sofort nach dem Konzert würde er abhauen. Diese Party, auf der ihn alle nur anglotzen würden und er ständig lächeln musste, würde er streichen. Er gab einfach vor, krank zu sein. Rob musste das eben verkünden.

Aber Rob gab es nicht mehr in seinem Leben.

Dann musste für Rob eben sofort ein Ersatz her.

Der Fotograf klopfte noch zweimal, bevor er abzog. Matt beschloss, auch seine Leibwächter hinauszuwerfen. Wieso ließen sie den Knipser überhaupt bis zu seiner Tür vordringen?

Noch zehn Stunden bis zum Beginn des Konzerts.

# 7

**Tat sie das Richtige?** Es war noch Zeit umzukehren und nach Hause zu fahren. Amy musste nur in der Station Charing Cross auf den anderen Bahnsteig gehen, die U-Bahn in die entgegengesetzte Richtung nehmen, und niemand würde je von ihrem Vorhaben erfahren.

Aber die Chance kam nur einmal. Beatrice hatte die Organisation der Party nach Matts Konzert übertragen bekommen. Und so bald würde Matt M bestimmt nicht wieder auf dem Trafalgar Square auftreten.

Nervös fuhr sich Amy immer wieder durch die Haare. Wieso hatte sie die Strähnen so kurz schneiden lassen? Bekümmert betrachtete sie ihr Spiegelbild in der Scheibe des U-Bahn-Waggons, hinter der die dunkle Mauer der unterirdischen Röhre vorbeiflog. Überhaupt sah sie entsetzlich aus und ihre rechte Braue zuckte, als hätte sie einen Wackelkontakt.

Er gab nie Autogramme! Matt M mochte das nicht. Und Amy wusste es. Deshalb erschien ihr die Gelegenheit im Hotel auch so günstig. Wenn es ihr gelang, nahe an ihn heranzukommen, so würde sie ihn um die Unterschrift bitten. Matt hatte dieses Lächeln auf den Postern in den Popmagazinen, das sie so anziehend fand. Bestimmt konnte sie ihn dazu bringen, ihren größten Wunsch zu erfüllen. Sie würde ihm viele Komplimente machen und vielleicht war ihre natürliche Schüchternheit von Nutzen. Zu Hause vor dem Spiegel hatte Amy geübt, auf den Fingerspitzen der einen Hand ein Tablett zu balancieren, auf dem gefüllte Cocktailgläser standen, und mit der anderen Hand das Autogrammbuch und einen Kugelschreiber zu überreichen.

Amy hatte wirklich an alles gedacht. Sie konnte es schaffen. Ein Autogramm von Matt besaß sonst niemand an der Schule. Das aber war für sie nicht der Grund, warum sie es haben wollte. Sie wollte etwas in Händen halten, das auch Matt berührt hatte. Der Namenszug, von ihm auf Papier gesetzt, wäre so, als hätte er ihr ein Stückchen von sich selbst geschenkt.

Bis heute Morgen war sie recht sicher gewesen, es zu schaffen. Sie wäre es noch immer, wenn da nicht die Gefahr bestanden hätte, Fiona und ihrem Vater über den Weg zu laufen.

War es nicht doch besser, umzukehren?

Der U-Bahnzug hielt mit einem Ruck. Durch das trübe Fenster sah Amy genau auf das längliche Schild mit der Aufschrift „Charing Cross". Sie war am Ziel, und aussteigen musste sie auf jeden Fall. Von den anderen Fahrgästen ließ sie sich auf den Bahnsteig schieben. Es roch nach Maschinenöl und vielen Menschen. Zielstrebig steuerten die Leute auf die langen Rolltreppen zu, die mehrere Stockwerke nach oben zum Tageslicht führten.

Zögernd wagte Amy den Schritt auf das sich aufwärts bewegende Band. Während der Fahrt betrachtete sie die vielen kleinen Plakate, die dicht nebeneinander an der gekachelten Wand hingen.

„Matt M! Matt M! Matt M! Matt M!" Abwechselnd sprang ihr ein fetter Schriftzug seines Namens oder sein Lächeln von einem Foto entgegen. Selbst in diesem Moment, in dem sie sich so unsicher und unwohl fühlte, fand sie seinen fast schüchternen Blick, den leicht vorgeneigten Kopf und die lässig kreuz und quer frisierten Haare unfassbar anziehend.

Sie trat aus dem alten Gebäude, unter dem sich die U-Bahn-Station befand, bog nach links, ging ein Stück und erreichte den Trafalgar Square, der mit Eisengittern für das Konzert abgesperrt war. In der Mitte erhob sich die lange, dünne Säule, auf deren Spitze eine Statue von Lord Nelson thronte. Im Geschichtsunterricht hatte Amy von seinem Sieg über die Franzosen in der Schlacht bei Trafalgar gehört. Obwohl dem Admiral eine Hand und ein Auge fehlten, war er siegreich gewesen.

Amy seufzte nervös.

Das Getümmel aus Touristen und Londonern erinnerte sie an einen Ameisenhaufen. Alle hetzten dahin, konnten kaum erwarten, dass die Ampeln auf Grün sprangen, jagten schon vorher los und schienen den wichtigsten Weg ihres Lebens vor sich zu haben. Auf den verschlungenen Fahrbahnen, die den Verkehr um die Absperrungen leiteten, donnerten große schwarze Taxis und rote Autobusse, zwischen die sich hier und da auch normale Wagen mischten.

Während Amy vor einem Fußgängerübergang wartete, glitt eine überlange dunkle Limousine an ihr vorbei. Die Fenster waren verspiegelt und einen Moment lang sah Amy in ihr eigenes Gesicht. Hastig wischte sie die Haarsträhnen aus der Stirn. Sie wollte nicht aussehen wie ein Huhn, hinter dem die Hunde her waren.

Die Limousine war mindestens so lang wie zwei gewöhnliche Autos. Der Fahrer hatte auf das Gaspedal getreten, ob-

wohl die Verkehrsampel für ihn bereits rot gezeigt hatte. Fußgänger schimpften über diese Rücksichtslosigkeit.

Der Verkehr stockte und die Limousine blockierte den gesamten Fußgängerübergang. Amy stand vor dem hintersten
Seitenfenster. Sie hätte nur um den Wagen herumgehen müssen. Aber sie wartete lieber. So eilig hatte sie es nicht. Eine Uhr
auf dem Giebel eines Hauses, die von steinernen Ranken umgeben war, zeigte kurz vor sechs. Beatrice hatte gesagt, Amy
solle zwischen sechs und halb sieben Uhr zum Personaleingang
des Hotels kommen. Ihr blieben also noch ein paar Minuten.

8

„Die glotzen alle! Fahr, du Kriecher!", fauchte Matt ungehalten.

Er lag halb auf der Rückbank der schwarzen Stretchlimousine. In der Hand hielt er ein Glas Cola, in dem Eiswürfel klimperten.

Für die anderen Fahrgäste gab es zwei bequeme Bänke aus weichem grauen Leder an der linken und der rechten Seite. An der Trennwand zur Fahrerkabine befand sich die Bar mit Kühlschrank.

„Was macht der Idiot? Wird das ein Picknick hier?" Matt hätte dem Fahrer am liebsten die Cola in den Kragen geschüttet. Genau vor Matts Fenster stand so eine Zaunlatte von Mädchen und fummelte an diesen dünnen Federn herum, die sie wohl Haare nannte. Matt empfand das Mädchen als Beleidigung für seine Augen.

Auf der linken Bank saß, mit sehr geradem Rücken, die langen Beine angewinkelt und die Knie fast am Kinn, sein Leibwächter Eric. Er stammte aus Nigeria und nahm seine Aufgabe sehr ernst. Auf seinem kahl rasierten Kopf glänzten Schweißtropfen. Von Zeit zu Zeit zupfte er am offenen Kragen seines weißen Hemdes. Nie hätte er sich erlaubt, das dunkle Jackett abzulegen.

„Wirf diesen Hamster dort vorne raus. Der soll besser in seinem Laufrad rennen!", schimpfte Matt. Er fühlte sich elend.

Nichts hatte seine Laune gebessert: weder die halbe Stunde auf dem Laufband noch das Boxen und schon gar nicht das Schwimmen. Aus einem Fach in der Tür riss er eine große, dunkle Sonnenbrille und drückte sie sich ins Gesicht.

„Die Fenster sind doppelt verspiegelt. Von außen hereinzusehen ist unmöglich!", versuchte Eric ihn zu beruhigen. Die hohe Stimme passte so gar nicht zu dem bulligen Mann, dem man zutraute, Eisenrohre zu Schleifchen zu binden.

Von Matt kam ein gleichgültiges Knurren.

„Der Fahrer ist sehr verlässlich. Keiner, der etwas, das er hört, an Zeitungen verkauft", fuhr Eric so sachlich und ruhig wie möglich fort.

„Aber er ist lahm!"

„Der Abendverkehr hier im Westend ist die Hölle. Im Nelson-Hotel ist eine Suite für dich reserviert. Du kannst dort relaxen. Zur Bühne sind es höchstens zweihundert Meter."

„Mein Maserati? Ist er schon da?" Um bessere Laune zu bekommen, konzentrierte sich Matt auf seinen heutigen Lichtblick.

Eric schob den Ärmel hoch und studierte seine große Armbanduhr. „Müsste spätestens in einer halben Stunde geliefert werden. Er wird hinter dem Hotel stehen, beim Personaleingang. Dort können wir dich nach der Party schnell und unauffällig aus dem Haus bringen."

Wenn nur schon alles vorbei wäre. Matt sehnte sich danach, in dem Maserati über die Landstraße zu rasen und alles hinter sich zu lassen.

Von ihm unbemerkt, begann Erics Handy zu vibrieren. Er hatte das Gerät auf lautlos gestellt, weil Matt den erwarteten

Anruf nicht mitbekommen durfte. Unauffällig nahm Eric das Handy in seine hellen, großen Handflächen. In seinen Händen wirkte es wie eine Nuss. Auf der Anzeige blinkte der Name ROBERT. Eric drückte die Empfangstaste, hob das Handy jedoch nicht an sein Ohr.

„Ich muss raus aus dieser Büchse!" Matt warf sich auf der Bank herum, als hätte ihn jemand in eine Zwangsjacke gesteckt. Dabei bot der lange Wagen bequem Platz für zehn Personen. „Sind wir endlich da?" Er quengelte wie ein kleiner Junge auf einer langen Reise.

„Wir treffen in den nächsten drei Minuten am Hotel ein." Eric sprach ein wenig lauter als gewöhnlich. Die Aussage war nicht nur für Matt bestimmt.

# 9

Die Vorbereitungen für das Konzert
schienen abgeschlossen. Vor dem Säulenportal
der National Gallery erhob sich das Gerüst einer
hohen überdachten Bühne. Zwei Tage hatte der
Aufbau gedauert. Der Teil des Platzes, der nur
für Fußgänger reserviert war, wurde von einem mannshohen
blauen Zaun eingefasst, auf dem unübersehbar die Aufschrift
prangte: Der Bürgermeister von London präsentiert!

Die riesigen Löwenstatuen, von denen vier am Fuße der Säule auf steinernen Podesten lagen, als müssten sie Lord Nelson
bewachen, blickten majestätisch über den Zaun.

Amy überquerte den Platz und steuerte auf ein nobles Eck-
haus zu. Unter dem Dach befand sich die Uhr, von der sie vorhin die Zeit abgelesen hatte. Sechs Stockwerke darunter, in die
Hausecke eingeschnitten, war der Eingang. Vier Männer in
dunklen Anzügen und mit ernsten Gesichtern hatten sich davor aufgebaut. Links und rechts über ihnen wehten lange
schwarze Fahnen. Bauschte der Wind sie auf, war der Schriftzug NELSON zu lesen.

Amy ging an den Wächtern vorbei zur Hinterseite des Ge-
bäudes und bog in eine Seitengasse ein. Die hohe Front des
Nachbarhauses ragte vor ihr auf wie die Steilwand einer
Schlucht. Sie beschattete die Sackgasse, an deren Ende zwei
Männer den glänzenden roten Lack eines schnittigen Wagens

polierten. Amys Schritte wurden immer langsamer und sie begann die Luft anzuhalten.

„Durchatmen, durchatmen, durchatmen, ganz ruhig bleiben", befahl sie sich im Stillen.

Sie trat vor eine unauffällige graue Metalltür. Anstelle der Klinke war eine Zahlentastatur angebracht. Ein Code musste eingegeben werden, um die Tür zu öffnen. Da es keine weitere Tür an der Rückseite des Hotels zu geben schien, musste dies der Mitarbeitereingang sein.

Amy sah sich unsicher um. Sie konnte doch nicht einfach nur hier stehen. Obwohl außer den beiden Männern am Auto niemand in der hinterhofartigen Gasse war, fühlte sie sich beobachtet. Dummerweise hatte Beatrice ihr keine Handynummer gegeben, unter der Amy sie hätte erreichen können. Sie kam sich vor wie jemand, der allein mitten auf dem Rasen eines Fußballstadions stand. Sollte sie wirklich bleiben und warten oder lieber gehen?

Wenn sie nur mit ihm reden könnte. Sie waren fast allein. Er könnte sich wirklich zeigen und sie beruhigen.

Bitte komm! Sie spürte ihre Lippen die Worte formen. Bitte komm zu mir. Ich brauche dich.

Gegenüber erhob sich die Betonwand eines modernen Gebäudes, das entsetzlich praktisch und vernünftig wirkte. Die Fenster starrten wie tote Augen.

„Bitte, bitte, komm!" Amy sagte es halblaut. Sie schloss die Augen und blinzelte nur noch durch die Wimpern.

Zum Greifen nahe schimmerte ein gelblicher Lichtschein in der Luft. Was zuerst wie eine Nebelsäule wirkte, wuchs schnell zur Seite und nahm die Form der zwei langen weißen Flügel an. Er kehrte ihr den Rücken zu, drehte aber den Kopf und lächelte über die Schulter.

„Mache ich das Richtige?"

Noch immer lächelte er. Seine Pose wirkte erstarrt wie ein Video, das stehen geblieben war.

„Bitte, sag etwas, bitte!" Amy sprach so laut, als müsse ihre Stimme noch in großer Entfernung gehört werden.

„Amy!"

Er verblasste sofort. Nur in Amys Augen blieb kurz ein Widerschein.

„Amy?"

Ungeduldig fasste sie jemand an der Schulter. Amy fuhr herum und blickte in Beatrices Gesicht. Ihr Kopf erschien zu klein für den stämmigen Körper und ihr Mund lächelte wie immer. Doch die Anstrengung rund um die Vorbereitung der Party war nicht zu übersehen. Ihre grünen Augen lagen tief in den Höhlen, zwischen den Brauen stand eine steile, scharfe Falte.

„Einmal drücken, dafür muss Zeit sein!" Beatrice breitete die Arme aus. Amy ließ sich von ihr halten. Danach umfasste Beatrice, die eigentlich ihre Stieftante war – wenn es so etwas gab –, Amys Oberarme, schob sie ein Stück von sich und betrachtete sie prüfend von oben bis unten.

Amys Auge begann heftig zu zucken.

„Gut siehst du aus. Schicke Jacke und Hose. Du wirst eine Schönheit, Baby!"

Zweifelnd zog Amy einen Mundwinkel hoch. Beatrice war die Einzige, die so über sie redete.

Mit beiden Händen strich Beatrice über den schwarzen Rock, der etwas zu eng war, genau wie die schwarze Jacke, deren Stoff am obersten Knopf spannte. Beatrice zog immer Kleidungsstücke an, die eine Nummer zu klein waren.

„Ich habe alles geplant. Du bekommst ihn zu sehen. Näher als die meisten anderen. Und wenn du mir ein bisschen zur Hand gehst, tust du mir auch noch einen mörderisch großen Gefallen." Mit einem Fuß hatte Beatrice die ganze Zeit die graue Tür am Zufallen gehindert. Nun zog sie sie auf und schubste Amy in ein düsteres Treppenhaus. Sie lenkte sie die Treppe hoch und sagte im Gehen: „Gibt es was Neues von Henry, AUSSER einem neuen Klienten, der noch mehr Millionen hat als die anderen, und das übliche langweilige Zeug?"

Amy schüttelte stumm den Kopf. Beatrice konnte ihren Bruder nicht ausstehen. Sie hatte ihn schon, als sie noch Kinder waren, immer „schlaffer Schnarcher" genannt. Henry empfand Beatrices lautes Auftreten und ihren Lebenspartner Jack, der Künstler war und Gipsfiguren zertrümmerte, die er dann mit buntem Kitt wieder zusammensetzte, einfach nur unmöglich und eine Schande für die Familie der Borrisons.

Eine Borrison war Amy nicht. Sie hatte es abgelehnt, von Henry adoptiert zu werden und seinen Namen anzunehmen. Er war nicht ihr Vater. Sie zog es vor, McMillan zu heißen. Das war der Mädchenname ihrer Mutter. Wer ihr leiblicher Vater war, wusste sie nicht. Sie hatte ihn nie kennengelernt und ihre Mutter hatte beharrlich seinen Namen verschwiegen. Die einzige Antwort auf die Frage nach ihm, die Amy mehrere Male bekommen hatte, lautete: „Du hast keinen Vater, höchstens einen Erzeuger. Damit Schluss."

Wenn für ihre Mutter „Schluss" war, dann meinte sie das auch.

Amy wünschte sich trotzdem sehr, ihren Vater eines Tages kennenzulernen.

B, wie Beatrice ihren Namen oft abkürzte, stemmte schwere Feuerschutztüren auf und dirigierte Amy in einen hohen Gang. Amy staunte, wie schwungvoll und elegant sich Beatrice bewegte, obwohl sie bestimmt nicht als schlank bezeichnet werden konnte.

Der helle Teppich des langen Flurs schluckte das Geräusch ihrer Schritte. Von der Decke warfen kleine Lampen runde Lichtinseln auf den Boden. Amy und B gingen an dunkelbraunen Zimmertüren vorbei, die nicht die üblichen angeschraubten Nummern trugen. Winzige Projektoren strahlten die Zimmernummern auf das Holz.

Auf eine Doppelflügeltür mit der Nummer 007 deutend, erklärte B: „James Bonds Agentennummer. Das ist das beste und größte Zimmer, das wir hier haben." Sie beugte sich nahe an Amys Ohr: „Hier soll sich dein Matt vor dem Konzert und nach dem Auftritt entspannen."

Sofort schlug Amys Herz schneller. Es war, als wäre ein Traum mit einem Schlag Wirklichkeit geworden.

B zog sie weiter, als sie kurz zögerte und auf die Lichtziffern starrte. Nebenan befand sich eine Schwingtür, halb Glas, halb Holz, die Amy zuerst für den Ausgang hielt. Sie führte in einen Vorraum, hinter dem ein kleiner Saal mit holzgetäfelten Wänden lag. Durch hohe, schmale Fenster konnte Amy auf das Nelson-Denkmal und den Platz sehen.

„Hier wurde für den allerersten James Bond-Film gedreht", schwärmte Beatrice und warf die Arme in die Höhe, wie Fremdenführer es manchmal tun, um ihre Gruppe zu begeistern.

„Das war Qs Büro. Deshalb heißt die Suite nebenan auch 007."

Da sie nur an Matt dachte, vergaß Amy fast zu nicken oder sonst ein Zeichen zu geben, das zeigte, wie beeindruckt sie von der Geschichte war.

Die Stimme gesenkt, fuhr B fort: „Dieses Gebäude hat früher einmal der Schifffahrtslinie gehört, die die *Titanic* vom Stapel gelassen hat. Amy, in diesem Sitzungssaal soll der Fernschreiber gestanden haben, über den die Meldung des Untergangs hereingetickert ist." Beatrice schauderte bei der Vorstellung. Sie schien einige Momente lang richtig ergriffen, riss sich dann aber schnell wieder zusammen, zuckte mit den Schultern und deutete auf zwei lange Tische. Auf ihnen standen in langen Reihen Gläser in verschiedenen Größen.

„Mir sind zwei Hilfskräfte ausgefallen. Einfach nicht zum Dienst erschienen. Könntest du bitte die Gläser polieren. Der Direktor des Hotels ist da sehr heikel." Sie hob ein weiches Poliertuch auf und wedelte damit in der Luft.

„Ja, klar, mache ich!" Amy war ein wenig enttäuscht. Wie sollte sie jemals an ein Autogramm kommen, wenn sie die ganze Zeit in diesem Raum stand und Gläser putzte?

Als könnte sie ihre Gedanken lesen, sagte B: „Ich habe mir das so gedacht: Nach einem Konzert sollen Musiker immer total durch den Wind sein. Dein Matt M kommt also nach dem Konzert schnell in sein Zimmer, um sich frisch zu machen. Du gehst über den Gang, als hättest du dort zu tun, und mit ein bisschen Glück streift er dich sogar. Übrigens brauchst du nur das Fenster aufzumachen, dann kannst du das Konzert sogar hören. Na?" Sie warf sich in Pose wie ein Mädchen im

Glitzerkostüm, das ein neues Auto präsentierte. „Hat sich deine Lieblings-Stieftante nicht einen Kuss verdient?"

Lachend lief Amy zu ihr und drückte sie.

„Darling, ich muss zurück in die Küche, sonst werden die Häppchen nie fertig. Das Hotel braucht gute Presse, und wenn heute Abend alles klappt, haben wir morgen in allen Zeitungen Fotos von der gelungenen Party. Das Schicksal des alten Schuppens hier liegt auf unseren Schultern, Schwester!" Beatrice liebte es, zu übertreiben. Sie tat, als würde sie von einer unsichtbaren Last niedergedrückt. „Glaub mir, wenn die Leute was Würziges zwischen die Zähne bekommen, das sie mit einem süßen Cocktail aus einem blank polierten Glas runterspülen können, dann fühlen sie sich wie im Paradies."

Sie zwinkerte Amy verschwörerisch zu und war gleich darauf verschwunden.

Sofort griff Amy nach dem Tuch und dem ersten Glas. Sie würde B, die ihr etwas so Sensationelles ermöglichte, nicht enttäuschen. Während sie die grauen Wasserflecken abwischte, warf sie einen Blick aus den Fenstern, die fast bis zum Boden reichten, hinunter zum Hoteleingang.

Unter ihr glitt das dunkle Blechdach einer langen Limousine vorbei.

War das vielleicht der Wagen von vorhin an der Kreuzung? Der Verkehr war inzwischen fast zum Erliegen gekommen. Kein Wunder, dass die Limousine für das kurze Stück so lange gebraucht hatte.

Eine Reihe Gläser war bereits sauber, als Amy nebenan die Tür zufallen hörte. Das Geräusch des Einrastens elektrisierte sie. War nur ein Zimmermädchen ins Zimmer gegangen, um noch etwas aufzuräumen, oder war Matt M angekommen? Konnte es sein, dass sie nur durch eine Wand von ihm getrennt, so nahe bei ihm war?

Ihr Herz klopfte nicht, es raste. Das Glas in ihrer Hand zitterte. Sie wischte so fest über den Rand, dass es zerbrach. Bestürzt starrte Amy auf die zwei Glasstücke, entdeckte unter dem Tisch einen Papierkorb, wickelte die Scherben in das Poliertuch und versenkte es. B hatte vorsorglich einen kleinen Stapel Poliertücher bereitgelegt, von dem Amy das nächste nahm. Wenn sie nur ihre Hände ruhig halten könnte!

Aus lauter Neugier verließ sie den Saal und steckte den Kopf auf den Gang hinaus. Dort war kein Mensch zu sehen. An der Tür von 007 hatte sich etwas verändert: Der Projektor warf nicht nur die Zimmernummer auf das Holz, sondern auch die Worte DO NOT DISTURB.

Es musste Matt sein. Er war gekommen und wollte nicht gestört werden. Natürlich musste er jetzt in Ruhe gelassen werden, damit er sich für seinen großen Auftritt sammeln konnte. Obwohl bis zum Konzert noch mehr als zwei Stunden Zeit waren, begann sich der Platz bereits zu füllen. Jeder wollte möglichst nahe an der Bühne stehen.

Ganz kurz erlaubte sich Amy Freude. Fiona mit den guten Beziehungen ihres Vaters und all den teuren Klamotten und Taschen konnte doch nicht, was sie konnte: die Luft schnuppern, die Matt gerade ausgeatmet hatte, ganz nah bei ihm sein. Das war etwas anderes als eine Party, auf der Matt für jedermann anwesend war. Ohne es zu ahnen, gehörte er im Augenblick nur ihr.

Amy lächelte. Mit beiden Mundwinkeln.

# 10

„Hau ab! Hau auf der Stelle ab!" Matt brüllte es nicht. Er musste seine Stimmbänder schonen, denn er hatte Panik davor, sie könnten Schaden nehmen. Falls er jemals nicht mehr würde singen können, wollte er nicht mehr leben. Er sang, seit er denken konnte. Singen war sein Leben.

Matt stand mit dem Rücken zu der Doppelflügeltür der Suite. Nachdem Eric ihn eingelassen hatte und wieder gegangen war, hatte Robert sich gezeigt. Er war aus dem angrenzenden Schlafraum getreten, im Gesicht ganz grau.

Zwischen Rob und Matt lagen zwanzig Schritte. Matt erschienen es immer noch zu wenig, Rob wollte näher kommen, weil er in Ruhe mit seinem Schützling sprechen wollte und das nicht über diese Entfernung.

„Wir sind fertig, kapier das endlich!", zischte Matt. Er bewegte sich mit dem Rücken an der Wand entlang wie ein Tier in der Falle.

„Ich weiß, was geschehen ist. Ich habe mit Louisa Nisson gesprochen." Rob versuchte sich Matt zu nähern, aber dieser wich sofort zur Seite.

Jeans und dunkles Jackett über einem weißen Hemd waren Robs Standardkleidung. Er wollte nicht darüber nachdenken, was er anziehen sollte. Außerdem war Matt der Star, neben ihm wollte er nie auffallen. Nur für seinen Dreitagebart und

73

seine halblangen rotblonden Haare, unter denen er seine etwas groß geratenen Ohren versteckte, wendete Rob viel Pflege auf.

Matt funkelte ihn an wie eine Raubkatze kurz vor dem Angriff. „Ihr zwei habt euch ja immer viel zu sagen. Nicht?"

Beschwörend hob Rob beide Hände und drehte die Handflächen nach vorne. „Matt, sie wusste es nicht von mir. Ich gebe aber zu, dass ich sie falsch eingeschätzt habe. Ihre Artikel sind sicherlich wichtig, aber sie ist wie Salzsäure mit Zuckergeschmack. Sie wittert überall eine Story. In den letzten Monaten muss sie ziemlich viel über dich zusammengetragen haben. Ich habe keine Ahnung, wie sie es herausgefunden hat."

Matt schnaubte und wollte sich durch die Haare fahren. Er stoppte die Finger knapp vor dem Kopf. Seine Frisur war ohnehin schon nicht mehr perfekt, und auf einen neuerlichen Besuch von diesem Felipe hatte er keine Lust. Anklagend knurrte er: „Du hast mich ins Messer laufen lassen. Es ist deine Schuld."

Sehr ruhig redete Rob weiter. „Hätte ich das gewusst, hätte ich den Termin nicht vereinbart. Allerdings können wir ihr nicht verbieten zu schreiben, was immer sie will."

„Mach, dass niemand davon erfährt. Kill sie, wenn es nötig ist. Niemand darf es wissen." Mit einer großmütigen Geste fuhr Matt fort: „Vielleicht kannst du dann für mich weiterarbeiten. Ich würde es mir überlegen."

Rob stützte sich auf die Lehne eines bequemen Ledersessels. „Das wird nichts, Matt. Ich will nicht mehr für dich arbeiten."

Matt spürte, wie ihm das Blut in den Kopf schoss. Rob lehnte sein großzügiges Angebot einfach so ab? Warum? War er noch zu retten?

„Du hast mich in den vergangen Jahren oft beschimpft und alles geheißen, was dir gerade so eingefallen ist. Ich habe es mir gefallen lassen, weil ich wusste, dass du es nicht wirklich so meinst."

Schon wollte Matt patzig entgegnen, dass er jedes Wort ernst gemeint hatte, aber ein innerer Reflex hielt ihn zurück.

„Heute war es anders. Du glaubst, ich würde dein Vertrauen missbrauchen." Rob klang völlig verändert. Alle Kraft und Energie waren aus seiner Stimme verschwunden. Er wirkte wie ein Bild, das zu lange im prallen Sonnenlicht gehangen hatte und verblasst war. „Mir hast du immer vertrauen können. Mir schon. Aber wenn du es nicht tust, dann will und kann ich nicht mehr für dich arbeiten."

Was sollte das sein? Eine Moralpredigt? Matt fühlte sich wie in der Schule, als er beim verbotenen Fußballspielen im Klassenzimmer eine Scheibe eingeschossen hatte und zum Direktor gerufen worden war.

„Ich glaube noch immer an dich, Matt. Aber du singst schon eine ganze Weile nicht mehr mit dem Herzen. Seit damals, als Naomi sich gemeldet hat, seit damals bist du jemand, den ich so nie gekannt habe."

Es reichte Matt. „Ich mach dich fertig. Ich ruiniere dich!", drohte er.

Traurig schüttelte Rob den Kopf. „Das willst du wirklich tun? Nach so vielen Jahren und so vielen Erfolgen, die wir miteinander hatten?"

Mit dem rechten Daumen zeigte Matt mehrmals auf sich. „Ich habe Erfolg. Ich, ich, ich!" Er verstummte kurz, weil ihm etwas eingefallen war. „Der Artikel erscheint nicht! Sie schreibt nicht über Naomi." Auf einmal klang er wie ein kleiner Junge, der um etwas bettelte. „Sag, dass er nicht veröffentlicht wird."

Der Hauptgrund, warum Rob im Hotel auf Matt gewartet hatte, war, dass er ihn nach dem Interview an einer völlig verrückten Tat hindern wollte, die er am nächsten Tag bereuen würde. Er mochte Matt noch immer, fühlte sich noch immer für ihn verantwortlich.

Er schwieg etwas zu lange. Matt deutete sein Schweigen als Vorzeichen dafür, dass noch am selben Abend die ganze Welt von Naomi erfahren würde. Vor seinen Augen zog ein roter Schleier auf. Er wusste nicht mehr, was er tat, und verlor die Kontrolle über sich. Matt stieß ein grunzendes Schnauben durch die Nase aus, senkte den Kopf und rannte auf Rob zu.

Robert, von dieser Reaktion völlig überrascht, wich nicht aus und wurde von Matt voll getroffen. Er hörte seine Rippen knacken und spürte einen Stich im Brustbein, als hätte ihn ein Messer durchbohrt. Der Schmerz ließ ihn zu Boden sinken.

Von oben starrte Matt ihn an, ohne genau abzuschätzen, was er soeben getan hatte. Für ihn lag dort im hohen weißen Teppichflor eine zusammengekrümmte Gestalt, die es nicht anders verdient hatte. Und jetzt musste er raus. Keine Sekunde länger hielt er es hier aus. Überhaupt musste er weg. Für ihn gab es kein Konzert mehr, ihm war alles egal. Weg. Fort. So weit wie möglich. Weg. Fort. Alles hinter sich lassen. Alles. Weg. Fort.

Der Maserati. Der Wagen war schon da. Er hatte ihn vorher nur flüchtig gesehen, denn Eric hatte ihn sehr schnell durch den Hintereingang ins Hotel geschleust, weil er Paparazzi fürchtete.

In seinem neuen Traumwagen fliehen. Für immer. War er schnell genug, dann riss das Band zwischen der Vergangenheit und ihm und er war frei.

Ohne zu wissen, was seine Hände und Füße taten, war er aus dem Zimmer gestürzt. Verwirrt sah er den Gang hinauf und hinunter. Woher war er gekommen? Eric hatte ihn geführt und Matt hatte der Umgebung überhaupt keine Beachtung geschenkt.

Alles sah so ähnlich aus. Die dunkelbraunen Zimmertüren mit den projizierten Nummern. Die hellen Lichtkreise auf dem Boden verwandelten sich für Matt in Rochen, die über den Teppich zu schwimmen begannen. Er presste die Augen zu und atmete tief durch.

Augen wieder auf.

Wenigstens die hellen Kreise hatten sich beruhigt. Matt stolperte zwei Schritte nach rechts. Vor sich erkannte er eine Schwingtür aus Holz und Glas, die nach Ausgang aussah. Sie war seine Rettung. Er befand sich doch im Erdgeschoss. Oder?

Mit der Schulter ließ er sich gegen einen Flügel der Tür fallen und taumelte hinterher, in der Hoffnung, gleich ins Freie zu kommen. Am besten direkt zu seinem Maserati.

Nein, er befand sich in einem kleinen, mehreckigen Raum, in dem nur eine Tür offen stand, durch die Licht fiel. Blindlings stakse er weiter, immer weiter, bis er die hohen, schmalen Fenster vor sich sah und stehen blieb.

Noch immer war er in diesem verdammten Hotel. Er sah sich um. Seine Augen glitten über Holztäfelungen. Was war das hier? Ein altes Schloss oder ein hippes Hotel? Er hasste alten Plunder.

Gläser. Viele Gläser, eines neben dem anderen. Seine Zunge fühlte sich staubtrocken an. Trinken, er musste etwas trinken. Mit einer Hand stützte er sich auf der Tischkante ab, mit der anderen packte er ein Glas.

Nur Gläser, aber kein Wasser.

Aus den Augenwinkeln sah er eine Bewegung neben sich. Matt hob den Kopf und schwang ihn wie ein gereizter Stier.

An die Wand gepresst stand ein Mädchen. Sie erfüllte alle Bedingungen, um ihn richtig zornig zu machen: dürr, unscheinbar, ängstlich, mit weit aufgerissenen Augen, als wäre er ein Außerirdischer. Was war das für eine dämliche Servierkuh? Hatten die hier im Hotel nicht einmal flotte Mädchen?

„Wasser!", fauchte er sie an.

Das Mädchen setzte sich in Bewegung. Sie zitterte. Sie zitterte vom Kopf bis zu den Zehen, dieses jämmerliche Ding. Wie konnte jemand nur so elend schwach sein?

Diese Kuh sollte ihm endlich etwas zu trinken bringen. Und dann musste sie ihn aus dem Hotel führen. Zu irgendetwas musste sie doch nütze sein.

# 11

Er klang wie ein Verdurstender, der nur
noch heiser krächzen konnte. Amy hatte keine
Ahnung, was mit ihm geschehen war, aber sie
war die Einzige, die ihm in diesem Moment helfen konnte.

Ihr Gehirn fühlte sich wie Watte an. Wenn doch da nur irgendeine Idee gewesen wäre. Nur eine einzige Idee, wie ihr
Hirn Befehle an ihre Körperteile geben könnte, um Wasser zu
beschaffen. Amy stand da wie erstarrt und hasste sich dafür.

Außerdem hatte sie ihre Jacke abgelegt und das T-Shirt aus
der Hose gezogen. Als sie sich am Bauch gekratzt hatte, war er
in den Saal gestürmt. Natürlich hatte sie ihn sofort erkannt,
auch wenn in seinem Gesicht nicht eine Spur des fragenden,
flirtenden Lächelns zu erkennen war.

Amys Gefühle tobten zwischen dem Bedürfnis, Matt mit
Fragen zu bestürmen, warum es ihm nicht gut gehe und was
sie sonst noch für ihn tun könne, und dem Wunsch, ihn zu umarmen und fest zu halten. Sie würde es nicht für sich tun, nein,
sondern für ihn, um ihm Kraft zu geben.

Ihre Beine waren steif wie Stelzen. Sie hatte den Eindruck,
sie nach außen werfen zu müssen, um überhaupt gehen zu
können. Im Vorraum glaubte sie Getränke gesehen zu haben.

Auf einem Tischchen reihten sich bauchige Flaschen aus eis-
blauem Glas aneinander. Sie sahen nach Mineralwasser aus.

79

Amy schnappte eine und öffnete im Zurückgehen den Schraubverschluss. Ihre Arme bewegten sich wie Greifarme eines Roboters, als sie nach einem hohen Glas griff und die klare Flüssigkeit aus der Flasche laufen ließ.

Wild gestikulierend rannte Matt zwischen den kunstvoll gezimmerten Wandverkleidungen auf und ab. Amy musste neben ihm herlaufen, um ihm das Wasser reichen zu können.

Das Autogramm! Jetzt oder nie! Es war die Gelegenheit, auf die sie so sehnlichst gewartet hatte. Nachdem sie Matt das Glas in die Hand gedrückt hatte, drehte sie sich um und stürzte zu ihrer Tasche in der Ecke. In der Seite steckte das längliche Büchlein, das sie extra für diesen Moment gekauft hatte. Sie hatte gleich mehrere Kugelschreiber dazugelegt, falls einer vielleicht nicht schrieb.

Hinter sich hörte sie Matt einen großen Schluck nehmen. Als sie sich mit dem Buch in der Hand aufrichtete, spuckte er mit einem wütenden Laut aus. Vor ihm auf dem hellen Teppich prangte ein dunkler Fleck. Matt spuckte noch mehr und immer weiter.

„Du Idiotenweib!", fuhr er sie an. „Das ist Gin. Willst du mich vergiften?" Er röchelte und würgte. „Blödheit auf Beinen", schimpfte er weiter.

Amy stand hilflos da, die Hände mit dem Autogrammbuch und dem Kugelschreiber halb vorgestreckt. Wie ein Monster wankte Matt auf sie zu, aus seinen Augen sprühte Verachtung. Er sah, was sie ihm da hinhielt, stieß einen höhnischen Lacher aus und schlug mit aller Kraft danach. Buch und Kugelschreiber fielen zu Boden. Ihre Hände waren jetzt leer, ihre Position aber unverändert.

„Verkriech dich im Keller und verpeste hier nicht die Luft", fauchte Matt sie wütend an, während er nach vorne stolpernd den Saal verließ.

Geschockt starrte Amy ihm hinterher. Es war schlimmer als der Absturz und das Verschwinden von Miss Bixi. Rund um sie zerbrach etwas wie ein riesiges Gebilde aus Glas. Sie hörte das Klirren, doch es kam vom Glas, das Matt gegen die Holztäfelung geschleudert hatte.

Alles war kaputt. Ihr Traum von Matt, dem Jungen, dem sie vertrauen konnte, der anders war, der so zart und liebevoll sein konnte wie sein Lächeln auf den Postern. Zerstört war auch ihr Traum, ein Stückchen von ihm mit nach Hause zu nehmen. Alles, was sie geplant hatte, seit Beatrice ihr von der Party erzählt hatte, lag auf einmal in einem Scherbenhaufen zertrümmert vor ihr. Es war so typisch für sie. Ihre Mutter würde jetzt bestimmt nur wieder tief seufzen und gequält nicken. Sie erwartete nichts anderes von Amy.

Aber Amy erwartete etwas anderes von sich.

Und von ihrem Leben.

Und von einem Menschen, dem sie vertraute und den sie verehrte und ...

... in den sie sich verliebt hatte.

Sie wollte nicht so enttäuscht werden. Nein, das wollte sie absolut nicht.

Noch vor einem Tag hätte sie sich jetzt in Gefühlen von Schuld gewunden und am liebsten in ihrem Zimmer verkrochen. Aber in dieser Sekunde erfüllte sie eine ganz andere Regung: Es war Wut! Zorn! Wut über den zerstörten Traum, den Matt einfach zertrampelt hatte.

Sie sah ihn durch die offene Verbindungstür den Vorraum verlassen. Die Jeans mit den kunstvollen Rissen und das Hemd, das zur Hälfte aus blauem und zur anderen Hälfte aus schwarzem Stoff war, erschienen ihr auf einmal nur billig und mittel, wie Fiona es nennen würde.

Ihr Hirn arbeitete wieder. Auch wenn die alte Amy sie ermahnte, stehen zu bleiben, setzte die neue Amy ihre Beine in Bewegung. Draußen auf dem Gang, auf der Höhe von Zimmer 007, holte sie Matt ein, griff nach dem Hemd und riss daran.

Völlig davon überrascht, stolperte Matt zurück und prallte gegen sie. Instinktiv riss Amy beide Arme hoch, um seinen Sturz zu verhindern. Sein breiter, trainierter Rücken drückte sich gegen sie. Durch das Hemd drang die Hitze seines Körpers. Es war, als wäre die Zeit stehen geblieben.

Matt holte für einen Stoß mit dem Ellbogen nach hinten aus. Amy war schneller und stieß ihn von sich, gleichzeitig hörte sie sich sagen: „Ich hab dich echt gemocht. Ich dachte, du wärst anders. Aber was du singst, ist gelogen. Ich habe dir vertraut!"

Noch immer mit dem Rücken zu ihr stehend, warf ihr Matt einen Blick über die Schulter zu. Höhnisch lachte er einmal kurz auf.

Vor ihm, dort, wo der Gang einen Knick machte, war das mechanische Zischen einer Lifttür zu hören. Er griff nach seinem Hemdkragen und stellte ihn auf. In seiner Brusttasche steckte noch die schwarze Sonnenbrille aus dem Wagen. Schnell setzte er sie auf.

Amy machte ein paar Schritte bis zur Ecke und das Letzte, was sie sah, war Matts Hand. Während sich die Lifttüren schlossen, zeigte er ihr den Mittelfinger.

Sie hörte die Kabine in die Tiefe gleiten. Sie hörte ihren Atem, er kam stoßweise. Und sie hörte hinter sich eine Zimmertür aufgehen. Ein rotblonder Mann mit kurz geschorenem Bart kam, nach vorne gebeugt, als hätte er Magenschmerzen, aus Zimmer 007.

Schon war Amy an der Tür zum Treppenhaus. Ihre Tasche fiel ihr ein. Sie konnte sie nicht stehen lassen. Geduckt, als würde der Mann sie dann nicht sehen, hastete sie an ihm vorbei. Er sah so aus, als könnte er Hilfe gebrauchen, aber mit ihr konnte er jetzt nicht rechnen.

Amy schleifte die Sporttasche am Schulterriemen hinter sich her. Das Autogrammbuch und den Kugelschreiber ließ sie einfach liegen. Sie wollte beides nie wieder sehen, und nie wieder an diesen Tag, den schlimmsten Tag ihres Lebens, erinnert werden.

Dann stand sie im Freien.

Über den Platz dröhnten schon die Gitarrenklänge und Stimmen einer Vorgruppe. Sie stolperte zuerst in die falsche Richtung, zum Ende der Sackgasse.

Vor ihr heulte ein Motor auf. Eine flach nach unten gebogene Motorhaube raste auf sie zu. Sie presste sich an die Hauswand und spürte einen Windstoß, als der Sportwagen an ihr vorbeisauste.

Auf der Straße standen zwei Männer. Einer in einem dunklen Anzug, der andere in einem grauen. Sie starrten sie an.

Amy rannte los.

# 12

Die Kraft des Motors schien sich auf Matt zu übertragen. Jeder Tritt auf das Gaspedal, jedes Aufjaulen fuhr in seine Muskeln und verscheuchte das trostlose Grau aus seinem Kopf.

Er musste an die Geste denken, die er dieser total verblödeten Kuh noch zum Abschied geschenkt hatte. Im Geist äffte er ihr Gesülze nach, über die „Enttäuschung", die er ihr angeblich bereitet hatte.

Trafalgar Square war zum Teil für den Verkehr gesperrt worden. Der rote Maserati musste nicht einmal auf eine Lücke warten, sondern konnte sofort in die freie Straße einbiegen. Matt war versucht, die vor ihm liegende Strecke gleich für einen kleinen Geschwindigkeitstest seines neuen Wagens zu verwenden.

Links und rechts erhoben sich die ehrwürdigen Bauten, in denen vor allem noble Clubs untergebracht waren. Pall Mall hieß die Straße.

Matt überkam diese Leichtigkeit. Er fühlte sich auf einmal befreit. Sein Entschluss, alles hinter sich zu lassen, war der richtige.

Immer weiter, immer weiter fort war jetzt das Einzige, woran er denken wollte.

Er drückte den Fensterheber und genoss das gedämpfte Summen, mit dem sich die Scheibe absenkte. Aus der engen

Tasche der neuen Jeans zupfte er sein Handy. Er ließ es aus dem geöffneten Fenster fallen und beobachtete im Seitenspiegel, wie ein schwarzes Taxi darüber rollte. Diese Behandlung überstand es sicher nicht. Damit war er nicht mehr erreichbar, jeder Kontakt zu seiner Vergangenheit war abgeschnitten. Leise schlossen sich die Seitenfenster wieder.

Matt spürte die interessierten, teils neiderfüllten Blicke, die ihm die Fußgänger hinterherschickten. Sie galten seinem Wagen, denn er selbst war nicht zu sehen. Die Scheiben waren verspiegelt. Sonderanfertigung, aber unbedingt notwendig.

Mit dem Strom der Autos, die ihre Besitzer aus den Büros an den Rand der Stadt brachten, wo die meisten wohnten, wurde Matt immer weiter vom Trafalgar Square fortgetrieben. Er begann zu singen. Es war ein neuer Song mit dem Titel „Miss you – or not". Das schwebende Gefühl hielt an. Matt erhob sich über alles, was hinter ihm lag. Wie ein Blitzlicht tauchte der Gedanke an den Artikel auf, den diese eiskalte Reporterin herausbringen wollte. Die Vorstellung versetzte Matt einen schmerzhaften Stich, den er mit einem festen Tritt auf das Gaspedal linderte. Nein, er durfte nicht daran denken. Es kümmerte ihn nicht mehr. Aus und vorbei und fort, für alle Zeiten.

Ha! Alle würden sich wundern, wo er blieb. Ein großes Rätselraten würde beginnen. Rob würde in ärgste Schwierigkeiten geraten. Gut, dass Matt die Anwälte doch noch nicht auf ihn gehetzt hatte. Die Zeitungen würden sich auf ihn stürzen und ihn zerfetzen, weil er absolut keine Auskunft über seinen Verbleib geben konnte.

Wie recht ihm das geschah!

Und seine Fans würden heulen. Viele Mädchen brachen in

Tränen aus, wenn sie ihn sahen. Wie sehr würden sie erst flennen, wenn sie ihn NICHT zu Gesicht bekamen.

Es war Matt egal. Er – Matt M – hatte es einfach nur satt. Pappsatt.

Die breiten Reifen seines Wagens rollten über eine Brücke. Zu beiden Seiten erhoben sich riesige Werbetafeln mit Plakaten, die einander an Auffälligkeit zu übertreffen versuchten. Aus einem ragte ein Flugzeug, aus dem anderen sprang ein Panther. Vom dritten starrte er sich selbst entgegen. Es war dieses Foto, auf dem er die rechte Augenbraue nur einen Hauch gehoben hatte und von schräg unten hochsah. Er wusste, wie verrückt der „Gebrochene-Flügel-Blick" seine Fans machte.

„Prince Charming" glitzerte es in Buchstaben aus kleinen Silberfolienstücken. Seine neue CD. Erscheinungsdatum in zwei Wochen. Prince Charming.

Prince Charming. Das Schnurren des Motors verstummte für seine Ohren, obwohl der Wagen weiterfuhr. Er hatte den Titel Prince Charming gewählt, weil die beiden Worte eine tiefe Bedeutung für ihn hatten. Seine Mutter hatte ihn oft so gerufen, als er noch ein kleiner Junge gewesen war. Obwohl es schon so lange her war, hatte er noch immer dieses Bild vor sich. Sie waren an der Küste gewesen, in einem dieser winzigen Badeorte, in denen es fast nur alte Menschen gab. Es war ein kalter Augusttag gewesen, für England keine Seltenheit. Seine Eltern waren mit ihm durch den Sand am Strand gestapft. Fest nach vorne geneigt hatten sie gegen den starken Wind ankämpfen müssen.

Er war ein Stück vorausgelaufen, hatte sich dann umgedreht und seine Mutter gesehen, in der Hocke und die Arme zur Seite gestreckt. Ein starker Windstoß hatte ihn erfasst und direkt auf seine Mutter zugetrieben. Er war an ihre Brust gefallen und hatte sie nach hinten umgeworfen. Zusammen waren sie im feuchten Sand gerollt und sie hatte ihm ins Ohr gelacht: „Mein kleiner Prince Charming."

„Ich hab dich lieb, Mami", hatte er gesagt.

Und es gemeint.

Und er hatte diesen Moment nie vergessen.

Obwohl er ihm rückblickend so lächerlich erschien. So falsch und verlogen. Wie alles eine einzige Lüge war.

Er war belogen worden.

Er hasste dafür.

Er hasste, hasste, hasste.

Mittlerweile hatte er die dreispurige Autobahn M4 erreicht. Die Autos fuhren nicht mehr so dicht gedrängt, die Abstände waren größer geworden.

Heftig durch die Nase aufziehend versuchte Matt zu verhindern, dass ihm die Tränen kamen. Er spürte das verräterische Brennen. So etwas Idiotisches. Er würde jetzt nicht flennen wie diese dämlichen Mädchen.

Die Überholspur war frei und dehnte sich einladend vor ihm Richtung Horizont. Er trat das Gaspedal zügig bis zum Anschlag durch. Die Geschwindigkeitsbeschränkung war ihm völlig egal. Der Motor brüllte schließlich und der Wagen verwandelte sich in ein Geschoss. Es war ein Gefühl, als würde er abheben und fliegen können.

Matt raste dahin. Alles hinter sich lassen. Alles. Das wollte er. Nur das. Je schneller, desto besser. Die Vergangenheit durfte ihn nie wieder einholen.

Die anderen Autos links von ihm waren höchstens ein kurzes Aufblitzen, als er an ihnen vorbeischoss. Ein Fahrer hupte, ein anderer blinkte ihn an, aber Matt kümmerte weder das eine noch das andere.

Mit dem schwarzen Ärmel seines Hemdes wischte er sich über die Augen und spürte die Nässe der Tränen. Sie rannen noch immer. Er verabscheute sich. Um alle Spuren zu entfernen, wischte er noch einmal und noch einmal.

Vor ihm blitzten gelbe Lichter auf. Sie versperrten ihm den Weg und bewegten sich nach links. Seine Fahrbahn war gesperrt, die Lichter sollten ihn auf die andere Spur weisen.

Wie glühende, zwinkernde Augen mehrerer Katzen erschienen sie ihm. Mit rasender Geschwindigkeit kamen sie auf ihn zu. Die Leuchten waren auf einer Barriere befestigt, die in schweren Betonklötzen steckte.

Das Einzige, was Matt tun konnte, war, den Wagen nach links zu reißen. Er umklammerte das Leder des kleinen Sportlenkrades, kämpfte, um es zu drehen und auf die mittlere Spur einzuschwenken.

Aber sein Auto gehorchte nicht mehr. Es bewegte sich stur quer über die Autobahn auf die Leitplanke zu.

Dann ein Knall, ungefähr so laut und gellend, als hätte eine Kanonenkugel eine Stahlplatte durchschossen.

# 13

Wie eine Wüste, so weit und leer, erschien Amy das Haus. Ihre Mutter hatte die Gelegenheit beim Schopf gepackt und war länger in der Bank geblieben, da sie weder Mann noch Tochter zu Hause erwartete. Sie hatte eine steile Karriere gemacht, leitete eine große Filiale und betreute nur die wohlhabenden Kunden. Ihr größtes Interesse galt den Kursen der Aktien, die sie in Aufregung versetzten, wenn sie fielen, und jubeln ließen, wenn sie stiegen.

Einmal hatte Amy gedacht: Ich wünschte, ich wäre ein Aktienkurs.

In der Diele ließ sie ihre Tasche fallen und starrte vor sich hin. Sie hatte die U-Bahn genommen und dann den Zug von Victoria Station. Von der Station Bromley South war sie zu Fuß gegangen. Es musste so gewesen sein, weil sie sonst nicht zu Hause angekommen wäre. Nur fehlte ihr jede Erinnerung an den Heimweg. In ihrem Gedächtnis klaffte eine Lücke.

Dafür hatte sich eingebrannt, was sie Matt ins Gesicht geschleudert hatte.

*„Ich habe dich echt gemocht! Ich dachte, du wärst anders! Was du singst, ist gelogen! Ich habe dir vertraut!"*

Noch immer hatte sie sich keinen Schritt weiterbewegt. Mit hängenden Schultern stand sie da und fühlte sich unfähig, nur einen weiteren Schritt zu tun.

*„Ich habe dich echt gemocht! Ich dachte, du wärst anders!*
*Was du singst, ist gelogen! Ich habe dir vertraut!"*

Aus dem Wohnzimmer kam der helle Schlag einer
Kaminuhr. Es war bereits halb neun Uhr. Amy hatte nicht einmal die Dämmerung mitbekommen.

Es konnte nicht sein, dass seit heute Morgen erst zwölf Stunden vergangen waren. Als sie das Haus verlassen hatte, war sie
eine andere gewesen als jetzt. Für einen Augenblick spürte sie
das nervöse Kribbeln, die Vorfreude auf das Autogramm, den
Kitzel des Verbotenen, die Hoffnung, dem echten Matt M
gegenüberzutreten und nicht immer nur seinem Bild auf glänzendem Posterpapier.

Der Gedanke an die Poster setzte Amy in Bewegung. Sie
stürmte in ihr Zimmer und ließ ihre Augen über die Sammlung
gleiten. Sie war wütend auf sich selbst, so viel Geld in diese
Poster gesteckt zu haben. Wie viele Magazine hatte sie nur deshalb gekauft, weil sie ein neues Foto von Matt enthielten. Mit
einem Zorn, den sie an sich noch nie erlebt hatte, ging sie auf
ein Poster neben ihrem Schreibtisch los, das Matt in Lebensgröße zeigte. Ihre Finger krallten sich unter den oberen Rand
und fetzten es von der Wand. Zurück blieben nur zwei jämmerliche Ecken, die mit Klebeband festgehalten wurden.

Es war wie ein Rausch. Amy packte Poster nach Poster und
riss alle ab. Obwohl von draußen schon das Graublau der
Nacht gegen das Fenster drückte, schien das Zimmer immer
heller zu werden. Zu ihren Füßen lag ein Berg zerdrücktes Papier mit ausgefransten Rändern. Sie trampelte darauf herum,
bückte sich, schob die Reste zusammen und zerknüllte sie zu
einem Ball.

Von einem Fetzen glotzte Matt hinauf zu ihr. Da er den Kopf gesenkt hatte, wirkte es, als würde er ihr genau in die Augen starren. Es war dieses Hilflose, Bittende, nach Zärtlichkeit Heischende in seinem Blick, das sie so angezogen hatte.

„Nein!", fauchte Amy und zwang sich, in dem Blau seiner Augen nur noch die Gemeinheit und Kälte zu erkennen, die sie erlebt hatte.

Mit dem Knäuel aus Papier unter dem Arm stapfte sie durch die Küche, von der eine Tür zu den zwei Mülltonnen im Garten führte. Sie riss einen runden Deckel hoch, stopfte den Abfall tief in die Tonne und knallte den Deckel darauf, als bestünde die Gefahr, Matt könnte sich noch einmal erheben.

Aber sie war noch nicht fertig. Zurück in ihrem Zimmer kratzte sie jeden einzelnen Klebestreifen und auch die allerletzten Papierfetzchen von den Wänden. An einigen Stellen hatte sich der Klebstoff in die Farbe gefressen und einen gelblichen Streifen hinterlassen. Amy beschloss, ihre Mutter zu bitten, das Zimmer anmalen zu lassen. Oder sie würde sich selbst einen Topf Farbe besorgen und das erledigen.

Amy wanderte in das Wohnzimmer, in dem der cremefarbene Stoff des langen Sofas und der beiden breiten Polstersessel die letzten Lichtreste verstärkte. Die Sitzmöbel waren zum Kamin ausgerichtet, in dem im Winter ein Gasfeuer brannte. In den Sitzkissen war keine einzige Delle oder Falte.

An der Wand stand ein Piano mit einem höhenverstellbaren Klavierhocker, beide ebenfalls weiß. Das Klavier gehörte Amys Mutter. Sie hatte Klavier studiert, bevor Amy zur Welt gekommen war und sie arbeiten musste, um sie beide über die Runden zu bringen. Manchmal, an den Wochenenden, setzte sie sich auch heute noch an das Instrument und spielte Chopin. Völlig versunken in die Musik war ihre Mutter dann. Sie in einem solchen Moment anzusprechen, war nicht ratsam, denn sie reagierte darauf sehr ungehalten.

Amy hob den langen Deckel und ließ einen Finger über die Tasten gleiten. Im Alter von sechs Jahren hatte sie Klavierstunden nehmen müssen. Der scheußliche Geruch von Scheuermittel, den ihre griesgrämige Klavierlehrerin stets verströmt hatte, steckte ihr noch immer in der Nase. Jeden Tag hatte sie eine halbe Stunde und samstags und sonntags sogar eine Stunde üben müssen. Wie sie das gehasst hatte.

Trotzdem ließ sich Amy auf den Hocker sinken. Sie konnte noch immer Melodien, die sie einmal gehört hatte, nach einigem Probieren nachspielen. Matts Songs beherrschte sie. Alle. Ohne es zu wollen, begann sie die Melodie von „Sunday Child" anzustimmen. Sie schlug nur leicht an, ließ manche Töne aus und wurde von Takt zu Takt langsamer.

Das Schluchzen kam tief aus ihrer Brust. Es hörte sich zuerst wie ein Aufschrei an und wurde dann schnell zu einem tieftraurigen Weinen. Amy ließ einfach das Kinn auf die Brust sinken und die Tränen fließen.

Gab es irgendetwas in ihrem verdammten Leben, das richtig lief? Gab es irgendetwas, das sie sich wünschte und auch wirklich bekam? Gab es irgendetwas, das sie sich vornahm und tatsächlich schaffte?

Auch wenn sie alle Matt-Poster entfernt hatte, wie sollte sie die Songs aus ihrem Kopf löschen? Gab es eine Taste dafür?

Schniefend stand sie auf und wischte sich mit dem Handrücken über die Nase. Sie starrte in das Halbdunkel des Wohnzimmers und flüsterte: „Wieso hast du mich nicht gewarnt? Warum hast du mich nicht zurückgehalten? Warum hast du mich hängen lassen?"

Vor ihr lag nur das tiefe Grau des Abends. Draußen säuselte der Wind durch den Efeu und nebenan, an dem Haus, das schon seit zwei Jahren leer stand, schlug ein Fensterladen.

Sich einfach häuten können wie eine Schlange – das wünschte Amy sich jetzt. Aus dem Leben schlüpfen, das sie führte, und in ein völlig anderes kriechen. Wäre das nicht die Rettung und die Erlösung von den Schmerzen, die in ihrem Inneren wie Feuer brannten?

Auf dem Kaminsims schlug die kleine Uhr neun Mal.

Amy fiel das Konzert ein. Es begann in diesen Minuten. Wurde es nicht im Radio übertragen? Nur ganz kurz war sie versucht, den Radioapparat anzumachen.

Nein, das war vorbei. Matt M war für sie vorbei. Für immer.

Und er? Würde er sich jemals wieder zeigen? Sie hatte Schuldgefühle, weil sie ihm im Stillen so heftige Vorwürfe gemacht hatte. Allerdings verdiente er sie. Er hätte sie doch vor dieser Enttäuschung bewahren können. Hatte er es in der Vergangenheit nicht schon öfter getan?

Bitter dachte Amy: Was habe ich denn da schon gemacht? Ich habe nie gewagt, nie gewonnen und nie verloren.

Große Kunst war es damals wirklich nicht, sie vor schlimmen Enttäuschungen zu bewahren.

Sofort meldete sich wieder das bekannte Schuldgefühl und warnte sie davor, denjenigen zu vergraulen, der sie schon so viele Jahre begleitete.

Schlafen konnte sie nicht.

Sie nahm sich aus dem Kühlschrank einen Joghurt – natürlich fettarm, ein anderer kam ihrer Mutter nicht ins Haus – und dazu zwei Bananen. Lustlos aß sie in sich hinein. Es ging nur darum, ihren Magen zu füllen.

In der Diele klingelte das Telefon mit einem elektronischen Zirpen, das nicht oft zu hören war. Ihre Eltern bekamen alle Anrufe auf ihre Handys. Amy besaß auch eines, verwendete es aber nicht so oft. Sie erhielt kaum Anrufe.

Wer konnte das um diese Zeit sein?

Auf dem Weg zu ihrem Zimmer kam sie an der Ladestation des tragbaren Telefons vorbei. Auf der Anzeige stand eine Nummer mit vier Fünfen am Ende. Amy erkannte sofort, dass es Tanjas Nummer war, und hob ab. Sonst würde Tanja es wahrscheinlich später erneut versuchen und ihre Mutter an den Apparat bekommen.

Bevor sie etwas sagen konnte, musste Amy sich heftig räuspern. Sonst hätte sie keinen Ton herausgebracht.

„Hallo." Es war nicht einfach für sie, ihrer Stimme einen normalen Klang zu geben.

„Amy?"

Tanja hörte sich an, als wäre ihr Haus abgebrannt.

„Hi, Tanja."

„Es ist ... es ist ... der totale Wahnsinn. Ich meine, kannst du dir vorstellen ... nie wieder ..." Tanja, die sonst immer wie ein Wasserfall redete, schaffte dieses hilflose Gestammel nur mit Mühe.

„Was?", fragte Amy, fast ungehalten.

„Hast du ... du hast es doch gehört ... es ist wahr ... völlig wahr ... aber ich kann das nicht fassen. Nicht begreifen. Ich will das nicht kapieren. Ich meine ... das kann doch nicht sein. Das darf nicht sein. Das ..."

„Tanja, was?"

Am anderen Ende atmete Tanja so heftig, als würde sie nicht genug Luft bekommen. „Hörst du etwa nicht Radio 4? Das Konzert ..."

„Ach ... das!"

Tanja stutzte. „Amy, du hörst es nicht? Ich kann es nicht fassen. Du musst es doch hören. Du magst ihn doch genauso wie ich. Hast du es vergessen?"

Eine Lüge war jetzt das Beste. „Ja!", erwiderte Amy.

„Er wird sterben!" Tanja brachte den Satz gerade noch heraus, bevor sie anfing, hemmungslos zu weinen.

„Er ... was?"

Zwischen tiefen, schnaufenden Schluchzern brachte Tanja heraus: „Matt ... Matt M ... Amy ... er hat einen Unfall gehabt. Auf der Autobahn. Er ist schwer verletzt. Die Ärzte, sagen sie im Radio, kämpfen um sein Leben. Es ist aber total aussichtslos. Er ... er wird sterben."

Zum zweiten Mal an diesem Tag schien die Zeit für Amy stehen zu bleiben. Sie befand sich an einem Ort, an dem die Geräusche eingefroren waren.

„Wie ...?"

Tanja schrie in den Hörer. „Wie? Was heißt ‚wie'? Er ist auf der Autobahn gerast. Mit seinem neuen Sportwagen. Obwohl er doch auftreten musste. Er ist gegen die Leitplanke geknallt. Der Wagen hat sich wie verrückt überschlagen. Einen Abhang ist er hinuntergerollt und dort gegen ein Lagerhaus gekracht. Sie haben ihn ..." Wieder konnte Tanja nicht weiterreden, weil sie so heftig schluchzen musste. „… sie haben ihn aus dem Blech schneiden müssen. Er soll schrecklich geblutet haben. Sein Kopf … sie sagen … sein Kopf ist …"

Für Amy kam Tanjas Stimme von sehr weit weg.

Matt würde sterben?

Vor ihren Augen blitzte die Begegnung im Hotel auf. Sie hatte ihm statt Wasser hochprozentigen Alkohol gegeben, und er war daraufhin völlig ausgerastet.

„In seinem neuen Sportwagen … knallrot … mein kleiner Bruder kennt die Marke … etwas irre Schnelles!", kam von Tanja.

Der rote Wagen, der an Amy vorbeigefahren war. Matt hatte darin gesessen.

Und wenn es ihre Schuld gewesen war?

Dann hieß das, sie hatte ihn umgebracht.

Nur Beatrice wusste, wo Amy sich aufgehalten hatte. Sonst war ihr niemand begegnet. Es würde geheim bleiben. B verriet es bestimmt niemandem.

„Keiner versteht, wieso Matt einfach losgerast ist." Tanja redete und redete, wie üblich ohne sich darum zu kümmern, ob jemand zuhörte. „Da waren zwei Männer … von der Autofirma … sie haben den Wagen geliefert und sagen, er sei völlig aufgeregt gewesen … total durchgedreht …"

„Schrecklich." Mehr brachte Amy nicht heraus.

„Ist dir das egal? Amy! Matt wird sterben."

Tanja übertrieb gerne und bei allem.

Vielleicht war es nicht so schlimm.

Mit dem Hörer am Ohr ging Amy ins Wohnzimmer, knipste das Licht an, fand die Fernbedienung für den Fernseher auf dem Glastisch und drückte den erstbesten Kanal, der ihr in den Sinn kam.

Es lief ein Krimi.

Sie schaltete von Sender zu Sender.

Erst auf dem neunten kamen Nachrichten.

Eine verwackelte Aufnahme des roten Sportwagens wurde gezeigt. Er hatte die gleiche Farbe wie der Wagen, den Amy hinter dem Hotel gesehen hatte, sonst jedoch nichts mehr von einem schicken Auto. Rundherum standen Feuerwehr- und Rettungswagen, alle mit blitzenden Blaulichtern. Die Rettungskräfte verstellten den Kameras die Sicht.

Der Wagen lag auf dem Dach, die breiten dunklen Reifen hilflos in die Luft gestreckt.

Eine blonde Nachrichtensprecherin erschien im Bild. Der Schock war ihr anzusehen. Sie bemühte sich, sachlich zu sprechen, aber ihre Stimme wurde immer wieder rau.

„Matt M wurde per Hubschrauber in das Philipp-Elliott-Krankenhaus gebracht, wo die Ärzte um sein Leben ringen."

Sie drehte sich und auf einem Monitor neben ihr war ein Reporter zu sehen, der vor einem hell erleuchteten Gebäude stand. Rund um ihn war es Nacht.

„Charles, was konntest du über Matt Ms Zustand in Erfahrung bringen?", wollte die Sprecherin von ihm wissen.

„Hier im Philipp-Elliott-Hospital wurde eine Nachrichtensperre verhängt. Niemand ist bereit, vor die Kamera zu treten. Ich habe aber vorhin mit einer jungen Krankenschwester gesprochen, die von einem verzweifelten Kampf der Ärzte berichtete. Seine Überlebenschance wird mit zehn Prozent angegeben."

Die Sprecherin vergaß, ihre nächste Frage zu stellen, so entsetzt war sie über die Meldung.

Amy hatte sich immer allein gefühlt.

In diesem Moment aber war es anders. Die Leere des Hauses erschien ihr nicht mehr wie eine Wüste. Sie befand sich mit ihren Gefühlen auch nicht mehr im edel gestylten Wohnzimmer ihrer Mutter. Amy glaubte in einem Würfel aus dickem, unzerstörbarem Beton zu stecken.

Ohne Fenster.

Ohne Ausgang.

Selbst wenn sie nie wieder etwas aß oder trank, würde sie in diesem Würfel nicht verhungern oder verdursten.

Aber sie war allein – allein mit dem, was sie getan hatte und wovon sie niemandem erzählen konnte.

# 14

Es war ein gnädiger, dicker, trockener Nebel, der ihn umhüllte. Matt hatte kein Gefühl mehr für Raum und Zeit.

Sein linker Arm brannte, als hielte er ihn direkt in eine starke Flamme. Sein Bein – er wusste nicht einmal, welches – tat so weh, dass er es sich am liebsten abgerissen hätte.

Dann aber wurde der Nebel wieder dicht und dunkel. In diesen Zeiten spürte Matt nichts mehr. Er driftete nur dahin, in einem Universum, das ihm völlig unbekannt war.

Manchmal glomm der Nebel kurz auf. Wie durch einen langen Tunnel sah er Lichter blitzen. Blau waren manche. Ein gelblicher Feuerschein schoss einmal hoch. Weißes Licht bohrte sich wie ein Speer in seine Augen.

Wieder war er weg.

Für eine Sekunde? Eine Minute? Eine Stunde? Wie lange war das überhaupt? Was bedeutete Zeit?

Auch ohne Nebel fingen seine Ohren Satzfetzen auf. Kreischendes Quietschen war da einmal. Männer redeten durcheinander, brüllten einander Befehle zu.

Wieder das Driften ins Nichts.

Es roch scharf. Nach Sauberkeit.

Aber auch verbrannt. So stanken nur verkohlte Haare. Seine Haare!

Schnelle Pieptöne. Druck von oben.

Im Nebel schwebten Gesichter. Keines lächelte. Kein Mädchen, das kreischte, sondern Männer und Frauen. Alle mit grünen Hauben.

Wieder der Schmerz, schlimmer diesmal. Hinten in seinem Kopf wie eine Explosion.

„Gehirnblutung!"

Matt fühlte, wie er driftete. Diesmal nicht durch das Universum. Er rutschte und keiner hielt ihn. Er glitt zur Seite, fort von dem Brennen und den Schmerzen. Der Teil von ihm, der schon am weitesten war, fühlte sich so angenehm warm und leicht an.

Noch immer griff niemand nach ihm.

„Wir verlieren ihn!"

Da löste sich Matt von einem Gewicht, schwerer als Eisen, das ihn nach unten gezogen hatte. Schwebend bewegte er sich dahin.

In Panik schrie jemand: „Wir verlieren ihn!"

Er wurde aus der Waagerechten in die Senkrechte geschleudert. Wie damals der Windstoß am Strand beförderte ihn eine starke, gleichförmige Kraft voran. Er brauchte die Beine nicht zu bewegen.

Von einem Blitz, der die Unendlichkeit des Universums nach allen Seiten erfüllte, wurde er weggerissen.

„Ja?", hörte er jemanden mit einiger Verwunderung sagen.

# 15

„Steh endlich auf!"

Doch es war unmöglich. Sie konnte nicht. Sie würde lange Zeit nicht dazu fähig sein. Erklärungen aber würde sie auch keine liefern können. Es war Amy klar, dass ihre Mutter das nicht akzeptieren würde.

„Amy! Du stehst auf der Stelle auf!" Als sie ihr die Decke wegziehen wollte, krallte Amy sich daran fest. Sie war selbst erstaunt über die Kraft in ihren Händen. Das Gesicht zur Wand gedreht, zusammengekrümmt wie ein Embryo im Mutterleib, lag sie da und wollte nur in Ruhe gelassen werden.

Im Türrahmen erschien Henry. Er kam gerade aus dem Bad und war dabei, sein Haar sorgfältig nach hinten zu frisieren. Der Kamm glänzte vor Haaröl.

„Was ist denn los?"

„Sie steht nicht auf, sie redet nicht mit mir, sie stellt sich an wie ein Kleinkind." Als hätte sie alle Hoffnung aufgegeben, ließ Amys Mutter die Decke auf ihre Tochter zurückfallen. Zu Amy gewandt sagte sie: „Wieso bist du eigentlich hier? Du wolltest doch bei Tanja schlafen."

Ein altmodisches, rasselndes Telefonklingeln schallte aus der Küche. Es war das Läuten von Henrys Handy. Mit großen Schritten lief er los und Amy konnte ihn in der Küche sprechen hören.

„Morgen, Beatrice!"

Der Name traf Amy hart. Wieso rief B bei Henry an? Bei Amy hatte sie sich nicht gemeldet. Würde sie Henry erzählen, was vorgefallen war? Wusste sie es? Konnte sie es irgendwie erfahren haben?

Henrys Pantoffeln klapperten laut über die hellen Holzdielen, tack-tack.

„Es ist Beatrice!" Die Missbilligung war nicht zu überhören. „Sie will dich sprechen, Amy. Dein Handy ist ausgeschaltet."

„Warum will sie Amy um halb acht Uhr am Morgen sprechen?", brauste Amys Mutter auf. Sie nahm ihrem Mann das Handy aus der Hand, hielt es ans Ohr und sagte: „Beatrice, hallo, ich bin es, Audrey. Amy hat gerade eine Krise. Du kannst jetzt nicht mit ihr reden."

Völlig verkrampft lag Amy da und wartete ab, was als Nächstes geschah.

Ihre Mutter streckte ihr das Handy hin. „Sie verlangt dich und sagt, es sei unaufschiebbar."

Henry schnaubte kurz und brummte vor sich hin: „Was kann für Beatrice schon unaufschiebbar sein? Das hätte ich wirklich gerne gewusst."

Amy nahm das schwarze aufgeklappte Handy.

„Bist du das jetzt endlich, Amy?", redete Beatrice sofort los. Mit einer Begrüßung oder der Frage, was mit Amy los sei, hielt sie sich erst gar nicht auf. „Wieso bist du gestern weggelaufen? Im Saal ist ein Autogrammbuch gefunden worden und ein Kugelschreiber. Von den Sicherheitsleuten. Ich habe mir die ganze Nacht Sorgen um dich gemacht. Bitte, sag nicht, du hast irgendetwas mit dem plötzlichen Filmriss von Matt M zu tun!

Bitte – sag – es – nicht!" Sie betonte jedes Wort einzeln, als hinge ihr Leben davon ab.

Amy fühlte sich wie eine Mumie, so steif und vertrocknet, als sie sich aufsetzte.

Vor ihrem Bett standen ihre Mutter – bereits im Kostüm und tadellos zurechtgemacht – und Henry in einem dunkelblauen Frotteemantel. Fragend sahen sie auf Amy herab.

„Ich muss allein mit ihr sprechen!", erklärte Amy leise. Henry drehte sich um und trottete ins Bad zurück. Ihre Mutter aber blieb, die Arme vor der Brust verschränkt.

„Herrgott noch einmal, Amy! Hast du ihn um ein Autogramm gebeten? Du weißt, dass das streng verboten ist!", schimpfte Beatrice heftig. So hatte Amy sie noch nie erlebt. „Pass auf, in 007 war sein Manager. Der Typ muss irgendeine Krankheit haben. Jedenfalls wurde er ins Krankenhaus gebracht, weil er Blut gespuckt hat. Die Assistentin des Direktors hat es mir erzählt."

Da ihre Mutter nicht daran dachte, sie allein zu lassen, presste Amy den Hörer fest an ihr Ohr. So würde sie verhindern, dass Bs laute Stimme im Zimmer zu hören war.

„Dieser Manager sagt, er hätte Matt nebenan mit jemandem schreien gehört. Matt hätte sich in den Saal zurückgezogen, aber dort muss etwas vorgefallen sein. Deshalb ist Matt abgehauen, in diesem Rennwagen. Jetzt machen sie mir die Hölle heiß und wollen wissen, wen ich zum Gläserpolieren abgestellt hatte. Herrgott, ich rede ständig herum und lüge, was das Zeug hält. Ich werde es auch weitermachen, aber bitte sag mir auf Ehre und Gewissen: War – da – etwas – mit – dir – und – Matt?"

„Nein", erwiderte Amy leise mit schlechtem Gewissen. Das Sprechen tat ihr im Hals weh.

„Hör zu, Baby, ich verlasse mich darauf, was du sagst. Ist – das – klar?"

„Ja, klar."

Lange Pause.

„Das Hotel ist in allen Zeitungen. Der Manager hat sich die Artikel aber anders vorgestellt. Alle Welt kommt besichtigen, wo Matt zuletzt lebend gesehen worden ist. Es ist wie damals bei Lady Di."

Amy schrak auf. „Ist er ... ist er schon ... tot?"

Nervös strich sich ihre Mutter die kurzen Haarsträhnen hinter die Ohren. Fragend hatte sie die Stirn kraus gezogen.

„Er liegt im Koma. Die Ärzte haben getan, was sie konnten. Die Chancen, dass er jemals wieder zu sich kommt, sind knapp über Null."

Tonlos wiederholte Amy: „Knapp über Null."

Energisch fuhr ihre Mutter dazwischen und nahm ihr das Handy ab.

„Hallo, Beatrice? Kann ich erfahren, was du mit meiner Tochter da zu besprechen hast?"

Amy spürte, wie sie die Luft anhielt.

„Dann ruf am Abend wieder an." Die Mutter drückte die Taste, mit der die Verbindung unterbrochen wurde. Seufzend wiegte sie das Handy in der Hand.

„Es ist ein Schultag und du bist nicht krank. Hat das ganze Theater mit diesem Sänger zu tun? Hast du keinen Bezug mehr dazu, was Wirklichkeit ist und was dir vorgegaukelt wird, um euch das Geld aus den Taschen zu ziehen?"

Ausdruckslos starrte Amy vor sich hin. Sie dachte an nichts mehr. An gar nichts mehr. Das tat am wenigsten weh.

„Ich habe heute einen freien Tag, weil ich ein Konzept schreiben muss. Solltest du weiter krank spielen, rufe ich Dr. Magnus an. Wer krank ist, muss behandelt werden."

Sie konnte es nicht leiden, wenn ein Mitglied der Familie das Bett hüten musste. Am wenigsten mochte sie es bei Amy. Bestimmt würde sie jede Stunde ins Zimmer kommen, nur um nachzusehen, ob Amy nicht endlich wieder gesund war.

Wie ferngesteuert erhob Amy sich und stakste an ihrer Mutter vorbei in das kleine Badezimmer, das direkt neben dem großen Elternbad lag. Sie warf einen flüchtigen Blick in den Spiegel, aus dem ihr ein grauer Geist mit dünnen, stumpfen Haaren entgegenblickte.

Da sie so erbärmlich aussah, machte sich sogar Henry Sorgen und rief in seinem Büro an, um mitzuteilen, er werde eine halbe Stunde später kommen. Er fuhr Amy bis an das hohe Gittertor, hinter dem die Mauern von St Patrick aufragten.

„Deine Mutter", begann Henry, nachdem Amy während der ganzen Fahrt nicht ein Wort gesprochen hatte, „deine Mutter meint es nicht so. Sie ist sehr streng und hart gegen sich selbst." Nach einer kurzen Pause setzte er fort: „Deshalb ist sie auch so streng mit anderen." Henry warf ihr einen lausbuben-haften Blick zu. „Auch mit mir, das kannst du mir ruhig glauben", sagte er.

Amy nickte stumm, weil sie spürte, wie sehr er sich wieder einmal anstrengte, ihr zu gefallen. Danach stieg sie aus. Die Tür des schwarzen Wagens, auf den Henry sehr stolz war, fiel mit einem leisen, gedämpften Laut zu.

Über der Schule hatten sich tief herabhängende graue Wolken geballt. Es würde heute sicher noch Regen geben. In der Nacht hatte der Wind die erste Frühsommerwärme verweht. Der Morgen war beißend kalt. Vor dem Schultor stand niemand mehr, denn in einer Minute ging der Unterricht los. Ein kleines Mädchen jagte wie eine aufgescheuchte Maus an Amy vorbei ins Gebäude.

Noch immer wie in Trance schritt Amy auf das Schultor zu. Im Rücken glaubte sie Henrys Blick zu spüren, der jedem ihrer Schritte folgte.

„Mi... Mi... Mimi, ha... a... a...llo Mimi!" Neben ihr tauchte Robins Wuschelkopf auf. Seine Locken hingen nicht, sondern standen. „Bist du O... O... O... O.K., Mimi?"

Nur Robin durfte ‚Mimi' zu ihr sagen. Sie kannte ihn ja seit der ersten Klasse.

„He, Mi... Mimi!" Er stieß sie leicht mit der Hand. „Du bist ja g... g... g... grün im Gesicht." Robin zog das schwere Holztor für sie auf und ließ ihr den Vortritt. Mit einer unbeholfenen Geste fuhr er sich durch die Haare, befeuchtete die Lippen und holte Luft, sagte aber nichts. Er hatte sich angewöhnt, nur das Notwendigste zu sagen, weil er immer stärker stotterte, je mehr er sich aufregte. Amy zwang sich, die Mundwinkel nach oben zu bewegen. Sie lächelte mit dem Mund, aber mit keinem anderen Teil ihres Gesichts.

„Ich bin völlig in Ordnung, Robin."

„Ist e... e... e... es wegen diesem M... M... M... M... Matt M?" Er wartete Amys Antwort gar nicht ab, sondern gab sie selbst. „Es i... i... ist wegen M... M... Matt M. Schreck-schrecklicher U... U... Unfall."

Robin streckte den Arm in Amys Richtung, als wollte er sie an der Schulter nehmen. Sie machte in diesem Moment einen Schritt nach vorne, deshalb zog er den Arm schnell wieder zurück. Sie spürte die Bewegung und drehte sich zu ihm um. Robin hatte die Augenbrauen mitfühlend hochgezogen. Früher hatte er Amy immer mit Schokolade und Keksen versorgt, die seine Mutter ihm mitgab, weil er zu wenig Gewicht hatte und viel essen sollte.

„E... E... Es tut mir leid", sagte er. Hilflos zuckte er mit den Schultern. So gerne hätte er etwas getan, um Amy aufzumuntern, aber ihm fiel nichts Passendes ein. „Sehr t... t... t... traurig?", fragte er lahm.

Die Schulglocke ersparte Amy eine Antwort.

Linkisch hob Robin die Hand wie zu einem Schwur. „K... k... kannst voll auf mi... mi... mich z... z... z... zählen. D... D... D... Du weißt."

„Danke Robin, ich weiß!" Amy winkte flüchtig und beeilte sich, in die Klasse zu kommen.

Er wurde immer so treuherzig, wenn es um sie ging. Bei den anderen Jungen war Robin eigentlich ganz beliebt, weil er der Schulmannschaft als Tormann bereits zu einigen Siegen verholfen hatte. Von den Mädchen wurde er aber wegen seines Stotterns und seiner Unbeholfenheit in die Kategorie „Junge-der-allerletzten-Wahl" gereiht.

Auf dem Weg zum Musikzimmer musste Amy über Robin nachdenken. Auf der einen Seite wollte sie ihn beschützen, weil sich so viele über ihn lustig machten. Auf der anderen Seite wollte sie nicht zu viel mit ihm gesehen werden, weil sie auf die Kommentare ihrer Klassenkameradinnen keine Lust hatte.

Mochte sie ihn immer noch? Könnte sie ihm anvertrauen, was ihr widerfahren war? So wie früher, als sie ihre kleinen Geheimnisse geteilt hatten, über zerbrochene Vasen oder heimlich gesehene Filme?

Im Musikzimmer drängten sich alle Mädchen um den kleinen Fernseher, der in einer Ecke auf einem Schrank stand. Eine Nachrichtensendung lief. Links oben wurde ein Foto von Matt eingeblendet. Den Rest des Bildschirms nahm eine wackelige Aufnahme des Krankenhauses von außen ein. In einem wichtigen, gleichzeitig aber oberflächlichen Singsang verkündete eine Sprecherstimme, Matt M solle nach einem Herzstillstand reanimiert worden sein. Der Zustand wurde von den Ärzten als sehr kritisch eingestuft.

Tief in Amy brannte etwas wie Höllenfeuer. Sie hatte Schuld!

# 16

Ein Zimmer.

Nicht groß.

Fast quadratisch.

Der Schreibtisch mit gedrechselten Beinen, cremeweiß, der Stuhl davor im gleichen Stil, das Sitzkissen und ein Teil der Lehne aus dem gleichen Stoff wie die Gardinen, goldgelb mit Blumen in Dunkelrosa.

Ein Schloss? Ein Zimmer in einem Schloss?

Das schlichte Bett links von der Tür. Schneeweißes Bettzeug, stark zerwühlt, die Decke nach unten getreten. Ein Würfel als Nachtkästchen. Darauf ein Taschenbuch, aufgeschlagen, die offenen Seiten nach unten. Der Titel: „Stolz und Vorurteil". Ein altes Buch. Gab es auch als Film. Kitschig.

Rechts von der Tür drei schmale Schränke. Einer halb offen. Hosen und Jacken – alle entsetzlich langweilig.

Tisch, Stuhl und Sessel – diese Möbel sahen aus wie die einer Prinzessin vor dreihundert Jahren.

Bett und Schränke dagegen wie aus dem Katalog eines billigen Möbelhauses.

Wer lebte hier?

Im Schrank schief auf einem Hänger ein sandfarbenes Kostüm. Auf dem Boden ein schwarzes T-Shirt. In den Falten ein Glitzern. Kristallförmige Steine aufgenäht. Manche klar, ein paar rubinrot. Formten eine Rose oder so.

Langsam bewegten sich die Teile aufeinander zu, ergaben ein Bild. Schwebten die Kleidungsstücke zuerst noch körperlos vor ihm, so materialisierte sich nach und nach ein Gesicht über dem Kragen der Jacke.

Er wusste, wieso er hier stand.

Konnte es noch schlimmer kommen?

Ja, es konnte. Es würde noch wesentlich schlimmer kommen, wenn es ihm nicht gelang, zu erfüllen, was ihm aufgetragen worden war.

# 17

„Es ist die dünne Grenze zwischen Genie und Wahnsinn", dozierte Mr Stern, die Arme auf dem Rücken, beim Reden leicht vorgebeugt auf- und abgehend. Er schritt an einer Reihe von Instrumenten vorbei: Klavier, Pauke, Xylophon, verstaubte Bongos, ein Gestell mit Triangel, Kastagnetten, Rasseln und einem Tamburin. „In der Geschichte der Rockmusik erleben wir zahlreiche Beispiele von großen Künstlern, die den vermeintlichen Druck des Lebens nicht ertrugen, sich in Drogen und Alkohol flüchteten, um dort Erlösung zu finden, und schließlich daran starben."

Durch den Musiksaal ging ein erschrockenes Aufstöhnen.

Mr Stern hielt an, richtete sich auf und blickte über den Rand einer halbmondförmigen Brille zu den Mädchen.

Kristin kaute an ihrer Faust und erinnerte dabei an ein sehr kleines Mädchen. „Er wird nicht wirklich sterben. Er kann wieder aufwachen." Es klang, als redete sie sich selbst Mut zu.

Mit Bedauern in den Augen sah der Musiklehrer sie an, Tanja hob die Hand. Da Mr Stern sie nicht sofort bemerkte, schnippte sie mit den Fingern. Er wandte sich ihr zu und nickte auffordernd.

„Wir sollten eine Gedenkminute einlegen. Man kann doch Energie bündeln. Geistige Energie. Wir schicken sie Matt M als Stärkung. Ich habe schon von einigen Beispielen gelesen,

111

die funktioniert haben. Wir sind ihm das schuldig. Findet ihr nicht auch?" Zustimmung heischend drehte sie sich um.

Amy fühlte sich, als wäre sie aus Stein. Aus kaltem grauen Granit. Sie hockte auf ihrem knarzenden Stuhl neben Tanja. Sie saßen in fast jeder Stunde nebeneinander, weil Amy sonst neben niemandem in ihrer Klasse hätte sitzen wollen. Umgekehrt war es bestimmt genauso.

Wusste nicht längst jedes andere Mädchen, dass es Amys Schuld war? Stand es ihr nicht auf der Stirn geschrieben? Es musste doch so sein.

Mr Stern zog am Saum seines gestrickten Pullunders mit dem Rautenmuster.

„Mir fehlt das Verständnis für eine solche Aktion, Tanja", sagte er mit einem entschuldigenden Brauenhochziehen.

„Wir hier, wir sind Schwestern des Lichts, die ihre Kräfte vereinen können zu einem Strahl, der so stark wie ein Laserstrahl ist. Wir schicken diese heilende Kraft an Matt M." Herausfordernd starrte sie Mr Stern in die Augen. Dieser nahm seine Brille ab und rieb sich die Nasenwurzel.

„Dazu, würde ich vorschlagen, nutzt ihr die Pause."

„Leihst du mir deinen Kugelschreiber? Ich kann meinen nicht finden!", flüsterte Amy Tanja zu. Tanja schob ihr ein längliches Täschchen zu, aus dem Amy einen Stift fischte.

Von dem, was Mr Stern alles sagte, bekam Amy nur Bruchstücke mit, die sie genauso bruchstückhaft und unverständlich in ihr Heft kritzelte.

Endlich brach die erlösende Pause an.

Kristin tauchte neben Amy auf, die nicht aufgestanden war und vor sich hinstarrte. Ihre Stimme klang, als würde sie gleich wieder zu weinen beginnen: „Ich kann nicht weiterleben ohne ihn. Ich kann nicht."

Entsetzt sah Amy zu ihr auf. Kristin hatte rote Augen und feuchte Tränenspuren im Gesicht. Ihr sonst so sorgfältig gezogener Mittelscheitel war schief, und aus der Welle, zu der sie ihr Haar am Hinterkopf hochsteckte, hingen wirre Strähnen.

„Das Leben hat doch keinen Sinn mehr", sagte sie und schluchzte auf.

Was sollte Amy antworten? Sie war versucht, Kristin zu erzählen, wie widerlich und unfassbar grausam Matt wirklich war. Damit aber hätte sie preisgegeben, wo sie gewesen war und was sie getan hatte.

In der nächsten Stunde hatten sie Chemie im Laborsaal.

„Jemand hat ihn umgebracht!", rief Tanja. Sie kam als Letzte mit dem Läuten in den Raum gestürzt. Alle Mädchen drehten sich zu ihr.

Fiona eilte auf Tanja zu. „Bitte mal in aller Ruhe. Mam hat gesagt, der Tod eines Stars kann in Menschen völlig wahnsinnige Reaktionen hervorrufen. Ihr Therapeut hat sogar angeboten, mit mir zu sprechen, weil sie sich Sorgen um mich macht."

Tanja rollte die Augen. „Ich war auf Girl.com."

Girl.com war eine äußerst beliebte Internetseite.

„Kurz bevor er in den Sportwagen gestiegen ist, muss irgendetwas geschehen sein. Er war in einem Sitzungszimmer, oder so. Dort sollen einmal die Listen gelegen haben mit den Namen der Toten von der *Titanic* oder so. Und dort ist Matt auf jemanden getroffen. Man nimmt an, es war ein Fan. Jedenfalls ist ein Autogrammbuch gefunden worden. Leer. Und ein Kugelschreiber. Blau mit Metallklipp."

113

Alle Mädchen, außer Amy, standen um Tanja und hingen an ihren Lippen.

„Matt hat das Hotel verlassen. Mit Sonnenbrille. Matt ist zur Hinterseite des Hotels, wo der Wagen stand. Als er wegfuhr, ist ein Mädchen aus dem Personaleingang gekommen. Matt hat sie fast überfahren. Die beiden Männer von der Autofirma sagen, dass das Mädchen keine Hotelangestellte war. Nachdem Matt an ihr vorbei war, ist sie weggerannt wie auf der Flucht."

Fiona beugte den Kopf weit nach hinten und schüttelte ihre langen Haare.

„Drohung. Erpressung", sagte sie zur niedrigen Decke gewandt. Sie richtete sich schwungvoll auf. „Ein Kind. Die Frau erwartet ein Kind von ihm. Das hält Matt nicht aus. Er erträgt es nicht. Kurzschlussreaktion. Panik. Ganz klassisch."

Mit den Fäusten schlug Kristin auf Fionas Rücken. „Sag das nicht. Deswegen würde er nie flüchten. Das Mädchen hat ihm etwas gesagt, das ihn verletzt hat. Ganz tief verletzt."

Es wäre besser aufzustehen und sich zu den anderen zu stellen, dachte Amy. Aber sie schaffte es nicht.

Wenn die anderen wüssten, was sie wusste!

Sie hatte das Gefühl, eine Schlinge um ihren Hals würde langsam immer enger gezogen.

Amy stürzte aus dem Chemiesaal, rettete sich hinter die dunkelbraune Tür mit dem Symbol für Mädchen und sperrte hinter sich ab. Als sie den Deckel runterklappen wollte, rutschte er ihr aus der Hand und knallte auf die Kloschüssel. Amy ließ sich darauf sinken, lehnte sich nach hinten mit dem Kopf gegen die Wand.

Auch wenn sie sich in ihm getäuscht hatte und er sie nicht vor dieser Katastrophe bewahrt hatte, wünschte sie ihn sich herbei. Der Wunsch, sich in seine Arme zu schmiegen und von ihm gehalten zu werden, wuchs zu einem übergroßen Drang, der ihr die Tränen über die Wangen laufen ließ.

Durch die Schleier zwischen ihren Wimpern glaubte sie das helle, warme Licht zu sehen. Vorsichtig, als würde sie ihn sonst verscheuchen, öffnete sie die Augen und musste erkennen, dass sie nur in die runde Glaskugel der Toilettenlampe blickte. Die Glühbirne brannte, was für die Tageszeit ungewöhnlich war.

Verzweifelt schloss Amy die Augen. Der helle Punkt blieb. Er begann sich zu verändern, nahm langsam die Form eines Mannes mit breiten Schultern an. Dort, wo die Schulterblätter ansetzten, wuchsen Flügel aus seinem Rücken.

Er war so fern. Außerdem stand er im Gegenlicht und sie konnte nur seine Silhouette sehen. Weder mit der Hand noch mit dem Kopf gab er ihr ein Zeichen. Regungslos verharrte er.

Der kleine Lichtkreis, der ihn umgab, schwebte in die Ferne. Weiter und weiter. Er wurde immer kleiner. Die Gestalt verschwamm zu einem dunklen Tupfen.

Sie würde ihn nie wiedersehen.

Amy wusste es. Niemand musste es ihr sagen. Es war etwas, das sie fühlte, und egal, ob sie es wahrhaben wollte oder nicht, kein Weg führte daran vorbei.

Nach zehn Jahren hatte sie ihn verloren.

Ein Gefühl grenzenloser Einsamkeit überkam sie. Sie fröstelte. Kälte breitete sich in ihrem ganzen Körper aus.

Die Erlebnisse der vergangenen vierundzwanzig Stunden überwältigten sie.

Amy konnte es nicht mehr ertragen. Es war zu viel.
Zu viel.

Von draußen wurde gegen die Tür geklopft.

„Bist du da drinnen, Amy?", rief Tanja.

Nicht einmal antworten konnte Amy.

Tanja rüttelte an der Klinke.

„Sag was, Amy! Sag was!", verlangte sie, fast kreischend.

Schritte näherten sich. „Was ist hier los?", wollte Mr Patridge wissen.

Amy bekam noch mit, wie die Tür aufgebrochen wurde und Holzsplitter vor ihre Füße fielen.

# 18

**Sie war es!**

Er hatte insgeheim gehofft, es wäre anders.

Auf der Kante der Matratze hockte eine mittelalte Ärztin, die wohl keinen Spiegel zu Hause hatte. Anders war es nicht zu erklären, dass sie einen lila Pulli zu einer grünen Hose trug und ihr Haar dermaßen reizlos und schlampig zusammengebunden hatte.

Das bleiche Mädchen blinzelte aus halb geschlossenen Augen. Sie wirkte noch unscheinbarer als in dem Saal mit dem ganzen Holz an den Wänden. Einfach nur durchsichtig.

Wie konnte diese verdammte Kuh ihn so beschimpfen? Was sollte dieses vertrottelte Gefasel von der großen Enttäuschung, die er ihr bereitet hatte? Was bildete sich dieses Mauerblümchen eigentlich ein?

Er wurde im Nachhinein noch wütender auf sie. Verdankte er nicht ihr diesen Schlamassel?

Durch das Grollen seiner Wut meldete sich eine andere Stimme. Sie sprach nicht viel, sondern machte mehr so ein tadelndes „Tststs".

Ja, ja, ja, brauste er innerlich auf. Natürlich hatte *er* den Maserati gelenkt und natürlich war *er* mit fast 150 Meilen in der Stunde gegen die Leitplanke gekracht. Trotzdem tat es wesentlich besser, einen Sündenbock zu haben.

Die Zimmertür wurde geöffnet und eine Frau erschien. Sie

hatte etwas sehr Energisches an sich und strich hektisch die Haare hinter ihre Ohren.

„Ist es die Grippe, Dr. Magnus?", fragte sie.

Die Ärztin nahm die Stöpsel des Stethoskops aus den Ohren. Nachdenklich sah sie vor sich hin, befühlte die Stirn der Patientin und machte ein bekümmertes Gesicht.

„Nein, es scheint mir eine nervliche Überbelastung zu sein."

Die Frau in der Tür schnaubte kurz. „Dann muss sie sich in etwas hineingesteigert haben. Dieser Sänger da, also dieser – ich vergesse immer seinen Namen –, der hatte doch den Unfall. Sie hat ..." Suchend sah sich die Frau im Zimmer um. „Wo sind die Poster hin? Hier war alles tapeziert mit Postern von diesem Burschen."

Das Stethoskop in ihrer länglichen, altmodischen braunen Arzttasche verstauend, erhob sich die Ärztin.

„Reden wir draußen weiter. Amy braucht auf jeden Fall einen Tag Ruhe."

Die Frau warf einen Blick auf das Mädchen im Bett. Missbilligend schüttelte sie den Kopf und ging hinaus.

Er stand neben dem Schreibtisch, eine Hand auf die Tischplatte gestützt. Niemand hatte ihn vorgewarnt, dass sie ihn sofort sehen konnte, wenn sie allein waren.

# 19

Aus ihrem Mund drang zuerst nur ein Quieken. Nachdem sie heftig nach Luft geschnappt hatte, konnte sie schreien. Das tat sie auch. Sie schrie ungefähr so laut, so schrill und so überdreht, wie die Frauen es in den alten Horrorfilmen tun.

Dr. Magnus und Amys Mutter stürzten zurück in das Zimmer, in dem Amy im Bett saß, zum Schreibtisch starrte und noch immer schrie. Als sie keine Luft mehr hatte, presste sie die Hände auf den Mund. Ihre Augen waren weit aufgerissen und in ihnen stand, wie groß Amys Entsetzen war.

Dr. Magnus nahm sie an den Schultern.

„Ganz ruhig, Amy, ganz ruhig." Sie strich ihr über die aschblonden Haare und drückte sie sanft auf das Kissen zurück.

„Du bist in Sicherheit hier. Deine Mutter ist da."

Amys Mutter sah sich langsam im Zimmer ihrer Tochter um. Ohne die Poster, die sie immer abscheulich gefunden hatte, wirkte der Raum viel größer. Einen Grund für Amys Ausbruch konnte sie nicht erkennen.

„Ich kann dir etwas geben, das dich beruhigt und eine Weile schlafen lässt. Ich finde, du solltest es nehmen." Dr. Magnus hatte einen Tonfall, der auf ihre Patienten wie Hypnose wirkte. Sie konnte richtig spüren, dass sich Amys Muskeln unter ihren Händen entspannten.

„Versuche zu schlafen. Aber wenn es nicht geht, dann nimmst du diese Tablette." Die Ärztin trennte eine einzelne Tablette von einem Streifen, auf dem mehrere in Alufolie eingeschweißt waren. „Deine Mutter bringt dir ein Glas Wasser."

Noch immer starrte Amy zu der Stelle neben dem Schreibtisch, an der sonst immer *er* gestanden hatte.

Vorhin hatte sie Matt M dort gesehen. Matt M mit schwarzen Schwingen auf dem Rücken. Er hatte nur ein ausgeleiertes weißes Baumwoll-T-Shirt und zerlöcherte Jeans getragen. Und ausgetretene, fleckige Tennisschuhe.

Amy tat die Berührung der Ärztin gut. Sie fühlte sich sicher und beruhigt.

Auf keinem Poster und in keinem Fernsehauftritt hatte Matt M nur ein weißes T-Shirt und Jeans angehabt. Amy war sich sicher, dass das T-Shirt am Kragen ausgeleiert war und auf einer Seite tiefer herabgehangen hatte.

Die Ärztin stand auf und drehte sich in der Tür noch einmal zu ihr zurück. Amy sah ihr nach, sah ihr Lächeln, erwiderte es sehr schwach. Sogar im Gesicht ihrer Mutter stand Sorge. Amys verwirrter Zustand, das heftige Zittern am ganzen Körper, als sie sie aus der Schule abgeholt hatte, und der Schrei waren für sie schwer zu begreifen.

Die beiden Frauen verließen den Raum.

Die Tür wurde ins Schloss gezogen, der Schnapper rastete ein.

Es blieb still.

Die Fenster waren beide heruntergeschoben und geschlossen. Vor den Scheiben bewegten sich die Äste eines Oleanders im Wind.

Ihre Augen waren an die Decke gerichtet. Langsam drehte Amy den Kopf und sah auf dem Würfel neben dem aufgeschlagenen Buch die Tablette liegen und ein Glas Wasser stehen.

Es war wie eine verkrustete Wunde, an der sie als kleines Mädchen immer hatte kratzen müssen, bis die Kruste abging und die Wunde erneut blutete.

Sie konnte nicht anders. Sie musste noch einmal zum Schreibtisch sehen. Um sich aber zu schonen, hielt sie die Augen eine Weile fest geschlossen und erst, als sie das Gefühl hatte, ihr Gesicht sei richtig ausgerichtet, blinzelte sie vorsichtig durch die Wimpern.

Erleichtert sank sie zurück in ihr Kissen und zog den Rand der Decke zu ihrem Kinn hoch.

Es war nur Einbildung gewesen. Natürlich war es nur Einbildung gewesen. Es konnte nichts anderes als Einbildung sein. Ihre Nerven spielten ihr Streiche, wie Dr. Magnus es vorhin ausgedrückt hatte. Sie meinte, bei Mädchen ihres Alters könne das schon mal vorkommen.

Eine Weile lag sie nur still da und starrte zur Decke hoch. Kein einziger Riss. Kein Fleck im Anstrich. Keine Spinnweben. So etwas gab es im Haus ihrer Mutter nicht. Mit beiden Händen fuhr sie sich über das Gesicht, als würde sie es ohne Wasser waschen. Das Rubbeln tat gut, regte die Durchblutung an. Angst und Verzweiflung aber wurden wieder stärker. Sie würde die Tablette nehmen. Bestimmt half sie ihr ein bisschen. Als Amy sich aufrichtete und auf den rechten Ellbogen stützte, fühlte sich ihr Körper bleischwer an. Mit der linken Hand griff sie nach der Tablette.

Neben dem Nachtkästchen standen zwei Beine.

In Jeans.

In löchrigen Jeans.

Über den Hosenbund hing der ausgeleierte Saum eines weißen T-Shirts.

Amy öffnete den Mund, um zu schreien ...

„Halt die Klappe", wurde sie angefaucht.

# 20

Dieses Kreischen! Immer dieses Kreischen! Konnte diese graue platte Maus zur Abwechslung nicht einfach die Klappe halten und sich ausnahmsweise nützlich machen? Wie Matt solche Mädchen verabscheute!

Sie starrte ihn an. Ihre Augen waren groß und rund, als wäre sie aus einem Manga-Comic gefallen. Ein bisschen mehr essen würde ihr auch nicht schaden. Matt mochte schlanke Frauen, aber er hasste es, sich an ihren vorstehenden Knochen anzuschlagen.

Irgendwie tat ihm das Mädchen auf einmal leid. Sie starrte ihn an, als wäre er ein Geist.

Moment mal. Auch wenn er sich noch immer fühlte wie früher, war er nicht mehr wie früher.

ER WAR EIN GEIST!

Ein Geist mit Rückenschmerzen, weil man ihm diese entsetzlich schweren Dinger auf den Rücken gepflanzt hatte. Sie zogen ihn nach hinten und er hatte ständig das Gefühl, vorgebeugt gehen zu müssen wie ein uralter Mann am Stock. Obwohl er genau spürte, dass die Flügel noch da waren, griff er mit der rechten Hand nach hinten und strich über die Federn. Die Kante der Schwingen, aus der die Federn wuchsen, fühlte sich an der Oberfläche samtig an fast wie kurzhaariges Fell. Darunter spürte Matt einen runden Knorpel. Die Federn, die oben lagen, waren lang und hart. Bohrte er die Fingerspitzen zwischen ihnen durch, stieß er auf immer kürzere und immer weichere Federn. Eine zupfte er aus und zog sie nach vorne. Es war eine kleine, gebogene Daune wie aus einem Kopfkissen. Nur schwarz.

Matt warf sie in die Höhe und pustete sanft. Der Luftzug erfasste die leichte Feder und wirbelte sie nach oben. Hin und her schaukelnd sank sie langsam wieder herunter, genau auf das Mädchen zu.

Sie starrte der Feder entgegen, hob dann die Hand und wollte sie fangen. Als sie die Finger öffnete, lag aber nichts auf ihrer Handfläche. Die kleine schwarze Daune hatte sich aufgelöst. Sie konnte nicht berührt werden.

„Du musst mir helfen!", sagte Matt drängend, aber nicht sehr laut. Denn vielleicht konnten die anderen Frauen ihn nicht sehen, aber trotzdem hören. Dann würden sie bestimmt auch hysterische Anfälle bekommen, auf die er wirklich verzichten konnte.

Das Mädchen war zum Kopfende gerutscht und saß gegen die Wand gelehnt da. Die Decke hatte sie bis zum Hals hochgezogen. Noch immer fassungslos starrte sie ihn an.

„Du kannst mich sehen und hören und du musst mir helfen!" Matt formulierte es nicht als Bitte, sondern als Befehl. Schließlich hatte diese zitternde unscheinbare Fee dort im Bett auch Schuld an seinem Unfall.

Sie begann zu sprechen. Sehr langsam, sehr heiser. „Wieso bist du hier?"

Das konnte Matt ihr erklären. Aber er hatte wirklich keinen Bock, die ganze Zeit an ihrem Bett zu stehen. Suchend sah er sich nach einer Sitzgelegenheit um, entschied sich für den Stuhl an ihrem Schreibtisch und wollte ihn umdrehen.

Seine Hand fuhr durch das mattweiße Holz, als wäre es gar nicht da. Da er es nicht wahrhaben wollte, fasste er mit beiden Händen links und rechts nach der Stuhllehne. Die Finger glitten durch und schlugen aneinander, als wollte er applaudieren. Ein leises Klatschen war zu hören. Matt war so verblüfft, dass er mit aneinandergepressten Händen verharrte.

Er atmete mit einem genervten Ächzen aus. Ihm war genau gesagt worden, was er jetzt erlebte, aber er hatte nur halb hingehört.

Gegenstände zu bewegen, war ihm nicht mit physischer Kraft möglich. Er konnte die Sachen in Gedanken bitten, für ihn zu tun, was er sich wünschte. Es blieb den Dingen überlassen, ob sie dazu bereit waren. Benutzen konnte er sie allerdings schon. Er konnte auf einem Stuhl sitzen, an einem Tisch lehnen oder auf einem schreiben.

Einen Stuhl zu bitten, sich doch näher an das Bett zu bewegen, kam ihm unter seiner Würde vor. Deshalb schwang er sich mit gegrätschten Beinen auf den Sitz wie auf einen Sattel und stützte die Arme auf die gebogene Kante der Lehne.

Seine Schultern waren verspannt. Er brauchte eine Massage. Nur würde er keine bekommen. Und anfassen konnte ihn auch niemand. Um die Muskeln zu lockern, zog er die Achseln etwas hoch und ließ die Schultern ein wenig kreisen.

Die Flügel machten jede Bewegung mit. Die runden Kuppen klopften sogar gegen seinen Hinterkopf. Als er die Arme vorstreckte, kippten die Spitzen nach außen und dann in die Höhe. Links und rechts von seinem Körper standen die Flügel zur Seite. Er breitete die Arme aus, um sie wieder nach unten zu drücken, und musste feststellen, dass die Flügel über seine Fingerspitzen hinausragten.

Das Gestell des Bettes knarrte. Unruhig ruckte das Mädchen herum. Noch immer starrte sie ihn an, aber die Panik war aus ihren Augen verschwunden. Ihre Brauen hatten sich fragend zusammengeschoben. Sie musterte ihn, als wäre sein Anblick gar nicht so ungewohnt für sie.

Da sollte sich noch einer auskennen!

Erst als Matt die Schultern entspannte und senkte, taten die Flügel das Gleiche und falteten sich hinter seinem Rücken zusammen. Die Federn streiften aneinander und erzeugten ein Geräusch wie ein Strich über gedämpfte Gitarrensaiten.

Das Mädchen setzt sich sehr gerade auf. „Hat er … hat er dich geschickt?", fragte sie leise.

# 21

Es konnte gar nicht anders sein.

Er war gegangen, damit ein anderer seinen Platz bei ihr einnehmen konnte. Der andere war Matt. Matt M, der das Leben auf der Erde verlassen hatte. Er war nun ein Engel. Allerdings mit schwarzen Flügeln, was Amy verstörte. War das Schwarz ein Hinweis darauf, dass er mit dem Bösen verbunden war?

Der Engel, der rittlings auf ihrem Schreibtischstuhl hockte, riss sich eine lange Feder aus und kratzte sich mit dem Kiel den Rücken. Er kam damit an Stellen, die er mit den Händen nicht erreichen konnte und die ihn heftig jucken mussten. Jedenfalls erleichterte ihn das Kratzen, das konnte sie erkennen. Danach begann er mit der harten Federspitze zwischen seinen Zähnen zu stochern wie mit einem Zahnstocher, anschließend bohrte er damit auch noch im rechten Ohr herum.

Matt schüttelte sich und gab ein wohliges Grunzen von sich. Dann widmete er sich wieder Amy.

„Hat er dich geschickt?", wiederholte sie ihre Frage.

„Du hast mich geschickt! Du hast mich in den Wahnsinn geschickt! Getrieben!", brauste Matt auf. Da er die Feder noch immer in der Hand hielt, benutzte er den Kiel jetzt als einzahnigen Kamm und versuchte, damit die wilden Haarsträhnen auf seinem Kopf besser zu arrangieren.

Amy atmete flach und schnell.

„Ich bin nur hier, weil du mich als Letzte angefasst hast!",
polterte Matt weiter. „Das ist wirklich der einzige Grund. Das
ist so eine Regel, haben sie mir erklärt. Wer dich als Letzter
berührt, der kann dich sehen und hören. Ich habe wirklich keinen Bock, hier zu sein. Kannst du mir glauben."

Mit einer Mischung aus großer Scham und mindestens
ebenso großer Faszination hörte Amy zu und wollte sich kein
Wort entgehen lassen. Auch wenn es noch so schmerzte.

„Sie haben erzählt, dass normalerweise immer Leute bei dir
sind, die dich lieben. Familie, Frau, Mann, was auch immer.
Ich meine, sie sind bei dir, wenn du über die Grenze gehst.
Darum ist das so mit dieser komischen Regelung."

Matts Erscheinen mit den Flügeln konnte nur das eine
bedeuten: Er war gestorben.

„In diesem weißen Raum ohne Wände, ohne Boden und ohne Decke haben sie ständig auf mich eingeredet. Es waren sieben. Alle so streng wie Schuldirektoren. Ich meine, ‚Hallo!',
ich bin Matt M und die reden mit mir, als hätte ich ein Fenster
mit einem Fußball zerschossen."

Die vielen Gespräche mit ihrem Engel waren völlig anders
verlaufen als das Gespräch mit Matt.

Matt sah ihr nicht in die Augen und redete mal zur Zimmerdecke, dann zum Nachtkästchen, zum Schrank, zur Tür
oder zu ihren rosa Pantoffeln vor dem Bett.

„Jedenfalls haben diese Typen da nur so eine Hokuspokus-
Handbewegung machen müssen und ich habe mich selbst gesehen." Er unterbrach, weil er es nicht schaffte, weiterzuspre-
chen. Gedankenverloren starrte er auf seine ausgetretenen Tennisschuhe, die irgendwann einmal weiß gewesen waren.

Als er den Kopf hob, sah sie, dass er weinte. „Ich bin kaputt. Die haben mir den Kopf rasiert. Und da und da", er deutete auf seinen Oberarm und die Stirn, „überall haben sie mich genäht. Dort bleiben bestimmt Narben. Und auf meiner Brust kleben Kabel, in der Nase habe ich einen Schlauch und im Mund auch. Ich bin Teil einer Maschine. Auf der piept es, hoch und tief. Und die Luft pressen sie mir mit so einem Blasebalg in die Lunge. Es ist Horror."

Es war, als griffe eine harte Hand nach ihrem Herz. Er sollte aufhören. Sie konnte das nicht länger ertragen.

„Und dann sagen sie dir, dass du keiner bist, der schon ins Warme darf." Matt zog heftig durch die Nase auf und wischte sich das Gesicht am kurzen Ärmel des T-Shirts ab.

„Übrigens stehst du nackt vor ihnen. Total nackt. Es ist einfach nur erniedrigend. Und dann musst du dir anhören, dass alles seinen Sinn hat und dass du so eine Art Auszeit bekommen hast. Für mich dauert sie bis Sonntag in einer Woche. Die behandeln dich wie einen Schuljungen, sagen, du hättest jetzt was zu lernen."

Matts Erzählung kam Amy wie ein Puzzle mit großen klaffenden Löchern vor.

Matt bog die Spitze seines rechten Flügels mit der Hand nach vorne.

„Weiß müssen sie werden. Sie verfärben sich, wenn ich auf dem richtigen Weg bin."

Amy tat die Stirn weh, so stark hatte sie sie gerunzelt.

„Sind sie weiß, darf ich zurück. Kapierst du? Sie sagen, dann wird es gelingen, dieses kaputte Etwas, das ich sein soll, wieder in Gang zu bekommen."

Er schnaubte, warf die Arme in die Luft und ließ dabei die Flügel kurz hochklappen. „Und wenn ich es nicht schaffe, dann müsse ich bleiben, wo ich jetzt bin. Allerdings noch nicht im Warmen, wie sie es ständig nennen. Dann würde auf mich eine Zeit warten, in der ich andere wärmen muss, selbst aber nur Kälte spüre."

„Du musst mir helfen. Sag, was ich tun soll! Wie die dort alle gesprochen haben, geht es um ‚Gutes tun' und solchen Schmu. Dabei habe ich das ohnehin ständig gemacht. Ich meine, ihr liebt doch meine Musik. Das reicht doch. Vierzig Millionen verkaufte CDs ist doch genug. Ihr habt sie doch nicht erstanden, weil sie euch unglücklich machen."

Er sprang vom Stuhl und bewegte sich dabei körperlos durch die Lehne. Der Stuhl blieb stehen, als hätte nie jemand auf ihm gesessen.

Matt stampfte bockig auf. „Ich muss was tun. Aber was und wie, wenn ich nicht mal was anfassen kann. Geht mir das alles auf den Arsch!"

Als hätte er gerade einen Zauberspruch verwendet, verschwand er, nachdem er das letzte Wort ausgesprochen hatte.

Amy blickte eine Weile auf die gelb-orangefarbenen Kringel des Teppichs, wo seine Tennisschuhe gestanden hatten.

Doch er kehrte nicht zurück.

Langsam löste sich Amys fester Griff vom Rand der Bettdecke. Sie strampelte sich frei und schlüpfte aus dem Bett.

Barfuß tappte sie über den geknüpften Teppich, der eine goldgelbe Krone in einem weinroten Kreis mit vielen Schlingen, Fahnen und Kringeln ringsherum zeigte. Sie ließ sich auf die Knie nieder und betastete die Wollfasern der Stelle, an der er gestanden hatte. Normalerweise war jeder Schuhabdruck auf dem Teppich gut zu erkennen. Die Turnschuhe von Matt aber hatten keine Spur hinterlassen. Hatte sie sich nur eingebildet, was sie zu sehen geglaubt hatte?

Auf allen vieren kroch sie weiter bis zum Schreibtisch mit dem abschließbaren Fach. Den Schlüssel dazu hatte sie mit Kaugummi unter die Schreibtischplatte geklebt. Sie löste ihn und schloss das Fach auf. Eine Klappe ließ sich nach oben schwingen und rastete klickend ein. Mit beiden Händen holte Amy behutsam eine kleine Truhe heraus. Sie hatte einen gewölbten Deckel und die Form einer Schatztruhe, wie sie oft in Piratenfilmen vorkamen. Gebaut war sie aus Holz und verziert mit Seesternen, Seepferdchen, Muscheln und kleinen Fischen aus Gips.

Ihr Inhalt war mit einem vergoldeten Vorhängeschloss vor fremden Blicken gesichert. Den zierlichen, ebenfalls vergoldeten Schlüssel dazu trug Amy an einer zarten Goldkette um den Hals. Sie nahm die Kette ab und hatte Mühe, den Schlüssel in das kleine Schlüsselloch zu bohren. In den vergangenen Jahren hatte sie die Truhe so oft geöffnet, dass der Mechanismus ein bisschen ausgeleiert war.

Vom Flur kamen die Stakkatoschritte ihrer Mutter. Tacktack, tack-tack, tack-tack! Sofort schob Amy die Truhe zurück in das Fach und schlüpfte in ihr Bett.

Sie musste sich mit dem Gedanken an den Inhalt begnügen.

# 22

## Warum war er wieder zurück?

Es machte ihn verrückt, keinen Boden unter den Füßen zu haben. Matt sah sich hektisch um und konnte wieder nur dieses materielose Weiß rund um sich erkennen. Es besaß keine Grenzen nach oben oder unten, und egal, in welche Richtung er sich drehte, es war kein Horizont auszumachen.

„Du schon wieder hier?", fragte ihn die Stimme, die einen Klang hatte, der keinen Widerspruch duldete. Gleichzeitig aber hatte sie etwas Scherzendes, Vergnügtes. Für Matt war sie entsetzlich verwirrend.

Genauso verwirrend wie die Personen, denen die Stimme gehörte. Es waren mindestens sieben. Vielleicht sogar mehr. Matt hatte den Eindruck, es wären mehr, als er zu Gesicht bekam. Als er das erste Mal im großen Weiß war, hatte er drei Frauen und vier Männer ausmachen können. Ein Mann war dunkelhäutig, eine Frau hatte olivfarbene Haut, zwei Männer hatten schmale, asiatische Augen. Das Alter der Personen, die da zu ihm sprachen, konnte er nicht schätzen. Ihre Gesichter waren glatt und strahlten Frische aus. Sie bewegten sich auf eine sichere und bestimmte Art, wie er es von seinen Eltern kannte.

Öffnete sich ein Mund, taten es auch alle anderen. Die Stimme kam aus allen Kehlen in genau derselben Zehntelsekunde.

Sie hatte nicht die Fülle und die Mehrstimmigkeit eines Chores, sondern einen klaren Klang.

Die Personen schwebten um Matt herum. Um sich zu bewegen, machten sie Schritte, als stünden sie auf der Erde.

Wo war er?

Nannte man das Himmel, wie er es im Religionsunterricht in der Grundschule von der kleinen, pummeligen Lehrerin mit der breiten Lücke zwischen den Vorderzähnen erzählt bekommen hatte?

„Was machst du noch einmal hier?", fragte die Stimme ungehalten. Die Leute, alle in hautengen, strahlend weißen Gewändern aus glänzendem Stoff, schüttelten missbilligend die Köpfe.

„Was weiß ich!", sagte er patzig. „Ich habe mir das nicht bestellt. Auf einmal war ich wieder hier. Hab nicht einmal gespürt, dass ich irgendwie hergefahren oder geflogen oder was weiß ich was bin."

Im Gegensatz zu ihm hatten die Leute alle keine Flügel. Sie waren also keine Engel. Oder doch? Gab es auch flügellose Engel? In seinem Kopf begann es zu wirbeln. Ihm wurde schlecht.

„Es kann nicht sein!", hörte er es vor, hinter und neben sich. Stünden hier Lautsprecher, würde es Surround-Sound genannt werden. „Es kann nicht sein, dass du deinen Menschen erschreckt hast. Nicht durch dein Erscheinen, sondern durch das, was du zu ihm gesagt hast. Das kann doch nicht sein, oder war es so?"

Matt fühlte sich nicht gut. Er wollte sich setzen.

„Du kommst zu uns zurück, wenn du Ärger stiftest. Das ist der einzige Grund. Du darfst den Menschen, der dich sehen und hören kann, nur mit größtem Feingefühl anreden und ihn vielleicht, wenn du es geschafft hast, zu ihm eine Verbindung herzustellen, die auf Vertrauen basiert, um Hilfe bitten. Polterst du aber herum und verbreitest Angst, dann hast du nicht begriffen, welch große Chance du bekommen hast."

Nein, nicht auch noch Strafpredigten. Die konnte Matt jetzt absolut nicht vertragen. Diese weißen Wesen gingen wirklich nicht sehr fein mit ihm und seinen Nerven um. Hätten sie für ihn gearbeitet, wären sie längst gefeuert.

Wie absolut dumm, dass er hier nichts zu melden hatte.

„Es wirkt sich nicht gut auf deinen irdischen Körper aus, wenn du Ärger machst!", redete ihm eine farbige Frau ins Gewissen. Sie zeigte ihre strahlenden Zähne und etwas Freudiges sprühte aus ihren Augen.

Von allen Seiten kamen die Leute näher und bildeten einen Halbkreis um ihn. Matt war versucht sich umzudrehen, ließ es dann aber bleiben, weil er spürte, wie sie die Arme vorstreckten. Einige sah er neben sich auftauchen.

Ein paar Schritte weiter wurde das Weiß unter ihm durchscheinend und schließlich klar. Von schräg oben sah er wieder auf sich selbst herab.

Matt hielt die Luft an. Was er sah, war der zerschundene Körper aus dem Autowrack, angehängt an viele Maschinen, die seine Lebensfunktionen aufrechterhielten. Die Augen des kahl rasierten Matt im Bett der Intensivstation waren geschlossen, die nackten Arme lagen auf der Bettdecke. Eine kleine Krankenschwester befestigte gerade einen dünnen Plastikschlauch, der eine klare Flüssigkeit aus einem Kunststoffbeutel in sein Blut leitete.

Hinter ihr wurden die dünnen weißen Vorhänge geteilt, die das Bett abschirmten.

Das war Rob. Trotz des türkisfarbenen Kittels und der gleichfarbigen Haube, die an eine Duschkappe erinnerte, erkannte Matt ihn sofort. Rob nickte der Krankenschwester zu, die seinen Gruß mit einem flüchtigen Lächeln erwiderte. Sehr zögernd trat er auf die andere Seite des Bettes und sah Matt an, als müsse er erst begreifen, wen er vor sich hatte.

Sehr, sehr langsam streckte Rob seine Hand aus. Die Finger waren gerötet wie gewöhnlich. Auf seinem Handrücken kräuselten sich einige rotblonde Haare. Matt hatte Rob immer wieder wegen seiner Hände aufgezogen und sie „Matrosenhände" genannt. Sie waren stark und sahen aus, als wären sie auf langen Seereisen von scharfen Winden und Salzwasser gegerbt worden.

Nur mit dem Zeigefinger berührte Rob den bewusstlosen Matt an der Wange, strich ihm zärtlich wie ein Vater darüber. Rob drehte den Kopf weg, damit die Krankenschwester nicht mitbekam, wie er die Lippen aufeinanderpresste und die Augen schloss, um die Tränen zurückzukämpfen.

Was sollte Matt davon halten?

Der Artikel fiel ihm wieder ein. Die Enthüllung, die bevorstand. Das Schrecklichste aus seinem Leben, das für alle Welt offengelegt werden würde, weil Rob es verraten hatte. Oder nicht hatte verhindern können. Was auch immer. Es war seine Schuld.

Er musste mit ansehen, wie der Mann, den die Leute in der Musikbranche den „Eisernen" nannten, von einem trockenen, tränenlosen Schluchzen geschüttelt wurde.

Die Krankenschwester sah zu Rob hoch.

„Sir, leider hat sich sein Zustand in der letzten Stunde verschlechtert."

Ein Zucken ging durch Robs Körper. Die Meldung versetzte ihm einen Stich.

„Versuchen Sie ihm einen fröhlichen Gedanken zu schicken", sagte die Schwester leise. „Ich bin sicher, er kann das spüren. Komapatienten wollen die Menschen, die sie lieben, nicht weinen sehen. Versuchen Sie zu lächeln. Das tut ihm bestimmt gut."

Rob nickte, noch immer weggedreht. Die Schwester reichte ihm etwas Weißes, das wie ein Papiertaschentuch aussah, und er schnäuzte hinein. Nachdem er sich auch die Augen abgewischt hatte, nahm Rob Haltung an, streckte die Brust heraus und zog die Schultern zurück. Er schenkte dem verletzten Matt einen langen Blick und zwang sich, dabei die Mundwinkel oben zu halten.

Obwohl Rob nichts sagte, konnte Matt seine Stimme hören. Wieso?

„Du hast noch so viel vor dir, Mattie. Komm zurück, bitte komm zurück!"

Hörte er Robs Gedanken?

„Mattie, ich wünschte, ich hätte dich aufhalten können. Wenn es mir nur gelungen wäre, zu dir so zu sprechen, dass du mich gehört und verstanden hättest. Ich bleib bei dir, das verspreche ich. Wenn du wieder zu uns kommst, dann werde ich für dich da sein, ganz egal, ob du wieder singen kannst oder nicht. Warum fällt es dir nur so schwer zu verstehen, dass dich Menschen wirklich mögen?"

Hören konnte Matt jedes Wort. Begreifen aber nicht. Rob hatte ihn hintergangen, davon war er absolut überzeugt. Was er nun über ihn dachte, das klang so völlig anders und musste damit zu tun haben, dass er nicht wusste, ob Matt jemals wieder ins Leben zurückkehren würde.

Ins Leben zurückkehren.

Die schwarzen Flügel fielen Matt wieder ein. Was sollte er nur tun, um sie weiß werden zu lassen.

Rob hatte Matts kühle, blasse Hand zwischen seine beiden großen Hände genommen. Er hielt sie sehr sanft, als wolle er sie wärmen.

„Du hast noch so viel vor dir. Komm zurück zu uns. Ich helfe dir, so gut ich kann."

Matt fühlte sich wackelig auf den Beinen und drehte sich zu den Leuten um. Er sah in ernsthafte Gesichter, die ihm langsam zunickten.

Was sollte dieser Quatsch?

Er würde noch durchdrehen.

Das Weiß begann grell zu strahlen und die Helligkeit steigerte sich zu einer Stärke, die ihn geblendet die Augen schließen ließ.

War ihm vielleicht übel! Er hatte das Gefühl, nach hinten zu kippen und zu fallen.

# 23

Amy wachte auf, als vor dem Fenster schon
das Grau der Dämmerung lag.

Aus der Diele hörte sie die Melodie des Funktelefons. Sie riss ab und ihre Mutter sagte etwas,
das sie aber nicht verstehen konnte.

Wie lauernde Schatten erschienen ihr die Umrisse der
Möbel, die langsam aus dem Halbdunkel wuchsen. Mit ihrem
Auftauchen kehrte auch die Erinnerung zurück. Noch war sie
verschwommen und die Bilder alle unscharf. Je länger Amy
aber auf dem Rücken lag und zur Decke hochsah, desto klarer
wurde alles.

Wenn sie nur wüsste, was sie geträumt hatte und was tat-
sächlich wahr war. Sie fühlte sich wie nach einem sehr tiefen
Schlaf mit einem Traum, der auch beim Aufwachen noch wie
Wirklichkeit erschien.

Ihre Zimmertür wurde sachte geöffnet. Ein schmaler Lichtstreifen fiel auf den Boden. Darin tauchte der Schatten ihrer
Mutter auf. Die Tür wurde weiter aufgeschoben und Amy
spürte den Schein der Flurlampe auf ihrem Gesicht.

Flüsternd erkundigte sich ihre Mutter, ob sie wach sei. „Tanja ist am Apparat. Sie will mit dir sprechen."

Amy nickte und streckte die Hand aus. Die Augen hielt sie
halb geschlossen, weil die Helligkeit ihr unangenehm war. Ihre
Mutter reichte ihr das Telefon und zog sich zurück.

„Hallo?" Amy wunderte sich über ihre Stimme. Sie klang nicht, als wäre sie gerade erst aufgewacht.

„Ich bin's, Tanja. Wie geht's dir?"

Sie rollte sich ein bisschen auf die Seite. „Geht schon halbwegs. Hab geschlafen."

Sofort redete Tanja los. Hatte sie die erste Frage noch sehr behutsam gestellt, war sie jetzt wieder die Alte. „Du errätst nie, wer nach dir gefragt hat. Bei mir. Dreimal."

Es interessierte Amy herzlich wenig. Um Tanja einen Gefallen zu tun, fragte sie: „Sag schon, wer?"

„Rate, rate! Es waren hier in der Schule alle echt bestürzt über dich. Fiona hat sogar gemeint, du solltest zu einem Nervenarzt gehen, weil du so überreagierst. Du kennst sie. Sie weiß alles besser. Aber Zeus war auch bei uns in der Klasse und hat uns ausgequetscht wie Zitronen, was mit dir sein könnte und ob auch andere betroffen seien. Irgendwie bin ich mir vorgekommen wie in so einem SiFi-Film, in dem Aliens Besitz von Menschen ergreifen, aber nicht genau erkannt werden kann, wen sie schon haben und wen noch nicht. Zeus hat fast getan, als wäre es ansteckend. Er hat sich dann verpflichtet gefühlt, uns einen langen Vortrag über die Gefahr zu halten, sich in Gefühle für jemanden zu steigern, der uns mit seiner Musik doch nur das Geld aus der Tasche ziehen will. Du hättest Kristin mal hören sollen. Sie hat einen richtig hysterischen Anfall bekommen. Ich dachte schon fast, sie springt auf und verdrischt Zeus."

Amy war das alles egal. Sie wollte viel lieber noch ein bisschen weiterschlafen.

„Gut, aber jetzt musst du raten, weil du nicht in einer

Zillion Jahre draufkommst. Du wirst quieken, wenn ich dir sage, wer es war."

„Tanja, ich ... ich bin gerade aufgewacht", bemerkte Amy und versuchte schläfrig zu klingen.

„Also, ich sage es dir. Dann bist du nämlich munter, ich garantiere es dir." Gnadenlos redete Tanja einfach weiter. „Es ist David. Er sieht echt heiß aus, das muss ich sagen. Und ich glaube, er hat einfach die Gelegenheit genutzt, weil ich doch deine beste Freundin bin. Er hat mich dreimal nach dir gefragt. Ich meine, er interessiert sich wohl für mich. Das muss doch so sein. Meinst du nicht auch?"

Zu leise, als dass Tanja es hören konnte, murmelte Amy: „Oder für mich."

Diese Möglichkeit aber zog Tanja nicht eine Sekunde in Erwägung.

„Er ist also gekommen, als wir in der Mittagspause gegessen haben, und hat sich sogar neben mich an den Tisch gesetzt. Wusstest du, dass er graublaue Augen hat? Fiona ist fast zersprungen. Ich weiß, sie ist heiß auf ihn, aber er schenkt ihr nicht einmal einen Streifblick."

Da Amy keine Kraft und keine Lust mehr hatte, Tanja aber auch nicht beleidigen wollte, sagte sie schnell: „Muss Schluss machen. Die Ärztin kommt." Tanjas Verabschiedung würgte sie ab, indem sie auflegte. Danach hielt sie den Apparat an die Brust und stöhnte leise.

Eigentlich hätte sie sich freuen müssen, schließlich hatte sich David nach ihr erkundigt. Sie hätte schon lügen müssen, um zu behaupten, sie fände ihn abstoßend. Er hatte schon was an sich, das Amy einen wohligen Seufzer entlockte.

Aber hatte er jetzt nach ihr gefragt oder wirklich nur die Gelegenheit genutzt, um Tanja anquatschen zu können?

Im Augenblick war es Amy irgendwie egal.

Ihre Mutter kam mit einem Teller zurück, aus dem es dampfte. Der Duft von Zimt stieg Amy in die Nase. Ohne das Licht anzuknipsen, nur im Schein, der vom Flur hereinfiel, bewegte sich ihre Mutter auf das Bett zu, ließ sich auf der Kante nieder und stellte den Teller auf das aufgeschlagene Buch.

„Herrje", schimpfte sie, als der dickflüssige Brei über den Tellerrand tropfte.

Es war Porridge, Haferbrei, dick gekocht, wie Amy es mochte. Vom Zimt durfte nicht zu viel obendrauf gestreut sein, war es aber zu wenig, schmeckte es pappig. Ihre Mutter konnte ausgezeichnetes Porridge kochen.

„Ich dachte, das magst du jetzt."

Dankbar nickte Amy, setzte sich auf und griff nach dem Löffel. Sie musste lange pusten, weil der Brei sehr heiß war.

Auch ihre Mutter wollte wissen, ob sie sich besser fühlte.

„Kannst du morgen wieder zur Schule gehen?"

Das wusste Amy nicht. Noch nicht.

„Wir werden das morgen früh entscheiden", bestimmte ihre Mutter.

Der süße Geschmack des Porridge tat gut. Amy aß schnell und nahm in Kauf, sich die Zunge zu verbrennen.

„Es wäre besser, du stehst auf und setzt dich in der Küche an den Tisch."

Aber Amy zog es vor, sich zum Nachtkästchen zu beugen und von dort zu löffeln.

„Ist dieser Popstar wirklich diese Hysterie wert?"

Immer schneller löffelte Amy. Sie nahm so viel Porridge in den Mund, dass sie keine Antwort geben konnte.

„Ein bisschen bin ich enttäuscht von dir. Ich habe dich für erwachsener und reifer gehalten", fuhr ihre Mutter fort. Während Amy den Teller auskratzte, redete ihre Mutter immer weiter, ohne Amy dabei anzusehen.

Wie gerne, wie unglaublich gerne hätte Amy sich ihr anvertraut. Wie gut hätte es getan, loszuwerden, dass sie heimlich im Hotel gewesen war. Sich einfach alles von der Seele zu reden, wie leicht hätte sich Amy danach fühlen können.

„Wirklich, Amy, es ist Zeit, dass du erwachsen wirst, hörst du. Ich muss dir das sagen!", schloss ihre Mutter.

Und ich müsste dir so viel sagen, aber du wirst mir doch nie zuhören, dachte Amy. Der Nachgeschmack des Porridge in ihrem Mund war auf einmal bitter.

Ihre Mutter stand auf und nahm den leeren Teller mit dem Löffel. Sie war schon an der Tür, als Amy herausplatzte: „Gibt es irgendetwas, das ich dir recht mache?"

Kein Zusammenzucken. Regungslos verharrte ihre Mutter, die Hand am Türknauf. Das Licht vom Flur warf harte Schatten auf ihr Gesicht. Es sah aus wie eine Maske.

„Heute ist nicht der richtige Zeitpunkt, das zu besprechen!", entgegnete sie mit beherrschter Ruhe.

„Aber heute ist der richtige Zeitpunkt, mir Vorwürfe zu machen!" Amy ließ nicht locker.

Amys Mutter ließ den Türknauf los und begann mit der freien Hand immer die gleiche Haarsträhne hinter das Ohr zu streichen.

„Solche Dinge beredet man in Ruhe."

„Ich will es aber jetzt wissen. Jetzt!" Amy sprang aus dem Bett. Ihr Nachthemd schlotterte an ihrem hageren Körper.

„Und ich will nicht."

„Du willst nie etwas, das ich möchte. Du willst mir auch nie sagen, wer mein Vater ist. Aber ich habe ein Recht darauf, es zu erfahren. Du kannst es mir nicht ewig verschweigen."

Die Züge ihrer Mutter wirkten auf einmal wie versteinert. Die Oberlippe war rasierklingendünn.

„Ich habe es dir oft erklärt. Wenn du von einem ‚Vater‘ sprechen willst, dann ist es sicher Henry. Auch wenn du das anders siehst. Was ihn übrigens sehr verletzt, aber dir scheint das egal zu sein. Sonst gab es höchstens einen Erzeuger und dem ist es egal, dass du auf der Welt bist, so wie ich ihm egal war. Solche Menschen vergisst man am besten. Und das allein gibt ihnen schon zu viel Bedeutung."

Beherrschung, die totale Beherrschung. Ja, so war ihre Mutter. Amy kam es wieder so vor, als würde sie gegen eine dicke Glaswand prallen, wie die hilflosen Vögel, die im Sommer gegen die hohen Scheiben der Terrassentüren stießen und tot zu Boden fielen.

„Kann ich dir irgendetwas recht machen?", brach es erneut aus Amy heraus. Bebend stand sie da.

Langsam kam ihre Mutter zurück zu ihr, stellte den Teller ab und nahm sie an den Oberarmen. Sie legte den Kopf schief und sah Amy eindringlich in die Augen.

„Es gibt Dinge, die erscheinen im ersten Augenblick völlig falsch. Wenn man dann später, aus der Entfernung, auf sie zurückblickt, erkennt man erst, wie gut es war, dass alles so gekommen ist."

Die Worte hallten in Amys Ohren nach. Sie hörte sie sich noch einmal an und schüttelte dann den Kopf. Nein, so einfach ließ sie sich nicht abspeisen.

Mit sanfter Gewalt drückte ihre Mutter sie auf das Bett zurück. „Es ist besser, du schläfst jetzt. Nimm vielleicht die Tablette von Dr. Magnus."

Als ihre Mutter die Decke über sie zog, fror Amy. Auf ihr „Gute Nacht" reagierte sie nicht. Erst nachdem sie die Zimmertür hinter sich geschlossen hatte, begann Amy leise zu weinen.

Die Müdigkeit war größer als die Traurigkeit. Ihre Augen fielen zu und sie versank in einen Schlaf voller Angstträume.

# 24

Sie hatte ihn nicht bemerkt. Er hatte die ganze Zeit am Fußende des Bettes gestanden und das Gespräch zwischen ihr und ihrer widerlichen Mutter mitgehört.

Danach war sie, ohne ihn wahrzunehmen, innerhalb von Sekunden eingeschlafen.

Jetzt warf sie sich unter der Decke herum und gab erstickte Laute von sich. Es klang wie Schreie, nur fast ohne Ton.

Er brauchte sie doch. Aber war sie überhaupt zu irgendetwas zu gebrauchen? Warum ließ sie sich von ihrer Mutter so abwimmeln?

Matt wanderte durch ihr Zimmer, in dem ein feiner Hauch von Kokos hing. Er kam von einem kleinen Tontopf, der ein verstaubtes Trockensträußchen enthielt. Daneben stand ein Fläschchen Duftöl mit der Aufschrift „Piña Colada". Das war zwar ein Cocktail, aber Kokos war auf jeden Fall drin.

Aus dem Salon war die nüchterne Stimme eines Nachrichtensprechers zu hören. Matt fiel die Enthüllung ein, die diese verdammte Schmiererin bringen wollte. Der Artikel musste längst erschienen sein, und bestimmt waren schon die Nachrichten voll damit. Er ging auf die Tür zu, streckte die Hand nach dem Knauf aus und bemerkte, dass diese widerstandslos durch das Holz glitt. Folglich brauchte er die Tür nicht zu öffnen, er konnte einfach hindurchschweben.

145

Im Wohnzimmer brannten zwei Stehlampen mit hohen weißen Schirmen und gaben dem Raum ein gedämpftes, gemütliches Licht. Der Fernseher lief, in den Nachrichten kam gerade ein Bericht über die Queen, die sich auf Besuch in Australien befand.

Ein Mann lag auf dem Sofa ausgestreckt, die Schuhe noch an den Füßen. Die Fernbedienung in der Hand, zappte er zum nächsten Kanal, einem dieser langweiligen Sender, die nur über Börsenkurse berichteten.

„Schalt zurück", zischte Matt. Er hatte es halblaut gesagt, aber der Mann hörte es nicht.

Widerlich gelackte Frisur, dachte Matt beim Anblick der glänzenden dunklen Haare, die auf dem Sofa schimmerten. Amys Mutter näherte sich dem Zimmer, und sofort schwang der Mann die Beine vom weißen Sofa. Wie ein ertappter Schuljunge saß er mit geschlossenen Knien da. Die Frau brachte einen Teller mit Käsewürfeln und zwei Kristallgläser, in denen dunkler Rotwein schaukelte. Der Mann und sie stießen an, die Gläser klangen hell.

„Kommt jetzt nicht diese Komödie?", fragte Amys Mutter und deutete mit dem Glas auf den Fernseher.

Es war ihm anzusehen, dass er viel lieber auf dem Programm geblieben wäre, der Frau zuliebe aber schaltete er um. Zu Matts Freude erschien das ausdruckslose Gesicht der Nachrichtensprecherin wieder. Als sie die nächste Meldung verlas, wirkte sie sichtlich betroffen.

Es ging um ihn. Neben der Sprecherin tauchte ein quadratisches Foto von ihm auf. Es zeigte seinen typischen „Gebrochenen-Flügel-Blick" mit dem schüchternen Lächeln.

146

„Überwältigende Anteilnahme am schweren Unfall von Popstar Matt M!" Nach diesem Satz wurde zu einem Filmbeitrag geschaltet. Die Kamera schwenkte von oben nach unten über die hohe, kalte Fassade des Krankenhauses aus verspiegeltem Glas und Beton. Auf dem dunkelgrauen Asphalt des Gehsteiges lag ein langer Streifen aus Blumen. Kuschelteddybären, kleine Plüschhasen und Stoffigel, von denen Matt einmal erzählt hatte, sie seien sein Lieblingsspielzeug gewesen, türmten sich darauf. Weinende Mädchen brachten noch mehr Blumensträuße und legten sie nieder.

„Den ganzen Tag haben Mädchen und Frauen, aber auch zahlreiche Jungen Blumen, Plüschtiere und andere Geschenke vor dem Krankenhaus niedergelegt, in dem die Ärzte um das Leben von Matt M ringen. Sein Zustand wird weiterhin als sehr kritisch, aber stabil bezeichnet."

Ein Mädchen, ungefähr in Amys Alter, wurde interviewt. Sie konnte kaum reden, weil ihr ständig die Tränen kamen. Sie liebte Matts Musik und stimmte ein wenig heiser den Song mit dem Titel „Trust me" an. Eine Mutter, die mit ihrer zehnjährigen Tochter gekommen war, erzählte vom Vorabend, als sie auf dem Trafalgar Square auf den Beginn des Konzertes gewartet hatten. Zu einem Auftritt von Matt M konnten sie beide gehen, was sie so verband. Als schließlich die Absage und der Unfall bekannt gegeben wurden, hatte für sie die Welt aufgehört sich zu drehen.

„Amy bedeutet er auch so viel", stellte der Mann fest.

Amys Mutter zog die Augenbrauen zusammen und nahm einen weiteren Käsewürfel.

Nach den Bildern vom Krankenhaus kam die Sprecherin

wieder ins Bild. Sie gestattete sich einen persönlichen Kommentar, der ehrlich klang: „Es würde an ein Wunder grenzen, wenn Matt M wieder aus dem Koma erwachen würde. Dennoch werden seine Fans die Hoffnung nicht aufgeben, so wie er es ihnen in seinen Liedern immer nahegebracht hat. Matt M, ein Sänger, der die Seelen der Menschen berühren konnte."

Danach kam die Wettervorhersage für den Freitag. Es sollte wieder wärmer, trocken und zeitweise sonnig werden.

„Mein Vater hat über meinen Musikgeschmack immer nur den Kopf geschüttelt. Ich mochte damals Rock", erinnerte sich der Mann und fuhr fort: „Amy braucht einfach unser Verständnis. Ich hätte mir diese Kommentare über den Zeitungsartikel sparen sollen." Er war offensichtlich Amys Stiefvater.

Amys Mutter schwieg, starrte in ihr Glas und ließ den Wein darin kreisen.

Matt stand noch immer hinter dem Sofa. Er musste sich an den Kissen der Lehne abstützen, er fühlte sich auf einmal schwindelig. Bisher hatte er immer nur das überdrehte Kreischen der Mädchen aus dem Publikum gehört, nie hatte er daran gedacht, was in ihnen vorging. Oft war es ihm lästig gewesen, wenn sie Kuscheltiere auf die Bühne warfen. Er fand es einfach kindisch.

Die Stoffigel berührten ihn. Seiner hatte Artus geheißen, benannt nach dem sagenhaften englischen König. Artus war orangefarben mit blauen Stacheln gewesen. Als Matt acht Jahre alt war, verschwand Artus spurlos. Verloren konnte er ihn nicht haben, weil Artus immer im Bett auf ihn wartete. Seine Mutter hatte geschworen, dass sie ihn nicht entfernt hatte, obwohl der Stoff sehr schmutzig und die weichen Stacheln umgeknickt waren. Damals hatte Matt geheult und getobt. Artus hatte es nicht zurückgebracht.

Einer Reporterin hatte er vor einiger Zeit von Artus erzählt. Die Stoffigel gab es sicher nicht mehr. Es konnte nicht anders sein, als dass die Mädchen sie selbst nach seiner Beschreibung genäht hatten.

Das Gewicht der Flügel auf seinem Rücken zog ihn leicht nach hinten. Er bog die Schultern, um die Muskeln zu lockern. Dabei erhoben sich die beiden Schwingen elegant und mächtig. Matt fand heraus, dass er die Schultern leicht vor- und zurückbewegen musste, um mit den Flügeln zu schlagen. Die Federn erzeugten ein tiefes Rauschen, als die Luft über sie hinwegstrich.

Was er gerade im Fernsehen verfolgt hatte, beunruhigte Matt. Es war so anders als das, was er bisher empfunden hatte. In seiner Brust spürte er etwas, das ihm fremd war. Oder das er schon sehr lange nicht mehr gefühlt hatte.

Über Naomi war nichts gekommen. Bestimmt hätten sie etwas erwähnt, wenn in der Zeitung darüber geschrieben worden wäre. Matt glaubte, auch wenn er es nicht nachvollziehen konnte, dass diese eiskalte Louisa Nisson doch keinen Artikel über seine Vergangenheit veröffentlicht hatte.

Es beruhigte ihn. Gleichzeitig bestand die Gefahr, sie würde es noch tun. Wahrscheinlich lauerte sie nur auf eine günstige Gelegenheit.

Aber war das nicht alles völlig egal?

Er würde vielleicht niemals mehr in sein altes Leben zurückkehren, in dem die Enthüllungen über Naomi eine Rolle gespielt hätten.

Aber er wollte zurück!

Da war er sich sicher.

Nur, wie sollte er es anstellen?

Amys Mutter stand auf und öffnete die Terrassentür. Der Wind fegte herein und bauschte die dünnen cremefarbenen Gardinen.

„Frische Luft tut gut", sagte sie zu ihrem Mann, der ein wenig überrascht aufsah.

Frische Luft! Auch Matt konnte die angenehme Kühle der Nacht spüren. Instinktiv schlug er mit den Oberarmen und spürte, dass seine Flügel die Bewegung mitmachten. Sie stemmten sich gegen die Luft und seine Schuhe verloren die Berührung mit dem Boden. Er wurde in die Höhe getragen. Matt ließ die Schwingen weiter nach oben und unten gleiten, bekam eine leichte Schräglage nach vorne und stieß mit dem Kopf gegen die Zimmerdecke.

Unter ihm saß der Mann. Matt konnte genau in das Glas und auf seinen messerscharfen Scheitel blicken. Er kippte die Flügel, die die Luft nach hinten wegdrückten und ihn nach vorne beförderten. Elegant glitt er durch die Türöffnung hinaus in das Dunkel der Nacht.

Das eigentümliche Licht der Straßenlampen in England färbte die Unterseite der tiefen Wolken kupferfarben. Obwohl er keine Übung besaß, schlug Matt immer schneller mit den Engelsflügeln. Er fand heraus, wie er die Federn stellen musste, um nach links oder rechts zu steuern.

Eine Weile stieg er höher und höher, voll konzentriert auf sein Flattern und Fliegen. Irgendwann warf er dann einen Blick nach unten. Der Schreck ließ ihn für einen Moment das

Flügelschlagen vergessen. Sofort geriet er ins Trudeln und stürzte. Reflexartig bewegte er die Schwingen dann aber wieder und konnte seine Lage stabilisieren.

Die Lichter unter ihm waren winzig wie auf einer Modelleisenbahnanlage. Straßenlampen bildeten Perlenketten mit viel Abstand zwischen den einzelnen Perlen.

Ohne Ziel segelte Matt einfach durch die Nacht. Die Konzentration auf das Schlagen der Flügel ließ keine anderen Gedanken zu.

Das war gut so.

# 25

Wie eine Glasfigur mit vielen feinen
Sprüngen, so fühlte sich Amy am nächsten
Morgen. Die Ereignisse hatten in ihrem Kopf Spuren hinterlassen. Ihr Denken war um einen Gang
zurückgeschaltet und strengte sie richtig an.

Trotzdem wollte sie unbedingt zur Schule. Sie würde es
nicht aushalten, den ganzen Tag im Bett zu bleiben. Außerdem
hatte ihre Mutter gleich nach dem Aufwachen angeboten, sich
noch einen Tag freizunehmen und bei ihr zu bleiben. Nein,
danke, da ging Amy lieber zur Schule.

Nachdem sie die Augen aufgeschlagen hatte, war aus weiter
Ferne die Erinnerung an den vergangenen Nachmittag und
Abend zurückgekehrt. Amy hatte sich aufgesetzt und mit den
Augen misstrauisch jeden Winkel ihres Zimmers nach Spuren
von Matt abgesucht.

Aber sie konnte keine finden.

Ein leiser Zweifel meldete sich bei ihr. Hatte sie Matt und
ihre Unterhaltung nur geträumt?

Wohin sie nach dem Aufstehen auch ging, egal ob ins Badezimmer oder auf die Toilette, ständig hatte sie das Bedürfnis,
sich umzusehen, ob der Engel mit den schwarzen Schwingen
neben oder hinter ihr stand.

Doch das tat er nicht.

Ihre Haare ließen sich überhaupt nicht bändigen. Die dünnen Strähnen hingen kreuz und quer, standen dort, wo sie nicht stehen sollten, und fielen oben auf dem Kopf auseinander, als hätte sie kleine kahle Stellen. Weder Bürsten noch feuchtes Kämmen halfen. Schließlich ging Amy unter die Dusche und ließ das warme Wasser lange über Kopf und Gesicht laufen. Sie stellte sich dabei vor, alles Schreckliche der vergangenen beiden Tage abzuspülen.

Ihre Mutter klopfte mahnend an die Badezimmertür. „Amy, Henry fährt dich zur Schule, aber bitte beeile dich. Er hat einen wichtigen Termin um neun und darf nicht zu spät kommen."

In ihren blauen Bademantel gehüllt, stand Amy vor dem Spiegel, zog mit dem Kamm einen Scheitel in der Mitte des Kopfes und frisierte die Haare nach links und rechts. Im Spiegel bemerkte sie ihn.

Amy fuhr herum. Sie zog die Ränder des Bademantels zusammen und hielt sie mit beiden Händen fest. Unter dem Stoff spürte sie das Hämmern ihres Herzens.

Er lehnte mit verschränkten Armen an der gekachelten Wand vor der Duschkabine. Die Spitzen der schwarzen Flügel wippten immer wieder frech links und rechts hinter seinem Körper hervor.

„Mal nach hinten. Kämm sie nach hinten und dann locker hochstecken. Das kommt besser. Bin ich sicher."

Amy sah zur Tür. Sie hatte von innen verriegelt, konnte also von ihrer Mutter nicht überrascht werden. Er bemerkte den Blick und machte eine wegwerfende Handbewegung.

„Stay cool! Wenn jemand hereinkommt, bin ich sofort dünne Luft. Ich habe dir doch gesagt, dass nur du mich sehen kannst. Außerdem müssen wir allein sein."

Noch immer hatte Amy keinen Ton herausgebracht und den Engel in T-Shirt und Jeans nur angestarrt.

„Es gibt da so ein Gel, das macht die Haare kräftiger. Das schmieren sie mir auch immer hinein, vor Konzerten und wenn ich fotografiert werde. Es heißt …" Er legte den Zeigefinger auf die Unterlippe und sah nachdenklich schräg nach oben zum Heizstrahler. „Es heißt", er musste kurz grinsen, „*Angel Potion 88!*"

„Hast du … als ich unter der Dusche war … hast du …?", begann Amy. Auf ihrem Hals brannte es. Sie drehte sich zurück und musterte die Haut im Spiegel. Die Flecken waren handtellergroß und leuchteten violettrot. Sie klappte den Rand des Kragens hoch und versuchte die Flecken zu verbergen. „Bist du … die ganze Zeit da?", forschte sie weiter.

„Heute Nacht hast du ja nur geschlafen. Da habe ich eine kurze Flugstunde genommen." Er zeigte durch das kleine Kippfenster hinaus zum Himmel.

Wieder klopfte ihre Mutter, diesmal sehr ungeduldig.

„Amy, los komm! Den Bus hast du nämlich schon versäumt."

Amy rief Richtung Tür. „Bin gleich fertig." Zu ihm sagte sie: „Ich muss los. Warte … hier!"

Sein Grinsen wurde breit und frech. „Denkst du, ich sehe dir beim Anziehen zu?"

Nun juckten die roten Flecken auch noch. Ja, genau das hatte Amy befürchtet. Es war weniger Scham, die sie quälte, als Angst davor, Matt könnte ihre schrecklichen Beine und ihre viel zu flache Brust sehen. Sie kam sich so hässlich vor.

Vor ihren Augen verblasste er. Ohne ein Geräusch dabei zu

machen. Sie starrte noch ein paar Sekunden zur Dusche, musterte sich dann im Spiegel und kämmte die Haare von der Stirn in den Nacken, wie Matt es ihr geraten hatte. Amy ertappte sich bei dem Gedanken, dass sie am Nachmittag unbedingt *Angel Potion 88* besorgen musste.

Sicherheitshalber schlüpfte sie in ihre Unterwäsche und den grünen Faltenrock der Schuluniform, während sie den Bademantel noch umgehängt hatte. Sie ließ ihn nur widerstrebend zu Boden fallen, um mit affenartiger Geschwindigkeit in ihre weiße Bluse zu fahren. Noch den grauen Wollpulli mit dem V-Ausschnitt darüber, fertig.

Aber sie hätte sich die ganze Mühe sparen können, denn Matt war weit und breit nicht zu sehen. Vielleicht war er trotzdem in der Nähe, zeigte sich nur nicht. Diese Vorstellung fand Amy noch viel beunruhigender.

Ihre ganze Aufmerksamkeit galt nur noch Matt. Hektisch wanderte ihr Blick umher, weil sie ihn überall vermutete. Sie hörte ihre Mutter auf sie einreden, bekam aber nicht mit, was diese sagte. Der Tonfall jedoch war weicher als sonst.

Die ganze Fahrt zur Schule bemühte sich Henry, ein Gespräch mit ihr zu beginnen. Da Amy nicht reagierte, weil sie auch ihm nicht zuhören konnte, selbst wenn sie es gewollt hätte, erzählte er einfach weiter, wie er in ihrem Alter so gewesen war. Henry lenkte den großen Wagen durch den dichten Morgenverkehr und lachte immer wieder laut, als er die weit ausgestellten Hosen beschrieb, die er damals getragen hatte. Dazwischen knurrte er, wie schlecht die meisten Leute Auto fuhren und dass er sich vorne im Kühlergrill eine Säurepistole einbauen lassen wolle. „Dann kann ich jeden, der nicht weiterfährt, einfach auflösen." Henry fletschte immer die Zähne wie ein wütender Hund, wenn er das sagte. Sein verzerrtes Gesicht passte gar nicht zu ihm, und Amy kam es wie eine Maske vor, die er über seine normale Gelassenheit setzte.

Als er vor der Schule bremste, wandte er sich seiner Stieftochter zu und meinte schmunzelnd: „Einen Penny für deine Gedanken. Du hast mir keine Sekunde zugehört, richtig?"

Amy lächelte entschuldigend.

Er schüttelte den Kopf. „Macht nichts. Ist schon in Ordnung. Ich glaube, ich kann dich verstehen."

Oh nein, das kannst du nicht, auch wenn du dich noch so bemühst, dachte Amy. Ein paar Satzfetzen waren aber zu ihr durchgedrungen und sie musste Henry zugestehen, einmal richtig nett gewesen zu sein. Zum Abschied legte sie kurz ihre Hand auf seine, die auf dem Schaltknüppel lag. Er lächelte sie überrascht an.

Sie war früh dran und das Schultor war noch geschlossen. Als sie durch die Einfahrt schritt, entdeckte sie Tanja, Fiona und Kristin in einer Nische zwischen zwei hohen Fenstern der Halle. Tanja erspähte sie und winkte sofort mit beiden Armen.

„Hallo, wie geht's? Alles wieder im grünen Bereich?", rief sie ihr quer über den weiten Vorplatz zu.

Nein, ich werde nämlich von Matt M als Engel verfolgt! – Natürlich sagte Amy das nur in Gedanken. Sie ging sehr langsam auf die Mädchen zu. Ihre Blicke wanderten bei jedem Schritt nach links und rechts, ständig in Sorge, er könnte auf einmal neben ihr auftauchen.

Und wenn ihn die anderen auch sahen?

Oder wenn sie mit ihm redete und die anderen ihn tatsäch-

156

lich weder hören noch sehen konnten? Man würde glauben, sie sei völlig verrückt geworden. Amy fiel ein alter Film ein, in dem ein Mann ständig mit einem unsichtbaren Riesenhasen sprach, den nur er sah. Seine Familie hatte ihn schleunigst zu einem Psychiater gebracht.

Kristin, die ihre Stöckelschuhe noch trug, genoss es, mit Amy fast auf Augenhöhe zu sein.

„Bist du in ihn verknallt?", platzte sie heraus. „Viele sind in Matt M verknallt. Ein Mädchen soll aus Verzweiflung aus dem Fenster gesprungen sein."

Tanja kickte Kristin gegen den Stöckel, sodass sie umkippte und gefallen wäre, hätte Amy sie nicht aufgefangen.

„Hör auf!", protestierte sie und sah Tanja vorwurfsvoll an.

Fiona verfolgte alles mit tadellos geschminkten Adleraugen. Lässig warf sie den Kopf weit nach hinten, als wolle sie gurgeln. Sie schüttelte ihre Haare und beugte sich nach vorne wie bei einer Gymnastikübung. Wieder schüttelte sie ihre Haarpracht, um sie dann mit einer schwungvollen Bewegung nach hinten zu schleudern. Zufrieden schnaubte sie kurz auf.

„Was war das jetzt gerade?", wollte Tanja wissen, eine Augenbraue hochgezogen.

„So sehen meine Haare am besten aus. Locker, wild, dynamisch. Habe ich im *Womans World* gelesen. Das ist diese neue Zeitschrift, die alle Trends aus der ganzen Welt bringt." Fiona schenkte Amy einen mitfühlenden Blick. „Wirst du überhaupt auf den Schulball kommen können?"

Amys Meinung zum Schulball war zwiespältig. Auf der einen Seite tanzte sie gerne, allerdings am liebsten zu Hause, ganz allein, wenn keiner sie sah. Sie wollte trotzdem auf den

Ball gehen, hatte aber Angst. Bestimmt würde sie in einem Ballkleid nur lächerlich aussehen, wie eine Vogelscheuche, der man ein feines Stück Stoff übergeworfen hatte. Außerdem wollte sie nicht allein gehen, nicht ohne einen Begleiter. Tanja erzählte seit Wochen, wie schrecklich es sein musste, allein auf den Ball zu kommen. Ihre große Schwester hatte das einmal erlebt, weil der Junge, der sie eingeladen hatte, Keuchhusten bekommen hatte. „Sie hat sich gefühlt wie ein hoffnungsloses Mauerblümchen", hatte Tanja in den schlimmsten Farben geschildert. „Selbst als moderne Frau, die davon überzeugt ist, dass wir Frauen gut ohne Männer leben könnten, finde ich, dass ein Schulball ohne einen Jungen, mit dem man tanzt, quatscht und den man ständig schicken kann, Fruchtpunsch zu besorgen, eine traurige Angelegenheit sein muss."

Amy war genauso ein hoffnungsloses Mauerblümchen und konnte sich keinen Jungen vorstellen, der sie auffordern würde, mit ihm den Schulball zu besuchen. Sie überlegte schon eine Weile, welche Ausreden sie benutzen könnte, um sich zu drücken und trotzdem nicht jämmerlich zu wirken.

Fiona wurde ungehalten, weil Amy nur vor sich hinstarrte. Da sie nicht länger warten wollte, redete sie einfach von sich aus weiter: „Es werden bestimmt jede Menge Songs von Matt M gespielt. Halten das deine Nerven aus, Kleines?"

Es klang witzig, von Fiona „Kleines" genannt zu werden, denn sie war einen halben Kopf kleiner als Amy.

Zum Glück musste Amy keine Antwort geben, denn Tanja hob die Hände, als hätte sie eine wichtige Verlautbarung zu machen. Kristin, die noch immer mit ihrem Stöckelschuh kämpfte, folgte Tanjas Blick zur anderen Seite des Vorplatzes.

„Ist was mit Robin?", fragte sie zwitschernd.

Tanja schleuderte ihr einen Blick zu, als könne sie so viel Dummheit am Morgen wirklich nicht vertragen.

„Es gibt viele, die die ganze Zeit darauf warten, von einem Jungen angesprochen und eingeladen zu werden. Ich finde das sehr altmodisch. Als Frau, die voll im Hier und Jetzt lebt, kann man die Sache selbst in die Hand nehmen. Und genau das werde ich nun tun."

Mit den Fingerspitzen strich sie ihre schwarzen Haare nach hinten, die steif vom Lack waren. Als Tanja losmarschierte, ließ sie ihre Umhängetasche einfach zu Boden fallen.

Amy ahnte, auf wen sie es abgesehen hatte. Sie spürte ein kleines bisschen Eifersucht, weil der Junge auch ihr gut gefiel und weil auch sie gerne mit ihm zum Ball gegangen wäre, allerdings niemals nur im Entferntesten damit rechnete, von ihm gefragt zu werden. Sie hasste sich für ihr Abwarten und bewunderte heimlich Tanja. Woher nahm sie nur den Mut?

Robin zeigte David gerade seine neuen Fußballschuhe, als Tanja sich zwischen die beiden stellte, um klarzumachen, dass sie alle Aufmerksamkeit haben wollte.

Selbst aus der Entfernung konnte Amy erkennen, dass die Siegessicherheit mit einem Schlag aus Tanjas Gesicht verschwand. Sie deutete mit dem Zeigefinger in Hüfthöhe sehr schnell und betont beiläufig zu der Nische, in der Fiona, Kristin und Amy standen.

„Er kommt", japste Kristin ergriffen.

Noch immer stand Tanja bei Robin, kehrte ihm aber den Rücken zu. Mit großer Fassungslosigkeit starrte sie David hinterher, der auf Fiona zuging.

Neckisch legte Fiona den Kopf zur Seite und lächelte David mit einem Augenaufschlag entgegen wie die Models in den Modeheften.

Amy beobachtete, dass Kristin sich in den Stöckelschuhen sogar noch auf die Zehenspitzen stellte.

„Hallo, Amy!" David schenkte ihr ein strahlendes Lächeln. Seine Zähne waren so wunderbar weiß. „Wieder ganz auf der Höhe?"

Wieso sprach er mit ihr? Amy starrte ihn an, als hätte er einen Dialekt benutzt, der nur im tiefsten Urwald geläufig war.

„He, Amy, bist du in Ordnung?" David bewegte seine Hand dicht vor ihrem Gesicht auf und ab. Er roch richtig gut nach einem feinen Herrenduft.

Fionas Kiefermuskeln begannen vor Anspannung zu zucken. Kristin blickte wie ein aufgeregtes Küken zwischen dem lachenden David und der verdutzten Amy hin und her. Sie konnte sich jetzt für das Auffangen revanchieren und antwortete an Amys Stelle: „Danke, ihr geht es schon viel besser. Nicht wahr, Amy?" Unauffällig bohrte sie ihr den Zeigefinger zwischen die Rippen.

Amy zuckte zusammen und lachte, weil sie an dieser Stelle sehr kitzelig war.

David nahm es als Antwort.

„Dann bin ich beruhigt. Wie wäre es mit Sonntag? Hättest du Lust auf ein Eis? Es gibt diese neue Eisdiele in der Highgate Street."

„Ja." Hatte sie das gesagt? Amy war sich nicht sicher.

„Vier Uhr?"

„Ja."

160

„Dann um vier. Der Laden nennt sich *Mary and Cherry.*"

„Ja."

Davids und Tanjas Wege kreuzten sich, als er zu Robin und sie zu den Mädchen zurückmarschierte.

„Was findet der an dir?", entschlüpfte es Fiona.

„Das ist gemein!", verteidigte Kristin Amy.

„Fiona, was wollte er?", erkundigte sich Tanja barsch, als sie neben den anderen stand. David hatte in die Nische hineingeredet, sodass für sie nicht erkennbar war, an wen er sich gewandt hatte.

„Nichts von Fiona!", piepste Kristin sehr hoch. Mit einem entschuldigenden Augenaufschlag deutete sie auf Amy.

„Er hat mit *dir* geredet?" Tanja rollte die Augen, als hätte die Weltkugel begonnen, sich in die andere Richtung zu drehen. „Was will er von *dir*?"

Ja, was wollte er von ihr? Amy fragte sich das auch.

# 26

Er fühlte sich zehn Jahre in die Vergangenheit zurückgeschleudert. Der säuerliche Geruch von verschwitzten Klamotten erinnerte Matt an bevorstehende Prüfungen und Klassenarbeiten. In ihm stieg dasselbe Gefühl hoch wie damals, als er den ganzen Nachmittag und die halbe Nacht mit seinen Kumpels der Band *Angry Alligators* geprobt hatte und keine Zeit für das Lernen geblieben war. Seine Schule hatte nicht halb so edel ausgesehen wie dieses „Schloss" hier. Es war ein Neubau gewesen, mit vielen Neonröhren und glänzendem, leicht zu reinigendem Anstrich an den Wänden. Einfach grässlich.

In Amys Nähe zu bleiben, war nicht schwierig. Er musste nur an sie denken, schon wurde er von einer unsichtbaren Kraft mit rasender Geschwindigkeit zu ihr geschoben. So war es auch zu seinem Auftauchen im Badezimmer gekommen. Auf dem Rückweg vom Nachtflug hatte er nur kurz überlegt, wo er sie finden könnte, und schon befand er sich neben der tropfenden Dusche. Matt war über die Begegnung genauso erschrocken gewesen wie Amy. Es machte ihn verrückt zu spüren, dass dieses Mädchen ihm helfen konnte, er musste sie nur dazu bringen, es zu tun.

Leider ging es nicht, es ihr zu befehlen. Das wäre wirklich das Einfachste gewesen. Er musste eine gute Gelegenheit abwarten und dann von vorn beginnen. Die Warnung der Leute in dem weißen Raum ohne Wände und Decke hallte noch in seinen Ohren nach. Wenn er sie erschreckte oder ängstigte, wirkte sich das negativ auf seinen Körper im Krankenhaus aus, der ohnehin schon schlimm genug aussah.

Matt rieb sich mit den Handflächen über das Gesicht. War das vielleicht kompliziert. Wieso konnte er nicht einfach mit den Fingern schnippen und alles war für ihn erledigt – wie er es eben gewohnt war?

Ein Mann mit einem Knittergesicht, der wahrscheinlich gar nicht wusste, was ein Lächeln war, schloss das Schultor auf und schüttelte eine Messingglocke.

Matt stellte sich hinter eine Säule und spähte an ihr vorbei, um rechtzeitig erkennen zu können, wohin Amy ging. Dann musste er über sich selbst grinsen. Er war ein Engel, zwar mit schwarzen Flügeln, aber für alle unsichtbar. Solange jemand in ihrer Nähe war, würde Amy ihn nicht sehen können.

Sie ging hinter den Mädchen, mit denen sie draußen geredet hatte. Diese übertrieben geschminkte Wichtigtuerin und die andere mit der Sturmfrisur hatten die Köpfe zusammengesteckt. Hinter ihnen trippelte eine blonde Maus auf viel zu hohen Absätzen. Amy kam als Letzte und wirkte ausgeschlossen aus dem Kreis der anderen.

Endlich hatten sich alle in der Halle um die kleine Kanzel versammelt. Ein Mann mit grauem Lockenkranz bahnte sich seinen Weg durch die Schüler und trat vor das Mikrofon.

„Guten Morgen!", eröffnete er, bekam als Antwort aber nur eine pfeifende Rückkopplung. Der Mann mit dem Knittergesicht zog ein Türchen in der Wand auf und schob einen Regler herunter.

163

„Guten Morgen", wiederholte der Mann, bestimmt der Schulleiter. Diesmal erwiderten die Schüler seinen Gruß. „Ich möchte euch noch einmal dringend an die zehn Stunden wohltätige Arbeit für andere Menschen erinnern, zu der jeder Schüler dieser Schule verpflichtet ist."

„Mädchen also ausgeschlossen!", meldete sich Amys Freundin mit der Sturmfrisur sofort.

Verwirrt blickte der Direktor in ihre Richtung.

„Wieso? Nein!"

„Wir sind SchülerINNEN!"

Der Schulleiter umklammerte die Holzeinfassung der kleinen Kanzel mit beiden Händen. Würde er das Mädchen sonst würgen? Matt grinste in sich hinein. Gleichzeitig beobachtete er Amy, die abseits stand. Kein Wunder, in Matts Augen. Wie konnte man so schrecklich unscheinbar aussehen? Er kannte nicht viel von Amy, aber er hielt sie für interessanter, als ihre Erscheinung vermuten ließ.

Nachdem der Mann seine Rede beendet hatte, folgte Matt den Mädchen zu ihrem Klassenzimmer. Wieder ging Amy hinter den anderen her.

Über die Schulter sagte die Sturmfrisur zu ihr: „Wir machen doch dieses Wohltätigkeitsprojekt zusammen, nicht?"

Es wirkte, als traue sich Amy gar nicht, etwas anderes zu tun, als zustimmend zu nicken.

„Wir besuchen Jacqueline, dieses Mädchen, das nicht spricht. Meine Ma kennt ihre Mam, die unbedingt will, dass Jacqueline Kontakt mit Gleichaltrigen hat. Sie unterrichtet ihre Tochter selbst, weil sie auf keine Schule gehen kann. Hat ja seit dem Kindergarten nichts mehr gesagt."

Amy machte ein paar schnelle Schritte, um mit der Sturmfrisur auf gleicher Höhe zu sein. Die Sturmfrisur wechselte mit der Wichtigtuerin einen Blick, der für Matt nach Verschwörung aussah. Er hörte sie dann sagen: „Ach, am besten besuchen wir sie am Sonntag, so zur Teezeit, also halb fünf. Du kommst vorher zu mir, damit wir alles besprechen können. Vier Uhr passt dir sicher."

„Aber da ...." Amy brach im Satz ab. Die Sturmfrisur hatte sich schon weggedreht und segelte in das Klassenzimmer.

Matt beobachtete, wie Amy auf dem Gang stehen blieb und die Fäuste ballte. Den Grund dafür konnte er sich denken.

Unsicher zog er am Rand seines T-Shirts und strich über den Stoff der Jeans. Er fühlte sich schmierig an. So eine Hose hätte er niemals angezogen. Es sei denn, irgendein Designer hätte sie für ihn entworfen und zur großen Mode erklärt.

Hätte! Normalerweise! Ihm kam es so vor, als ob sein normales Leben schon eine Ewigkeit zurückläge.

Ewigkeit!

Eternity! Töne klangen in seinem Kopf. „Eternity", sang er leise.

Ewigkeit. Das Wort erinnerte ihn an seine Mission. Er griff nach hinten und zog die Spitze eines Flügels vor. Alle Federn waren noch genauso tiefschwarz wie gestern. Dabei verrann die Zeit so schnell. Nur noch acht Tage, vielleicht neun, denn ihm war nicht gesagt worden, wann am Sonntag seine Zeit ablief. Mittag? Nachmittag? Abend? Mitternacht?

Die Schulglocke läutete scheppernd. Auch Amy betrat jetzt den Klassenraum. Neben der Tür entdeckte Matt ein schmales Schild mit den eingravierten Buchstaben: MUSIKZIMMER.

Ein Mann, dem das Wort LEHRER fast auf die Stirn gebrannt stand, eilte herbei, einen Packen Unterrichtsmaterial im Arm. In seinem ärmellosen weinroten Pulli, dem blassblauen Hemd und der dicken Cordhose sah er selbst wie ein zu großer Schüler aus. Er stürmte in das Musikzimmer und zog die Tür energisch hinter sich zu.

„Guten Morgen, wer fehlt?", hörte Matt ihn bis auf den Gang.

Matt schloss die Augen und wünschte sich, hinter Amy zu stehen. Er spürte wieder diese Kraft, die ihn von Ort zu Ort riss. Als er aufblickte, sah er Amy unter sich, die ihr Heft auspackte, und vor sich den Lehrer am CD-Player.

„Ich ändere den Plan für heute. Da viele von euch ohnehin nur an ihr Idol denken können, werden wir einige Nummern von Matt M durchnehmen und analysieren." Aus den Lautsprechern klangen die einsamen Töne einer akustischen Gitarre, die erste Takte von „Trust me" anspielte.

„Kann mir jemand die Tonart nennen?", fragte der Lehrer in die Klasse.

„G-Moll", murmelte Matt vor sich hin.

Vor ihm sprang Amy halb vom Stuhl. Sie zwang sich, sich wieder hinzusetzen, und kauerte nach vorne gebeugt da.

Sie konnte ihn also hören.

Matt beugte sich zu ihrem Ohr und flüsterte ihr leise zu: „Es ist G-Moll. Ich muss es doch wissen. Los, sag's dem Heini dort vorne."

Wie ferngesteuert hob Amy die Hand. Der Lehrer deutete auf sie.

„G-Moll!"

166

„Ausgezeichnet." Der Lehrer war begeistert. „Hast du das geraten oder besitzt du Noten? Du kannst das doch nicht einfach gehört haben?"

„Sag, du hast es erkannt. Sag es!"

Amy gehorchte und wiederholte, was Matt ihr vorsagte.

Der Musiklehrer nickte anerkennend.

„Ich nehme an, zuerst gab es den Text, zu dem dann die Musik komponiert wurde", fuhr er fort.

„Nein!", brummte Matt ärgerlich, der sich neben Amys Stuhl gehockt hatte, sodass sein Kopf fast auf gleicher Höhe mit ihrem war. „Nein, zuerst hatte ich die Melodie. Und nur die Hookline. Nur das ,Trust me'! Sag das diesem Besserwisser von Lehrer."

Amy sah hilflos um sich.

„Tu es, mach schon!", drängte Matt leise. Wahrscheinlich hätte er auch in normaler Lautstärke reden können, da seine Stimme für andere Ohren nicht wahrnehmbar war.

„Äh ... Mister Stern!"

„Ja, Amy?" Der Musiklehrer kam zu ihrem Pult in der zweiten Reihe. Tanja saß neben ihr und legte schnell die Hand auf den Totenkopf, den sie in das Musikheft malte.

„Kann es nicht auch so gewesen sein, dass Matt zuerst nur die Hookline hatte und dazu eine Melodie komponiert hat. Der Text kann doch auch danach entstehen, zur Melodie."

„Hookline!" Mr Stern rief es aus, als handle es sich um eine Sensation. „Ein Begriff aus der Popmusik. Die Textzeile, die bei den Hörern haften bleiben soll. An ihr wird der Song aufgehängt. Ausgezeichnet, Amy, wenn sich die anderen das bitte notieren."

Dank Matts Unterstützung konnte Amy Mr Stern in dieser Stunde noch einige Male begeistern. Für die ausgezeichnete Mitarbeit und ihr Wissen erließ er ihr die Prüfung, zu der sich jeder melden musste. „Ich begrüße Fachwissen. Ich schätze es, wenn sich Schüler mit einem Thema so intensiv auseinandersetzen", erklärte er, um die anderen zu ähnlichen Leistungen anzustacheln.

„Sie ist eine SchülerIN!", knurrte die Sturmfrisur, aber diesmal ohne großen Enthusiasmus.

Als die Pause begann, verließ die ganze Klasse den Raum.

Amy blieb als Letzte allein zurück. Sie hatte sich mit dem Einpacken ihrer Unterlagen absichtlich viel Zeit gelassen.

Mittlerweile kannte Matt das leicht kribbelnde Gefühl auf seiner Haut, wenn er für sie sichtbar wurde. Er kauerte auf der Kante des Lehrerpults, um ihr nicht zu nahe zu sein. Er durfte sie auf keinen Fall ängstigen.

Was bedeutete dieses Gesicht? Wieso guckte sie so komisch?

Er schenkte ihr ein hilfloses Lächeln. Es war nicht das „Gebrochene-Flügel-Lächeln", sondern echt.

Amy stand auf, die Schultasche an die Brust gepresst wie ein Schutzschild. Sie schlängelte sich zwischen den Bänken durch zu ihm.

Fragend! Das war es! Sie sah ihn fragend an. Matt war stolz, ihren Blick deuten zu können.

„He, Baby", sagte er. Wie kläglich er klang. Das war nicht der normale Matt. Er hasste sich fast dafür.

Sie redete leise und warf immer wieder Blicke über die Schulter zur Tür. „Wirst du mich jetzt immer verfolgen? Ist das deine Rache?"

Matt sprang von der Tischkante. „He, nicht Rache. Es ist …
ich … also, ich muss … ich … glaube, ich brauche dich."

Hinter ihr platzte die Sturmfrisur in den Raum.

„Komm endlich, Amy. Wir müssen Zeus unser Projekt beschreiben."

Amys Blick traf auf einen Punkt an der Wand hinter ihm. Sie hatte wohl versucht, seine Augen noch einmal zu finden, aber er war für sie nicht mehr zu sehen.

# 27

Sie konnte an nichts anderes denken.
Vor zwei Tagen noch hatte er sie beschimpft.
Gestern war er als Engel erschienen und hatte
wieder herumgepoltert. Und heute flüsterte er
ihr im Unterricht die richtigen Antworten ein
und verkündete, dass er sie brauche.

Matt M – auch wenn er nicht mehr „der" Matt M war, sondern ein Engel mit schwarzen Flügeln – er brauchte Amy. War
so etwas möglich?

Die Schule dauerte bis halb vier Uhr. Allein war Amy nur
auf der Toilette, dort aber erblickte sie ihn nicht. Das hätte sie
ihm auch verboten.

Mit der üblichen Nachmittagsmüdigkeit verließ sie das
Schulhaus. Draußen empfing sie warmer Sonnenschein, die
Luft war wie ein Streicheln im Gesicht. Amy fiel David wieder
ein. Sie musste ihm für Sonntag absagen, weil sie mit Tanja zu
diesem stummen Mädchen gehen wollte. An diesem Tag hatte
sie ihn aber in keiner Pause gesehen und seine Telefonnummer
kannte sie auch nicht.

Neben ihr tauchte Robin auf, beladen mit Schulsachen und
gleich zwei vollen Sporttaschen.

„Hi Mi... Mimi!"

„Robin, hallo! Gut, dass ich dich noch treffe. Wo wart ihr
denn heute?"

„E... Extra-Training für das M... m... match in zwei Wo... Wochen." Robin klopfte auf eine Sporttasche. Entschuldigend fügte er hinzu: „Mu... muffelt vielleicht. Ha... ha... hab viel geschwitzt." Seine Locken klebten vom Duschen noch feucht an seiner Stirn.

„Ich muss dich was fragen", setzte Amy erneut an.

In Robins Augen leuchtete etwas auf, das Amy stutzig machte.

„We... wegen des Schulballs? I... ich ... also ich ...'" Er brach ab.

„Nein, es ist wegen David."

Das Leuchten erlosch sofort. Robin wirkte enttäuscht, fuhr sich dann durch die Locken und nickte heftig. „Da... David ... e... echt guter Stü... Stürmer. Be... Bester, den wir haben."

„Hast du seine Telefonnummer? Er hat mich ... also ... egal, ich muss ihn anrufen."

Robin ließ alle Taschen fallen und kramte in seinem Schulrucksack nach seinem Handy. Er sagte ihr die Nummer nicht einfach an, sondern notierte sie auf einen kleinen Zettel.

„Amy!" Ihre Mutter wartete in der Einfahrt. Amy war überrascht, sie hier zu sehen. Normalerweise hatte sie gerade am Freitag in der Bank viel zu erledigen.

„Danke, Robin!" Amy stopfte den Zettel in die Tasche ihres Schulblazers. Schlagartig war sie noch unruhiger, weil sie nicht verstand, was ihre Mutter hier wollte. Als sie losging, spürte sie, dass mit Robin etwas nicht stimmte. Sie drehte sich zu ihm um und sah in zwei tieftraurige Augen. Als sich ihre Blicke trafen, setzte er sofort ein breites Lächeln auf und winkte lässig.

„Amy, beeil dich, es ist viel Verkehr!", rief ihre Mutter.

Nachdem Amy sich in dem schicken grünen Jaguar auf dem Beifahrersitz angeschnallt hatte, startete ihre Mutter den Motor und brauste los.

„Ich konnte heute endlich einmal früher aus dem Büro. Ich dachte, wir könnten gleich gemeinsam zu *Selfridges* fahren und ein Ballkleid für dich aussuchen."

Amy erstarrte. Sie hatte wirklich keine Lust dazu. Hatte sie ein Kleid, musste sie auch auf den Ball gehen. Aber mit wem? Unter keinen Umständen wollte sie allein hingehen.

Ohne eine Zustimmung von Amy abzuwarten, fuhr ihre Mutter fort: „Überhaupt brauchst du ein paar neue Sachen. Bei *Selfridges* haben wir eine große Auswahl. Deine Hosen sind dir zu kurz und deine Lieblingssweater sind langsam eine Zumutung."

War er dabei? War er auch im Wagen? Hörte er mit, was ihre Mutter sagte? Amy war die Vorstellung unangenehm. Vor ihrer Mutter alle möglichen Klamotten vorführen zu müssen und ständig ihre Kommentare anzuhören, war ihr allerdings noch unangenehmer.

*Selfridges* in der ewig verstopften Oxfordstreet, auf deren Gehsteigen die Menschen einander voranschoben, glich von außen einem grauen Palast. Auf mehreren Stockwerken gab es hier von der Stecknadel bis zur Hochseeyacht wahrscheinlich alles zu kaufen.

Im ersten Stock erstreckte sich das Klamottenwunderland, in dem die Mädchen aus Amys Schule am liebsten ein paar Tage gewohnt hätten. Jede Marke präsentierte ihre Ware auf eigenen Flächen, die besten Stücke waren an Wänden befestigt, als würden die Hosen, Pullis und Jacketts dort körperlos tanzen. Amys Mutter steuerte einen Verkaufsstand mit hohen Fotos an, von denen Jungen und Mädchen strahlten, wie sie sich alle Mütter und Väter wünschten: Nicht zu dünn und nicht zu dick, blitzsauber, sportlich, bestimmt hervorragend in der Schule und alle in glatten Jeans, flotten einfarbigen Sweatern, mal mit, mal ohne Kapuze, und sportlichen Jacken. Die Fotos waren auf einer Uferpromenade aufgenommen, hinter den Teenagern spritzte die weiße Gischt des Meeres.

Die Kleidung war nicht unangenehm, auch ganz praktisch, und Amy musste nie lange nachdenken, wenn sie in ihren Schrank griff. Alles passte gut zusammen.

Eine Verkäuferin mit rosa gepudertem Teint kam sofort auf sie zugeeilt, als sie Amy und ihre Mutter bei den Kleiderstangen sah. So begann, was Amy hasste. Zuerst wurde über die passende Größe diskutiert und festgestellt, dass sie oben herum eine kleine Größe, dafür aber bei den Hosen besonders lange Hosenbeine benötigte. Für Amy hörte sich das immer wie eine Mängelliste ihres Körpers an.

Um es schnell hinter sich zu bringen, nahm sie einen ganzen Stoß an Hosen und Sweatern in eine Umkleidekabine mit. Die Kabine hatte eine braune Tür aus Lamellen. Das war ihr lieber als ein Vorhang, der zu schnell von außen aufgezogen werden konnte. Ihre Mutter hätte ständig zu ihr hereingespäht, was Amy besonders unangenehm gewesen wäre. Die Tür verhinderte das.

Sie hatte ihren Schulblazer bereits abgelegt und öffnete den Verschluss des Rockes.

Da stand er neben ihr.

Auge in Auge.

Amy zog heftig die Luft ein, er grinste mit einem Mundwinkel.

Hastig raunte er ihr zu: „Sorry, ich kann nicht anders. Ich habe nur daran gedacht, was du da anziehst, und deshalb bin ich jetzt wohl hier. Tut mir echt leid. Wirklich."

Gleichzeitig sahen sie zum Hocker hinunter, auf dem sich die Kleidungsstücke türmten.

„Das ist doch Zeug für graue Mäuse. Vergiss es. Hier gibt's jede Menge schicke Sachen. Warum gehst du nicht weiter und probierst ein paar andere Klamotten?"

„Weil meine Mutter immer hierher gehen möchte!", verteidigte sich Amy. Selbst in ihren eigenen Ohren hörte sich das Argument sehr lahm an.

„Und zieht sie die Sachen dann auch an? Oder musst du damit herumrennen?"

Das war ein Volltreffer.

„Sag bloß, du magst dieses Zeug!" Matt deutete auf einen beigen Sweater mit einem blauen gestickten Anker auf der linken Brustseite.

„Es ist o.k.", meinte Amy.

Matt verzog verständnislos das Gesicht. „Warum nimmst du nicht Dinge, die du geil findest? Du musst abtanzen wollen, wenn du hineinschlüpfst, dann sind sie ‚o.k.'!"

Amy überlegte und sah ihm dabei die ganze Zeit in die Augen. Sie waren so herrlich blau. Matt hielt ihrem Blick stand.

„Mach, los, weg mit dem Zeug!"

Noch immer zögerte Amy. Matt beugte sich vor, als wollte er die Kleidungsstücke nehmen. Seine Arme aber glitten hindurch, ohne sie halten zu können.

Schließlich gab Amy sich den sprichwörtlichen Ruck, schaffte den ganzen Stapel hinaus und legte ihn auf die Theke neben der Kasse.

Der Puderhauch der Verkäuferin wehte ihr entgegen. „Sie nehmen alles?", fragte sie hoffnungsvoll.

Stumm schüttelte Amy den Kopf. Ihre Mutter kam, eine langweilige blaue Windjacke in der Hand. „Hast du schon alles anprobiert? So schnell?"

„Können wir nicht ein bisschen schauen?" Amy deutete auf die lockenden Schilder der anderen Verkaufsstände.

Ihre Mutter zog die Augenbrauen zusammen. „Aber du wolltest doch immer hier shoppen. Das ist doch deine Lieblingsmarke."

„Ich ... ich möchte heute lieber was anderes versuchen." Das zu sagen, kostete Amy Überwindung.

„Gut!" Ihre Mutter machte eine entschuldigende Geste in die Richtung der Verkäuferin, deren Lächeln sofort säuerlich wurde. Während Amy und sie den Stand verließen, bemerkte ihre Mutter: „Das hättest du wirklich schon früher sagen können. Ich finde diese Sachen nämlich irgendwie langweilig."

„Ich auch", raunte der unsichtbare Matt Amy ins Ohr.

Sie konnte nicht anders und musste vor sich hingrinsen.

Während ihre Mutter weiter ein Auge auf den „praktischen" Aspekt der neuen Garderobe hatte, beriet Matt sie mehr in Sachen „Geil", „Stark", „Hip", „Cool, Baby" und „Sexy".

Beladen mit jeder Menge kleiner und großer Tüten, gingen Amy und ihre Mutter, erschöpft, hungrig und durstig, auf die Rolltreppe zu. Im obersten Stockwerk befand sich ein riesiges

Café, in dem sie sich stärken wollten. Ein paar Schritte vor der Rolltreppe fiel ihrer Mutter dann aber ein: „Wir haben ja noch kein Ballkleid.“

„Das ... das macht nichts ... ich werde wahrscheinlich nicht gehen“, meinte Amy ausweichend und versuchte ihre Mutter weiterzuziehen.

„Nein, nein, einen Schulball schwänzt man nicht. Du bekommst ein Ballkleid.“ Unerbittlich kehrte ihre Mutter zu den Kleiderständern zurück. Amy hatte keine andere Wahl, als ihr zu folgen. Sonst hätte sie wie ein bockiges kleines Mädchen stehen bleiben müssen und dabei wäre sie sich äußerst dumm vorgekommen.

„Schwarz“, sagte ihre Mutter vor sich hin.

In Amys Ohr aber wurde geflüstert: „Rot! Knallrot.“

Amy machte ein verzagtes Gesicht. Nein, Rot war viel zu auffällig.

„Oder eher weiß, wobei das so nach Brautkleid aussieht“, setzte ihre Mutter die Überlegungen laut fort.

„Rot!“, wiederholte Matt drängend. Amy hatte das Gefühl, ihn neben sich zu spüren. Sie stellte sich vor, wie er auf gleicher Höhe mitlief. „Knallrot. Vielleicht aber nicht bodenlang. Nur über die Knie. Zeig deine Beine. Die kannst du zeigen.“

Mit großen, erstaunten Augen starrte Amy neben sich ins Leere. Sie und ihre Beine zeigen? Diese Strohhalme?

„Was hast du für einen Wunsch? Jedes Mädchen hat ein Traumballkleid. Wie sieht deines aus?“, wollte ihre Mutter wissen. Sie war stehen geblieben und sah sich suchend um.

„Jetzt sag es ... los!“, drängte Matt. Weil Amy noch immer zögerte, kündigte er drohend an: „Sag es, sonst komme ich ins

176

Bad, zu dir auf die Toilette und überall hin, wo es dich verrückt macht."

Sie gab sich geschlagen. „Rot!", hörte Amy sich sagen. „Knallrot. Nicht zu lang."

Die Verwunderung ihrer Mutter hätte nicht größer sein können. „Du traust dich allen Ernstes, ein rotes Ballkleid zu tragen? Das nenne ich mutig."

Sofort bereute Amy, Matt nachgegeben zu haben. Schon wieder diese schmerzende Kritik.

„Ich glaube, in deinem Alter hätte ich mich das nicht getraut. Es ist sehr auffällig. Aber warum nicht. Das ewige Schwarz und Weiß und Cremefarben ist ohnehin langweilig."

Hatte das gerade ihre Mutter gesagt?

Nach einigen Fehlversuchen landeten sie bei einem kleinen Japaner, der ständig um Amy herumwieselte und sie in gebückter Haltung von unten anhimmelte. Er brachte ein Kleid aus rotem schillernden Stoff, der nicht so dünn wie Seide war, sondern mehr Körper besaß. Das Kleid war ärmellos mit zwei dünnen Trägern und reichte vorne bis zum Knie und hinten bis zum Boden.

Aus dem Spiegel blickte Amy jemand entgegen, der ihr gefiel. War das wirklich sie?

„Oh, so schön schlank und gerade", schwärmte der Japaner. „Nicht viele können tragen dieses Modell."

Die Mutter drehte ihre Tochter mit den Händen wie eine Puppe. Sie schien ehrlich begeistert.

Gefiel ihr nur das Kleid? Oder gefiel ihr Amy?

Ich soll ihr gefallen, dachte Amy. Sie hatte Mühe, das zu glauben.

Nachdem auch das Ballkleid in Seidenpapier eingeschlagen und in einen Karton verpackt worden war, fühlten sich Amy und ihre Mutter noch erschöpfter.

„Wir essen in der Stadt", schlug ihre Mutter vor. Sie rief ihren Mann an und musste ihn nicht lange zu einem gemeinsamen Dinner in einem chinesischen Restaurant am Ufer der Themse überreden.

In der ganzen Zeit sah Amy Matt nicht. Es war immer jemand um sie herum, der es verhinderte. Er redete auch nicht zu ihr. Sie hatte das Gefühl, er wäre gar nicht mehr da.

Spät abends kehrte die Familie nach Hause zurück. Amy zog sich mit ihren neu erworbenen Klamotten in ihr Zimmer zurück. Die Tüten landeten vor den Schränken, Amy ließ sich auf die Bettkante sinken. Nach einem Marathonlauf konnte man nicht müder sein, fand sie.

War Matt noch immer nicht hier? Hatte er sie wieder ganz verlassen? Wollte er ihre Hilfe nicht mehr?

Sie duschte und putzte sich die Zähne. Das Auspacken der neuen Sachen verschob sie auf Samstag. Da war schulfrei und sie würde jede Menge Zeit haben.

Mit der Hand war sie schon am Lichtschalter, als Matts Körper neben dem Fenster erschien. Er wirkte verändert, gehetzt und angespannt.

Grüßend nickte sie ihm zu.

Er sah sie nur an.

Obwohl sie beide allein in Amys Zimmer waren, verblassten seine Umrisse schnell wieder.

Hatte sie etwas angestellt? Hatte sie etwas getan, das ihn verärgert hatte? Wieso redete er nicht mehr mit ihr?

# 28

Etwas stimmte nicht, das witterte Matt schon am Nachmittag. Abends auf der Straße wurde es zur Gewissheit. An jeder zweiten Ecke stand ein Zeitungsverkäufer.

Auf der Titelseite der Abendausgabe war ein großes Foto von Matt. Es war eine dieser Paparazzi-Aufnahmen. Irgendwo hatte ein Fotograf mit einem sehr starken Teleobjektiv gelauert und ihn heimlich geknipst. Auf dem Bild war von Matts „Gebrochenem-Flügel-Lächeln" keine Spur. Er schrie gerade, den Mund weit offen, das Gesicht verzerrt, tiefe Falten in seinen Wangen. Er selbst schauderte vor der unscharfen Fratze.

Die Schlagzeile lautete: „Matt M – Grausamer Darling!"

Neben einer Frau herlaufend, die den Artikel im Gehen las, erfuhr Matt mehr.

Rob hatte immer alle Zeitungsberichte vor ihm verheimlicht, die nicht vorteilhaft waren. Matt sollte verschont bleiben, damit er sich nicht aufregte. Was er in der Zeitung las, kam für ihn wie ein Schock.

Das meiste waren Mutmaßungen über Robert und ihn. Rob hatte nach ihrem Zusammentreffen in Zimmer 007 im Krankenhaus behandelt werden müssen. Drei Rippen waren gebrochen, das Brustbein gefährlich angeknackst. Robs Schmerzen wurden detailreich geschildert und Matt glaubte, sie selbst in der eigenen Brust zu spüren. Sein Manager, oder besser Ex-

Manager, denn er hatte ihn ja gefeuert, schwieg zu allen Gerüchten über den Streit, Matts Angriff auf ihn und das Ende der Zusammenarbeit.

Zu Wort kamen aber zahlreiche andere Leute, die etwas Schlechtes über Matt zu berichten wussten. Sogar diese Meg mit den langen Wimpern hatte ihren Senf dazugegeben. Ein großes Foto von ihr war abgedruckt, auf dem sie verführerisch die Augen aufschlug. Sie behauptete, Matt hätte sie nicht aus seiner Suite gehen lassen wollen und ihr mit allem Möglichen gedroht, falls sie die „Einladung" nicht annähme.

Es war eine Lüge. Eine glatte Lüge, die Matt rasend machte. Diese verdammte Tusse tat nur wichtig und die Zeitungsfritzen fielen darauf herein.

Der Artikel endete mit neuerlichem Rätselraten über die Frau, die Matt zuletzt gesehen haben sollte. Das gefundene Autogrammbuch und der Kugelschreiber wurden erwähnt und der Verdacht geäußert, Matt könnte den Fan aufgefordert haben, vor dem Hotel zu warten. Nachdem er den Wagen geholt hatte, habe er das Mädchen mitgenommen. Wahrscheinlich wollte sie dann aber nicht, was er wollte, und sei unterwegs irgendwo ausgestiegen. Matt sei darüber in Wut geraten und losgerast.

Alles miese Lügen, aber die Leute verschlangen sie gierig und mit großem Genuss.

Normalerweise hätte Matt in einem solchen Moment zum Telefon gegriffen und seinen Zorn an Rob ausgelassen.

Normalerweise, ja. Aber es war nichts mehr normal.

Stunden war er durch die Straßen von London gerannt, blindlings, ohne Ziel. Rund um ihn hatten Leute gelacht. In den Pubs hatten sie getrunken und einander zugeprostet. Manche waren in Kinos geströmt, andere in Theater. Vor den Clubs und Discos standen Schlangen und warteten darauf, eingelassen zu werden.

Matt fühlte sich ausgeschlossen. Für immer und ewig ausgeschlossen.

Egal. Alles egal. Er musste einfach weg. Die Flügel öffneten sich weit, und schon eine leichte Bewegung genügte, um ihn vom Boden abheben zu lassen.

# 29

Äußerlich fühlte sie sich neu und gut, innerlich, als hätte jemand mit einem großen Löffel in ihr gerührt. Amy drehte sich vor dem Spiegel an der Innenseite ihrer Tür. Sie trug den rostroten Trainingsanzug mit den weißen Streifen an der Seite und dazu die neuen weißen Sportschuhe. Matt hatte ihr dringend zu beidem geraten und es war ein hervorragender Tipp gewesen. Auch *Angel Potion 88* hatte sie beim Hinausgehen in der Kosmetikabteilung des Kaufhauses noch erstanden und am Morgen in ihr Haar massiert. Nach hinten frisiert und im Nacken locker hochgesteckt, wirkte es ein bisschen fülliger und fester. Amy gefiel sich viel besser.

Aber wo blieb er? Es war Samstag, früher Nachmittag, und sie hatte ihn weder gehört noch gesehen. Dabei wäre die Gelegenheit so günstig gewesen. Henry war Golf spielen und ihre Mutter traf sich mit einer Freundin. Sie würden nicht gestört werden.

Amy lief mit dem Zettel, auf den Robin Davids Telefonnummer gekritzelt hatte, vor dem Apparat in der Diele auf und ab. Sie musste die Verabredung für Sonntag absagen. Tanja hatte Zeus als erstes Datum für ihr Projekt Sonntagnachmittag angegeben. Es gab also kein Zurück. Amy war sehr traurig, David nicht treffen zu können, gleichzeitig aber fühlte sie sich auch erleichtert. Was hätte sie mit ihm reden sollen? In seiner

Gegenwart hätte sie bestimmt nur wieder die roten Flecken bekommen und kein Wort herausgebracht.

Sie musste sich selbst eingestehen, dass ihr der Mut fehlte, ihn anzurufen. Sie würde herumstottern und sich wie die größte Idiotin aufführen.

„Hi!"

Er lehnte an der Haustür aus dickem, schwerem Eichenholz und wirkte grau im Gesicht.

„Hallo!"

Was für ein merkwürdiges Gefühl. Amy stand einem Superstar gegenüber, der ganz selbstverständlich in ihrem Haus auftauchte. Sie hatte sogar schon auf ihn gewartet und sich sehr große Sorgen gemacht, er könnte alles Interesse an ihr verloren haben.

Eine peinliche Pause trat ein. Was sollte sie als Nächstes sagen? Ihm etwas zu essen oder zu trinken anzubieten, erschien ihr unpassend. Aber wieso redete er nichts?

„Es ist niemand da", sagte sie schließlich, als die Pause etwas Unerträgliches bekam.

Matt nickte, aber es wirkte gleichgültig.

Amy schwenkte den Zettel. „Ich ... ich muss es absagen, das Treffen mit David. Leider."

Sie hörte und sah Matt bitter schnauben. „Was ist diese Tanja für eine Schlange!"

„Sie ist meine Freundin!", verteidigte Amy sie sofort.

Langsam kam Matt näher. „Schöne Freundin hast du da. Erstens macht sie dich nieder, weil ihr dieser David selbst so gut gefällt, und zweitens vermasselt sie dir das Treffen. Das war doch Absicht."

Was sollte sie darauf antworten? Amy wusste es selbst. Sie war nicht dumm. Aber Tanja war die einzige Freundin, die sie an der Schule hatte. Kristin war nett, aber keine Freundin, und Fionas Angeberei war unerträglich.

„Ihr habt bald Schulball und da musst du mit David hingehen. Das schlägt diesen Schlangen die Augen ein, darauf kannst du wetten!" Matt ging an ihr vorbei und schwebte durch die geschlossene braune Holztür ins Wohnzimmer. Amy folgte ihm und um ein Haar hätte sie glatt vergessen, die Tür zu öffnen.

„Aber ich muss am Sonntag Tanja treffen!"

„Dann verschieb das Date mit diesem David auf … heute. Nachmittag."

„Aber er hat doch gesagt, morgen Nachmittag."

„Und du sagst, du kannst nicht und es geht nur heute Nachmittag."

Amy seufzte mutlos. „Aber wenn er da keine Zeit hat? Er ist vielleicht beim Fußballtraining."

„Dann wirst du ihn fragen, auf wann ihr euer Date verschieben könnt. Montag ist auch noch ein Tag oder Dienstag."

„Da haben wir doch Schule bis fünf Uhr."

Matt drehte sich um, den Kopf grimmig vorgestreckt. „Halt endlich die Klappe und ruf ihn an. Winsle nicht ständig herum. Davon wird nichts besser."

Beleidigt presste Amy die Lippen zusammen. Er konnte sie nicht immer so anfahren. Nachdem er jetzt ein paar Mal richtig nett gewesen war, fing das wieder an.

Unter Aufbringung einer großen Portion Selbstbeherrschung wiederholte Matt langsam: „Ruf – ihn – jetzt – an! Los!"

„Es geht nicht. Ich kann das nicht!", jammerte Amy und machte eine resignierte Handbewegung. Unabsichtlich stieß sie dabei gegen die Ladestation, in der das Funktelefon steckte. Sie schlug es heraus und es fiel zu Boden.

Auf den Steinfliesen wäre es in alle Bestandteile zerfallen. Doch es kam dort nie an. Einen halben Meter darüber blieb es in der Luft schwebend stehen.

Ganz automatisch bückte sich Amy und griff danach. Sie spürte eine vibrierende Energie im Hörer.

Matt musste es auch gesehen haben. Wie war das möglich? Sie blickte zu ihm auf. Er hatte die Augen halb geschlossen und starrte das Telefon an. Amy hatte das Gefühl, ein Energiestrahl war aus dem Punkt zwischen seinen Augen geschossen und hatte den Apparat vor dem Absturz gerettet. Als sie ihn hochnahm, riss die Energie ab. Als hätte jemand ein Seil durchschnitten, an dem er angebunden gewesen war, taumelte Matt kurz zurück.

Fragend musterte sie ihn.

„Ich kann es tatsächlich", begann er. „Nur mit meinen Gedanken. Ich kann Dinge bewegen oder auffangen. Ich muss es nur fest wollen. Es funktioniert."

Amy schüttelte fassungslos den Kopf.

„Und du kannst jetzt diesen Kerl anrufen. Los!"

Sie suchte nach Ausflüchten, fand aber keine. Sich ihm zu widersetzen, gelang Amy nicht. Also tippte sie die Nummer ein. Ihre Handflächen waren feucht, ihr Herz hämmerte.

Eine Frau meldete sich, offensichtlich Davids Mutter. Sie rief ihren Sohn ans Telefon.

„Ich bin es, Amy. Robin hat mir deine Nummer gegeben."

„Du sagst ab. Nein, sag nicht, dass du absagst. Nicht." David klang richtig verzweifelt.

Matt bedeutete ihr ungeduldig, etwas zu sagen.

„Also, morgen geht es leider nicht."

„Nicht. Das kannst du nicht."

Mit den Lippen formte Matt ständig das Wort „Verschieben" und sah sie eindringlich an.

„Können wir es verschieben?"

„Ja!" David jubelte fast. „Wann geht es bei dir?"

„Heute?"

„Ich hab noch Training."

Eben. Genau das hatte Amy befürchtet. Er hatte keine Zeit. Es war aussichtslos.

„Aber das Training beginnt erst um fünf. Jetzt ist es halb eins. Wie wär's um drei? In der Eisdiele?"

„Ja. In Ordnung", hörte Amy sich antworten. Sie verabschiedete sich schnell und legte auf.

„Hättest auch mit ihm flirten können. So ein bisschen Talkie-Talkie am Telefon ist sexy." Matt ließ sich in die weichen Kissen des langen Sofas fallen und schwang die schmutzigen Schuhe auf die Armlehne. Sein Körper hinterließ keinen Abdruck, die Schuhe keine Spuren. Sein rechter Flügel stand leicht abgespreizt unter seinem Rücken hervor. Amy deutete stumm darauf.

„Die sind nicht schlecht. Ich war heute Nacht am Meer. Schlafen brauche ich wohl nicht mehr. Werde nie müde. Ich war an dem Strand, an den mich meine Eltern einmal mitgenommen haben. Muss kalt sein dort um diese Zeit. Doch ich friere nicht. Ganz praktisch."

186

„Die Federn. Hast du es nicht gesehen?" Amy kniete sich neben ihn und wollte nach den Federn greifen. Ihre Hände glitten hindurch und berührten nichts. Weil Matt aus seiner Position nicht zu den breiten Schwungfedern sehen konnte, beschrieb sie, was sie entdeckt hatte: „Ein paar sind weiß."

# 30

## Die Schwermütigkeit war sofort weg

wie ein dickes Tuch, das jemand von ihm gezogen hatte. Matt sprang hoch und schüttelte die Flügel, die beim Liegen auf dem Rücken ohnehin unbequem waren. Er ließ beide Schwingen aufklappen und beugte sich vor, um möglichst viel von ihnen erkennen zu können.

Einzelne der starken Schwungfedern leuchteten fast, so erschien es ihm jedenfalls. Mit den schwarzen Federn dazwischen ergaben sie ein interessantes Streifenmuster. Matt breitete die Arme aus, weil er in sich eine so enorme Freude aufwallen spürte. Er musste Amy packen und drücken. Sie sah ihn auf sich zukommen und wich zurück. Er war schneller und schlang die Arme um sie – doch sie glitten durch Amy hindurch, als wäre sie gar nicht da.

Ein paar Sekunden konnte keiner der beiden sprechen. Sie standen da wie zwei Kinder, die einander zum ersten Mal nackt sahen. Fast gleichzeitig hoben sie die Köpfe. Amy lächelte ihn schüchtern an. Auch wenn seine Arme sie nicht berühren konnten, so hatte sie trotzdem etwas gespürt. Es war ein kurzes, warmes Gefühl gewesen. Angenehm, sehr angenehm.

Matt war nur enttäuscht und fühlte sich abgewiesen. Natürlich wusste er, dass Amy nichts dafür konnte, trotzdem ertrug er es nicht, dass er nicht machen konnte, was er wollte.

„Sie werden alle weiß werden", hörte er Amy leise sagen.

„Werden sie?" Missmutig wandte sich Matt ab und ließ die Flügel wieder sinken. „Ich hab nicht mehr viel Zeit. Bis jetzt sind es nur ein paar Federn. Aber alle müssen weiß sein. Von oben bis unten."

„Danke für gestern. Und für jetzt." Es war herauszuhören, dass Amy es sagte, um ihn aufzumuntern.

„Ist o.k.!" Er tat, als wäre es nichts Besonderes, dabei hatte er so etwas noch nie zuvor getan.

„Ob deine Federn sich deshalb verfärbt haben? Weil du mir geholfen hast?"

Heftig durch die Nase aufziehend, drehte sich Matt zu ihr. Es war sehr wohl möglich. Aber die guten Tipps, die er gegeben hatte, waren eindeutig nicht genug. Von ihm wurde ganz anderes erwartet. Aber was?

„Schon komisch", redete Amy weiter und ließ sich auf den Klavierhocker sinken. „Ich hätte nie gedacht, dass Mam mir solche Klamotten kauft." Sie zog am Stoff der Trainingsjacke. „Und das Ballkleid ist wirklich schick."

„Ich mochte deine Mam nicht." Matt lehnte sich auf der anderen Seite des Wohnzimmers gegen ein hohes Bücherregal. „Aber gestern war sie in Ordnung."

„Du hast deine Mam sehr gerngehabt!"

Matt blickte verloren durch eine Scheibe aus runden, geblasenen Gläsern in den Garten. Jedes der Gläser zeigte ein verzerrtes Bild des kurz geschnittenen Rasens und der alten Bäume. Amys Worte rissen ihn aus seinen trüben Gedanken.

„Gerngehabt? Woher willst du denn das wissen?"

Amy zuckte erschrocken zusammen, er war auf einmal so wütend. „Ich hab es gelesen. Es hat doch in vielen Berichten gestanden. Du hast ein halbes Jahr lang keine Konzerte gegeben, als sie gestorben ist. Und dann hast du ‚Dear One' für sie geschrieben."

Matt lachte bitter vor sich hin und drehte langsam den Kopf hin und her, als könne er etwas gar nicht fassen. „Gerngehabt! Was bleibt vom ‚Gernhaben', wenn du herausfindest, dass alles nur eine Lüge war. Eine gemeine, hinterhältige Lüge." Er sah hoch und seine Augen waren eiskalt. „Wenn ich könnte, würde ich auf allen CDs wegradieren, dass ‚Dear One' für meine Mutter war. Auf jeder einzelnen würde ich es verschwinden lassen." Mit der Hand wischte er wie mit einem Radiergummi energisch und mit großem Druck durch die Luft. Er warf die Arme in die Höhe, schlug dann die Hände vor das Gesicht und gab einen zornigen Laut von sich, der tief aus seinem Inneren kam.

Von der anderen Seite des Wohnzimmers war ein hohles Poltern zu hören. Amy hatte sich auf den Klavierdeckel gestützt und war mit dem Ellbogen abgerutscht.

In Matts Erinnerung tauchten die Bilder auf, die er so gerne gelöscht hätte. Sie hatte sich über die Agentur an ihn gewandt. Rob war an einem Wochenende zu Matt in das Landhaus gekommen, das dieser im Süden Englands besaß. Er bekam alle Post, die an Matt gerichtet war, und suchte heraus, was wirklich von Matt persönlich beantwortet werden musste. Matt sah noch genau Robs verlegenes Gesicht vor sich, als er den länglichen Brief in den Händen gedreht und ihm von seinem Inhalt erzählt hatte.

Mindestens eine halbe Stunde lang hatte Matt getobt und gebrüllt. Hätte Rob ihn nicht daran gehindert, wäre er mit dem Cricketschläger auf alles losgegangen, was im Haus zerbrechlich war.

Es war alles eine Lüge gewesen. So viele Jahre lang. Matt fühlte sich betrogen und wollte seinen Zorn darüber an den Möbeln auslassen.

Den Brief hatte Matt erst viel später gelesen. Es war an einem der einsamen Abende in seinem Haus, an dem er sich wie ein Geist vorgekommen war. Die Zimmer schienen mit jedem Schritt, den er machte, größer zu werden. Er war beim Lesen herumgelaufen, weil er nicht sitzen konnte. Am Ende hatte er die zwei Seiten auf den Boden geworfen und war darauf herumgetrampelt. Er hatte sich betrunken und war erst am nächsten Mittag wieder aufgewacht. Der Brief lag noch an derselben Stelle. Er hatte ihn in den Umschlag zurückgesteckt und wollte ihn wegwerfen. Doch er hatte es nicht getan. Jetzt bewahrte er ihn in einer Truhe aus schwarzem Holz auf, die er von seinem Auftritt in Japan mitgebracht hatte. Angeblich handelte es sich um die Truhe eines Samurais.

Wenn er die Augen schloss, konnte er noch immer die kleine Handschrift sehen. Die Worte hatten sich in sein Gedächtnis eingebrannt. Die Adresse hatte er einmal schon für die Hookline eines Songs nehmen wollen. 222 Rosebud Road. In diesen Worten steckte Musik. Gesungen würden sie klingen: „Two two two Rosebud Road".

Matt kam etwas völlig Absurdes zu Bewusstsein: Er hatte vor Naomi und der Enthüllung fliehen wollen und war dabei genau in die Richtung gerast, in der sie lebte. Rosebud Road lag nicht weit vom Flughafen Heathrow entfernt, in einer Gegend, die er niemals betreten wollte.

191

Wenn er ehrlich war, dann hatte er sie allerdings schon betreten. Nach dem Lesen des Briefes hatte Rob ihn in einem geliehenen, alten Wagen mit mattem Lack dorthin fahren müssen. Matts Porsche wäre in der Gegend viel zu auffällig gewesen. Mit Sonnenbrillen, obwohl es ein regnerischer Tag war, waren sie durch die Rosebud Road gerollt, Matt hatte die Kapuze seiner Sweatjacke tief in die Stirn gezogen. Nummer 222 lag zwischen einem schmierigen Kebabshop und einer Münzwäscherei, aus der kaltes Neonlicht fiel.

Rob hatte die Fahrt verlangsamt. Wie hypnotisiert hatte Matt auf das schmale, dreistöckige Haus gestarrt. Neben der Tür waren vier Klingelknöpfe. Eine Wohnung musste im Kellergeschoss liegen. Links und rechts der drei Stufen, die zum Eingang führten, gingen zwei Lichtschächte hinunter. Matt bohrte seine Fäuste in die Bauchtasche der Sweatjacke, als er sich vorstellte, dort unten leben zu müssen. Jeden Tag nur auf den Beton des Schachtes zu starren.

Nur neben den beiden oberen Klingelknöpfen klebten Namen. Ihrer war nicht dabei. Weil das Haustor von innen entriegelt wurde, war er zurück zu Rob in den Wagen geflüchtet. Von dort aus hatte er beobachtet, wie ein Mann das Haus verließ. Er sah schmutzig aus. Schmutzig wie alles in der Straße, in der es keine einzige Rosenknospe zu geben schien.

Die Klänge seines Songs „Hear me" rissen ihn aus den düsteren Erinnerungen. Er sah zum Klavier. Amy kehrte ihm den Rücken zu und spielte. Sie hatte einen festen, sicheren Anschlag und Matt musste zugeben, dass sein Song durch sie Seele verliehen bekam. Zuerst summte er nur, dann begann er zu singen. Sie hörte nicht auf zu spielen, passte sich aber seinem

Tempo an, das etwas langsamer war. Die Töne des Klaviers und seine Stimme verschmolzen. Der Song wirkte ohne andere Instrumente klarer als auf CD. Matt gefiel er auch so.

Die letzten Akkorde. Nur mit der rechten Hand spielte Amy die letzte Wiederholung des Refrains auf der höchsten Oktave wie ein Echo aus der Ferne.

# 31

„Matt?" Zum ersten Mal hatte sie seinen
Namen ausgesprochen. Bisher hatte sie sich das
nicht getraut.

„Ich bin hier!", antwortete er.

Amy klappte den Klavierdeckel zu und verließ
das Wohnzimmer. Sie wollte aus ihren neuen Sachen auswäh-
len, was sie zum Treffen mit David anziehen sollte.

„Kannst du mir helfen?", bat sie Matt.

Während sie zuerst eine Jeans nach der anderen und anschließend Oberteil für Oberteil an ihren Körper hielt und sich
im Spiegel prüfend musterte, kamen alle Ängste zurück.

„Ich werde wieder nur dasitzen und dumm starren", sagte
sie mutlos. „Ich kenne mich. Das passiert mir immer mit einem
Jungen wie David."

„Ich kann mitkommen und dir einsagen. Wie gestern in der
Musikstunde."

Das Angebot schien verlockend.

„Aber ich muss das doch allein schaffen."

„Baby, dazu ist noch genug Zeit. Jetzt müssen wir diesen
Wonderboy mal auf dich wild machen."

„Gut ... komm mit."

Sie verließ das Haus kurz nach halb drei Uhr und nahm das
Fahrrad. Während des ganzen Weges grübelte sie darüber
nach, wieso David sie angesprochen hatte. Warum nicht Tanja,

die passte viel besser zu ihm. Oder Fiona. Naja, Fiona passte nur zu sich selbst. Ein bisschen Argwohn blieb. Robin hatte David immer als großartigen Kumpel und ausgezeichneten Kapitän der Fußballmannschaft beschrieben. Ein mieser Typ konnte er deshalb nicht sein. Anderen gegenüber war Robin sehr misstrauisch und zurückhaltend. Sein Sprachfehler hatte ihn dazu gemacht.

*Mary and Cherry* nahm die Ecke eines Hauses ein. Die Fenster waren ziehharmonikaartig faltbar und an diesem sonnigen Tag geöffnet. Drei kleine Tische mit Alu-Klappstühlen standen auf dem Gehsteig und im Lokal gab es noch mehr Sitzplätze.

Zehn Minuten zu früh erreichte Amy ihr Ziel. Sie wollte noch ein bisschen die Straße rauf- und runterschlendern, aber David wartete bereits und winkte ihr zu. Sie winkte zurück und kettete das Fahrrad an eine Straßenlaterne. Während sie das Nummernschloss drehte, murmelte sie vor sich hin: „Bist du da? Matt? Bist du hier?"

Er antwortete nicht.

Das Klopfen ihres Herzens spürte sie besonders im Hals. Dort brannten auch sofort wieder die roten Flecken. Zum Glück hatte sie einen dünnen Rollkragenpulli gewählt und darüber eine ärmellose Weste. Die neue Jeans passte wie angegossen und Amy fand ihre Beine zum ersten Mal nicht zu dünn.

Trotzdem!

Ein Date mit David!

Auf einmal hatte sie Bauchschmerzen. Sie würde sicher auch kein Eis hinunterbekommen. Das Desaster kündigte sich an und der Einzige, der es hätte verhindern können, hatte wohl sein eigenes Angebot vergessen.

„Die Aufstellung besprechen wir heute Abend", hörte sie David telefonieren. Er hing im Stuhl, die Beine vorgestreckt, einen Arm über die Lehne gelegt. „Nein, es ist nicht fix, dass du Abwehr machst. Das hängt vom heutigen Training ab." Er lächelte entschuldigend und deutete mit dem Kopf auf den freien Platz. Verlegen setzte sich Amy auf die Kante. Da David sein Gespräch weiterführte, nahm sie die Karte und las die verschiedenen Spezialitäten. Sie machte meistens einen Bogen um Schokoladeneis und alle anderen Eissorten, die viel Zucker und Fett enthielten. Die „Zahnstocher-mit-Pickel-Warnung" ihrer Mutter begleitete sie überallhin.

An diesem Nachmittag aber hatte sie große Lust auf eine Chocolate-Explosion, die nur aus Schokoladeneis, Schokosoße und Sahne bestand. Morgen würde sie schon noch in ihre neuen Hosen passen, die alle sehr eng waren. Wenn nicht, würde sie eben ein altes, ausgeleiertes Teil tragen.

David hatte noch nicht bestellt, und als die Serviererin in ihrer blau-orange-gestreiften Uniform kam und Block und Stift zückte, hatte er das Handy noch immer am Ohr. Er sagte ihr leise, sie möge in ein paar Minuten noch einmal kommen.

Es dauerte lange, bis er endlich auflegte, tief ausatmete und breit grinste. „Meine Jungs brauchen mich ständig. Das war Alain, der unbedingt im nächsten Match dabei sein will, aber nicht in Hochform ist. Ich meine, dann kann ich ihn doch nicht aufstellen. Oder?"

Was konnte sie darauf sagen? Amy zog die Schultern hoch und gleichzeitig die Stirn kraus. „Äh ... wird wohl so sein", stammelte sie und fühlte sich sofort entsetzlich dämlich.

„Die Bestellung jetzt, sonst müsst ihr euch im Park auf eine

Bank setzen!" Ungeduldig trommelte die Serviererin mit dem Stift auf den Rand des Blockes.

David orderte für sich ein Vanille-Milchshake, Amy wollte schon Chocolate-Explosion sagen, änderte in letzter Sekunde aber ihre Meinung und verlangte eine Kugel Joghurt-Passionsfrucht und ein Zitronensorbet.

„Das Schwierigste ist die Aufstellung. Wir sind alle Kumpels, aber ich muss die Freundschaft außen vor lassen", fuhr David fort. Die kleinen Sommersprossen auf seiner Nase waren Amy bisher nie aufgefallen. Sie fand sie süß. David redete in einem fort über seine Mannschaft und das bevorstehende Match.

„Robin ist ein echter Kumpel. Wirklich cooler Typ. Ihr kennt euch ja gut. Ist doch so?"

Was sollte sie antworten? Alles, was ihr einfiel, klang, als wären Robin und sie ein altes Ehepaar. Diesen Eindruck aber wollte sie nun wirklich nicht erwecken. Schließlich saß sie hier mit einem Jungen, der ihr gefiel. Er sollte spüren, dass sie frei war. In allen Mädchen-Magazinen stand, man dürfe sich nur nicht zu lange zieren oder gleich beim ersten Date kompliziert wirken.

„Robin und ich haben früher in derselben Bank gesessen", sagte Amy schließlich. Das klang doch völlig neutral.

„Die anderen hast du erst kennengelernt, als uns Zeus getrennt hat, nicht wahr?"

Die Serviererin war zurück. Mit mürrischem Gesicht ließ sie die kleinen Teller, auf denen die Eisbecher standen, schon aus ein paar Zentimeter Höhe auf die Tischplatte fallen. Die Gläser und die Löffel sprangen und klirrten.

197

„Macht sechs Pfund vierzig!" Mit Nachdruck legte sie eine Rechnung dazu. David zog sie zu sich und studierte sie.

„Deiner ist teurer. Vier Pfund. Wow." Er kramte eine kleine Geldtasche heraus und zählte Münzen auf den Tisch. Amy überraschte es, dass er sie nicht einlud. Zum Glück hatte sie Geld dabei und bezahlte ihr Eis selbst.

Eine Stimme, über die sie sich freute, flüsterte ihr ins Ohr: „Entweder ist er ein Knauser oder er testet, ob du deinen Mann stehst. Denke, es ist eher Letzteres."

Gerade noch rechtzeitig fiel Amy ein, dass sie keine Reaktion zeigen, nicht nicken und schon gar nichts sagen durfte. David hätte sie sonst für verrückt gehalten.

Eine Weile saßen sie nur stumm da. Durch die belebte Einkaufsstraße von Bromley South rollten die Autos. Familien mit quengelnden kleinen Kindern machten Schaufensterbummel, einige Frauen trugen stolz in feinen Tragetaschen ihre erstandene Beute nach Hause.

„Sag was", raunte Matt ihr zu.

Fragend hob Amy die Augenbrauen.

„Sag etwas, das dich interessiert."

„Ich lese gerade ein Buch von Jane Austen über eine junge Frau", begann Amy.

David erzeugte mit dem Strohhalm am Boden des hohen Glases ein ekeliges schlürfendes Geräusch.

„Sorry, hat so gut geschmeckt." Er nahm den Strohhalm heraus und leckte ihn auch noch ab. „Du hast vorhin nicht fertig erzählt: Diese anderen Mädchen – eine heißt Tanja, nicht wahr? Und Fiona kenne ich. Die Kleine mit den hohen Stöckelschuhen ist ...?"

198

„Kristin.“

„Ja, genau, Kristin. Also, ihr habt euch erst in der neuen Klasse getroffen und seid jetzt Freundinnen. Diese Tanja ... wie ist die? Ich meine, immer dieses SchülerINNEN, LehrerINNEN und so, das nervt irgendwie.“

Neben ihr stöhnte Matt auf eine Art, die sie nicht deuten konnte.

„Aber sonst, ist sie so eine der Marke ‚Ich-finde-alle-Jungs-sind-Arschlöcher‘?“

„Nein, nein, ist sie nicht“, verteidigte Amy ihre Freundin sofort.

„Aber wie ist sie dann?“

„Immer so aufgeregt und ...“ Amy zögerte einen Augenblick, bevor sie es aussprach, „ich glaube, sie findet dich cool.“

„Ist das so?“ David setzte sich auf und leerte die allerletzten Tropfen des Milchshakes in seinen weit aufgerissenen Mund. „Ist das wirklich so?“

Allmählich dämmerte es Amy, wieso sie hier saß.

„Ich dachte, sie sei irgendwie verrückt auf Robin. Habe ich mich da geirrt?“

Matt grunzte und Amy war nicht ganz sicher, ob David es hören konnte.

„He, ich hab da so eine Bitte an dich. Ich hab nämlich keinen Bock, mir eine Abfuhr zu holen.“

Bevor er weitersprach, wusste Amy schon, was kommen würde. Trotzdem blieb sie geduldig sitzen.

„Sie wäre genau richtig für den Ball. Ich meine, ich will mit ihr hingehen und dachte, du könntest da so was Nettes sagen. Ich finde Tanja cool, aber mit diesem ewigen SchülerINNEN-

Quatsch und so macht sie einem fast Angst." Er lachte ein bisschen dämlich.

„Sorry, sorry, sorry", sagte Matt zu Amy.

Das Sorbet schmeckte nach Spülmittel und das Joghurt-Passionsfrucht-Eis künstlich. Es war alles die totale Pleite.

„Ich … ich muss los", stotterte Amy und stand auf.

Davids Handy spielte eine Melodie und er nahm das Gespräch sofort an. Er hob die freie Hand, hielt das Mikrofon zu und sagte kurz: „Danke, war cool, dass du gekommen bist. Und wäre echt nett, wenn du … du weißt schon."

Die Enttäuschung hängte sich wie eine Jacke aus Blei über Amys Schultern.

„Das ist nicht meine Schuld. Ich konnte nicht wissen, dass dieser Bastard dich nur ausquetschen wollte", redete Matt auf sie ein.

Auf einmal erschienen Amy die neuen Klamotten so nutzlos und öde. Am liebsten wäre sie vor Scham davongerannt, nur wusste sie, dass Matt sie überall finden konnte. Was hatte sie sich eingebildet? Dass einer der angesagtesten Jungen der Schule mit IHR ausgehen wollte?

Natürlich nicht.

Wieso auch?

Bei der Hinfahrt hatte sie sich in ihrer Haut recht wohlgefühlt. Dieses Gefühl war weg. Sie war die alte, langweilige und einfach entsetzlich hässliche Amy.

Wie sie sich vor Matt genierte.

Sie fragte sich nicht einmal mehr, wieso Matt so lange gebraucht hatte, bis er endlich bei ihr aufgetaucht war.

# 32

Seine Entdeckung beschäftigte ihn sehr.
Um ein Haar hätte er Amys Treffen mit diesem
David vergessen.

Die Vorstellung machte ihn verrückt, irgend-
jemand könnte auf irgendeine Weise herausgefunden haben,
dass er mit diesen schwarzen Flügeln herumrennen musste.
War es möglich, ihn in diesem Zustand zu fotografieren? Früher hatte er manchmal den Fernseher laufen und alles, was
gezeigt wurde, auf sich einrieseln lassen. Einmal war da ein
Bericht über einen Mann gewesen, der Fotos von Leuten im
Jenseits schießen konnte. Matt erinnerte sich an sein Pergamentgesicht mit ungesunder gelblicher Hautfarbe und schiefen
Lippen. Der Mann hatte kompliziert herumgeredet. Er war
ihm wie ein kompletter Idiot vorgekommen.

Wenn es aber funktionierte?

Als Nächstes fielen ihm die sogenannten Medien ein, von
denen es in London mehrere gab. Auch das hatte er im Fernsehen gesehen: In halbdunklen Zimmern hockten Frauen – die
meisten waren entsetzlich speckig und selbst im Sommer so
dick angezogen, als wäre es arktischer Winter. Sie starrten in
Kugeln aus Bergkristall oder schlossen die Augen, legten die
Köpfe nach hinten, um nach einer Weile mit dem Oberkörper
nach links und rechts zu schwanken wie ein aufrechtes Pendel.
Wenn sie dann sprachen, klangen ihre Stimmen fremd. Angeb-

lich hatten sie Einblick in andere Welten, die für gewöhnliche Menschen unsichtbar und unzugänglich waren.

Wenn ihn so ein Medium gesehen hatte?

Alles konnte sich Matt vorstellen. Schließlich war er Matt M – ein Star, über den die Leute so viel wie möglich wissen wollten.

Natürlich wäre ein Kontakt zwischen ihm – so, wie er jetzt im Augenblick war – und der realen Welt eine Sensation. Später, wenn er wieder gesund wäre, hätte er bestimmt noch viel mehr Popularität als je zuvor. Also musste er sich vor der Kamera, die vor Amys Haus lauerte, nicht wirklich verstecken. Sollte sie ihn aufnehmen. Sollte doch das Pergamentgesicht für alle Fernsehsender dieser Welt eine verschwommene Aufnahme von ihm zeigen – von Matt M als Engel mit schwarzen Schwingen.

Die Vorstellung gefiel Matt immer besser.

Das Einzige, was ihn noch störte, war die Tatsache, dass der Mann in dem grauen Lieferwagen nicht das Pergamentgesicht war. Über den stramm gezogenen Gürtel seiner Jeans hing ein Bierbauch. Eine Baseballkappe hatte er verkehrt herum aufgesetzt und sein T-Shirt sah aus, als hätte er es schon mindestens drei Tage lang an.

Egal. Es gab sicher mehrere von diesen Typen, die Aufnahmen von Wesen wie Matt machten.

Als Amy das Haus verlassen hatte, war Matt mit ihr gegangen. Dabei hatte er den unscheinbaren, alten Lieferwagen bemerkt, der am Straßenrand abgestellt war. Er hätte auch einem Klempner gehören können, der bei den Nachbarn eine Reparatur durchführte. Allerdings steht bei einem normalen Klempnerwagen nicht die hintere Schiebetür einen Spaltbreit offen und dahinter glänzt auch nicht die runde Linse eines Kameraobjektivs.

Der Wagen, der Fotograf und Matts Überlegungen waren der Grund für seine Verspätung. Eigentlich hätte er auch gar nicht hinkommen müssen, denn Amy hatte ihn nicht gebraucht. Der Typ, mit dem sie sich da getroffen hatte, war ohnehin nicht scharf auf sie. Amy hatte auch wirklich nichts unternommen, um ihn scharf zu machen. „Ich lese da ein Buch von Jane Austen ..." – Pah! Als ob das einen einzigen Jungen auf der ganzen Welt interessierte! Er musste Amy wirklich noch ein paar Stunden in „Flirten, Sexy-sein und Jungs-Erobern" geben.

Matt sah Amy auf dem Fahrrad wegrasen. Sie trat in die Pedale, als wären hungrige Wölfe hinter ihr her. Immer wieder wischte sie sich mit dem Ärmel über das Gesicht.

Dieser Kerl war ziemlich mit dem Holzhammer auf sie losgegangen. So schrecklich direkt hätte er nicht sein müssen. Amy tat Matt ein bisschen leid. Armes Ding.

Er schloss die Augen, dachte an ihr Zimmer und fantasierte darüber, wie sie durch die Tür hereinkam.

Aber nichts geschah mit ihm.

Der Grund war ihm schnell klar: Sie war noch nicht zu Hause. Also dachte er einfach nur an Amy. Diesmal wurde er mit einer Geschwindigkeit bewegt, die alles rund um ihn zu einem einzigen schnellen Wischer verschiedener Farben werden ließ.

Er fand sich auf einem kleinen Hügel wieder, der den Mittelpunkt eines Parks bildete. An der Spitze wuchs eine Platane mit zartgrünen Frühlingsblättern. Amy hatte ihr Fahrrad in die

Wiese geworfen und hockte auf einer dicken Wurzel, den Rücken gegen den grau-gelben Stamm gelehnt. Tränen rannen über ihre Wangen. Sie schluchzte einmal heftig auf und schluckte dann mehrmals.

Weinende Mädchen waren das Schlimmste. Matt wusste nie, wie er mit ihnen umgehen sollte. Ihm waren lachende Mädchen lieber, deren einzige Sorge ein abgebrochener Fingernagel oder ein verlorener Lippenstift war.

Er stand ein wenig schief neben dem Stamm. Der Platz hier oben auf dem Hügel war durch einen breiten Streifen Buschwerk von den Wiesen des Parks abgeschirmt. Niemand schien in der Nähe zu sein und Matt war sich sicher, dass Amy ihn sehen konnte. Er platzte fast wegen der Neuigkeit, die er herausgefunden hatte, und wollte ihr unbedingt davon erzählen. Zuerst aber musste er sie beruhigen.

„Hi", sagte er. Das „Gebrochene-Flügel-Lächeln" wirkte immer, auch in diesem Augenblick. Sie sah zu ihm hoch und wischte sich verlegen die feuchten Spuren aus dem Gesicht. Ihre geröteten Augen blieben.

„Hi!"

Als Matt sich neben sie setzen wollte, waren ihm die Enden der Flügel im Weg. Er musste sie nach außen biegen, dabei warf er einen prüfenden Blick auf die weißen Federn. Waren es mehr geworden? Er konnte es nicht beurteilen.

„Lief nicht so ganz, was?", sagte er. Selbst für ihn klang es ein bisschen mechanisch.

Stumm schüttelte Amy den Kopf und zog kurz auf.

„Schade."

Amy nickte. Dann zuckte sie mit einer Schulter und meinte:

„Ist ... ist nicht so schlimm. Ich passe eben nicht zu ihm."
Bitter fügte sie hinzu. „Hätte mich auch gewundert. Ich habe
es nur getan, weil du mir so zugeraten hast."

Alarmiert drehte sich Matt zu ihr. „Bist du jetzt sauer?"

Wieder nur ein stummes Schütteln des hängenden Kopfes.

Matt spielte mit den langen Schwungfedern. „Schade, dass
es nicht geklappt hat."

Seufzen von Amy.

Von unten kam das übermütige Jauchzen kleiner Kinder, die
auf der Wiese tobten. Jemand rief immer wieder den Namen
eines Hundes, der nicht gehorchen wollte. Sein freudiges Bel-
len wurde leiser. Die Stimme auch.

„Ich brauche dringend mehr weiße Federn. Wenn es geklappt hätte, dann wären bestimmt einige dazugekommen."

Sehr langsam wandte sich Amy ihm zu. Ihr Blick war ausdruckslos.

„Na ja, ich habe nur noch eine knappe Woche. Das ist gar
nichts. Und du hättest schon ein bisschen sexy sein können
und nicht nur so ... klug."

Amys Gesicht versteinerte.

„Ich muss dir auch was sagen. Ich habe was rausgefunden.
Es könnte da ein Foto von mir geben ..."

Wieso starrte sie ihn so komisch an? Nein, nur nicht wütend
werden. Sie durfte nicht wütend werden.

Wie in Zeitlupe erhob sie sich und ging zu ihrem Fahrrad.

„He, bleib da. Ich muss dir was erzählen. Hör mir gefälligst
auch mal zu!", verlangte er beleidigt.

Ohne sich umzudrehen, schob Amy das Rad einen schmalen, sandigen Pfad hinunter.

„Du kannst nicht einfach weggehen. Stell dich nicht so an!"
Matt sprang auf und die Flügel spreizten sich, weil seine Muskeln so angespannt waren. Er lief hinter ihr her und redete
weiter auf sie ein. Es machte ihn wahnsinnig, dass Amy tat, als
würde sie ihn nicht hören. Was war bloß los mit ihr?

Er griff hart nach ihrer Schulter. Seine Finger glitten durch
die Jacke und ihren Körper. Sie hatte die Bewegung wohl gespürt, denn sie zog die Schulter unwillig weg.

Vor ihnen knackten Äste im Gebüsch. Ein hellbrauner kleiner Hund kam den Hügel herauf, die rosa Zunge hing ihm
seitlich aus dem Maul, in seinen schwarzen Augen stand Über-
mut. Hinter ihm rief ein Mann: „Hector! Hierher, Hector! Wo
bist du, Hector?"

Wie ein Schleier legte sich das Prickeln über Matts ganzen
Körper. Er war wieder unsichtbar.

„Wenn du dich weiter so aufführst, wirst du mit hundert
noch allein sein!", schrie er ihr nach.

# 33

Nie mehr wieder! Sie wollte ihn nie mehr wieder sehen oder hören. Er war die größte Enttäuschung ihres Lebens, das hatte er jetzt zweimal innerhalb weniger Tage bewiesen.

Natürlich hatte es mit ihr zu tun. Natürlich hatte sie Schuld daran.

Amy hatte tatsächlich gedacht, sie sei ihm nicht egal. Dabei tat er alles nur aus einem Grund: damit seine Flügel weiß wurden. Wenn es ihm nützte, würde er ihr auch raten, mit dem Fahrrad gegen die Wand zu donnern. Sie traute ihm alles zu.

Es ging nur um ihn, immer nur um ihn, um ihn und noch einmal um ihn.

Sie fühlte sich nach diesem Absturz noch schrecklicher, noch unmöglicher, noch mieser und noch hässlicher als je zuvor.

Wenn es nur möglich wäre, die Zeit zurückzudrehen. Wenn sie nur nicht von dem Wunsch nach einem Autogramm von ihm so besessen gewesen wäre! Wenn sie ihm doch niemals begegnet wäre! Amy würde alles dafür geben.

„Amy, was ist los?" Henry musterte sie quer über den Tisch.

Das Dinner wurde samstags immer im kleinen Speisezimmer eingenommen, das an das Wohnzimmer grenzte. Tisch und Stühle waren aus sehr dunklem, mit jeder Menge Schnitzereien verziertem Holz. Sie stammten aus dem Landsitz von Henrys Großeltern.

„Ist es wieder wegen dieses Sängers? Hast du gelesen ...?"
Ein scharfer Blick seiner Frau ließ Henry verstummen.

Nein, sie hatte nichts gelesen, sie wollte nichts lesen und es war auch nicht nötig. Was sie wusste, das war schlimmer als alles, was über Matt M geschrieben werden konnte.

Ihre Mutter versuchte, die Stimmung am Tisch zu verbessern, und schwärmte von dem Ballkleid, das sich Amy ausgesucht hatte.

Scherzhaft fragte Henry: „Und welcher Junge muss nächsten Samstag bei mir antreten, damit ich ihm erlaube, dich auszuführen?"

Sie kam sich unendlich dumm vor, als sie zu weinen begann. Amy spürte, dass ihre Mutter und Henry einander bestürzt ansahen. Aus dem Augenwinkel bekam sie mit, dass ihre Mutter nervös immer wieder die Haare hinter das Ohr strich, obwohl ohnehin kein einziges es wagte, nach vorne zu fallen. Hilflos erhob sie sich, trat hinter die hohe Lehne von Amys Stuhl und versuchte – das geschnitzte Holzbrett zwischen ihnen – sie anzufassen und zu drücken.

„Amy, Darling, was ist denn nur los mit dir in letzter Zeit? Wieso nimmst du dir alles so zu Herzen? Das ist nicht gesund", sagte sie sanft zu ihrer Tochter.

Diese Worte trösteten wenig bis gar nicht.

„Du kannst doch auch allein auf den Ball gehen. Ich habe das auch getan."

„Und warst du glücklich dabei?", fragte Amy mit erstickter Stimme.

Ohne dass sie darüber nachgedacht hatte, entschlüpfte ihrer Mutter ein sehr bestimmtes „Nein!".

Henry bestand darauf, seine Familie ins Kino auszuführen. Amy wollte nicht alleine zu Hause bleiben, weil sie fürchtete, er könnte dann erscheinen und wieder seine Unschuldsnummer abziehen. Also ging sie mit. Lust hatte sie nicht, und sie hatte den Film bereits wieder vergessen, als der Abspann über die Leinwand lief.

Als sie alle drei von den anderen Kinobesuchern durch den nicht sehr breiten Ausgang geschoben wurden, grüßte ihre Mutter jemanden.

„Hallo, Betty!"

„Audrey! Wie geht's?"

Betty war Robins Mutter. Sie und Amys Mutter hatten sich früher beim Kinderhüten abgewechselt und einander geholfen, wenn Amy oder Robin krank gewesen waren.

„Ich weiß nicht, wie es dir geht, aber ich habe noch Hunger!", sagte Henry neben ihr. Amy tat ihm den Gefallen und nickte. „Hot Dog? Hamburger? Eiscreme? Oder Nachos?"

Die Wahl fiel auf Nachos, die es im Foyer gab. Henry stopfte sich ein Maischip nach dem anderen in den Mund, während Amy an einem herumknabberte. Sie hatten die ganze Portion samt Salsa, Sauerrahm und Guacamole aufgegessen – Henry fast alleine –, als Amys Mutter wieder auftauchte.

„Entschuldigt, aber Betty hatte viel zu erzählen. Seit sie in der City arbeitet, sehen wir uns kaum noch."

Amys Kinn wurde hochgezogen. „Geht es dir besser, Amy?"

Sie wollte auch ihrer Mutter eine Freude machen, deshalb verbarg sie, wie sie sich wirklich fühlte, und nickte.

Zu Hause angekommen, legte sie sich, ohne Licht zu machen, auf ihr Bett und starrte zur Decke. Sie wünschte sich so sehr, dass ER zurückkehren würde. Er war ihr wahrer Engel gewesen, ihr Schutzengel über so viele Jahre. ER hatte ihr manchmal falsch geraten – wie zum Beispiel vergangenen Mittwoch –, aber ER hatte es nie getan, weil ER etwas davon hatte. Seine Flügel waren weiß und sie konnte sich immer auf seinen Trost verlassen.

Matt, also der Engel Matt, hatte ihn vertrieben. Vielleicht war ER auch böse, weil sie mit einem anderen Engel sprach.

Wer war ER überhaupt? Diese Frage hatte sich Amy noch nie gestellt. Matt war als Engel Matt, aber wer war ER? Wieso war ER zu ihr gekommen? Wer war ER davor? Hatte er auch einmal gelebt? Oder war ER immer Engel gewesen?

Sie war schon versucht gewesen, Matt von ihm zu erzählen. Wie gut, wie unglaublich gut, dass sie es nicht getan hatte.

Als ein Lichtschimmer auf der Wand glomm, presste sie die Augen zu. Matt sollte glauben, sie schlief. Dann ließ er sie hoffentlich in Frieden.

Hau ab, dachte sie. Normalerweise dachte sie nie so. Aber an diesem Abend war ihr danach, immer wieder nur „Hau ab!" zu denken.

Bis sie tatsächlich eingeschlafen war.

Am Sonntag regnete es in Strömen. Minutenlang schüttete es so heftig, dass vor dem Fenster alles wie ein glitzerndes Grau aussah. Mit ihren neuen Klamotten hatte sich Amy ausgesöhnt. Sie trug eine weiße Sweatjacke mit aufgedrucktem schwarzen Keltenmuster und eine schwarze Jeans, die an den Schenkeln ausgewaschen war. Die Zeit vertrieb sie sich mit ein bisschen Lernen und Hausaufgabenmachen. Henry hatte im Keller einen Billardtisch stehen, und Amy spielte ein paar Runden mit ihm. Viermal gewann sie, was Henry ehrlich aus der Fassung brachte.

Nach dem späten Lunch machte Amy sich fertig, um zu Tanja zu gehen. Noch immer klatschten dicke Regentropfen gegen die Fensterscheiben. Von draußen kam ein ständiges Prasseln, das zeitweise etwas nachließ, um danach umso heftiger zu werden.

„Ich fahre dich!", sagte ihre Mutter, als sie sah, dass Amy ihren blauen Regenmantel mit den Gummistiefeln anzog.

Tanja wohnte am anderen Ende von Bromley South. Das Haus ihrer Eltern war wesentlich kleiner als das der Borrisons, aber von Tanjas Vater – einem Innenarchitekten – hell und freundlich eingerichtet.

Da ihre Mutter sie im Auto hingebracht hatte, war Amy fast eine halbe Stunde zu früh. Deshalb lud Tanja sie noch in ihr Zimmer ein.

Es war so völlig anders als Amys Zimmer: Ein weißes gewebtes Fell auf dem Boden machte es kuschelig. Die Möbel hatten alle sehr gerade, kantige Formen und waren strahlend weiß, die Gardinen bildeten mit einem klaren Orange einen freundlichen Kontrast, auch zur ungewöhnlichen petrolblau gestrichenen Decke.

Eine Schale Popcorn zwischen sich hockten die Mädchen auf dem Fell.

Tanja warf sich ein Popcorn nach dem anderen in den Mund. Sie wirkte hektisch. Gesprochen hatte sie auch noch nicht viel, was ungewöhnlich für sie war. Mitten im Kauen verharrte sie, sah Amy eindringlich an und sagte: „Tut mir ehrlich leid, dass wir nur heute zu Jacqueline gehen können. Wirklich schade, dass du deine Verabredung mit David deswegen absagen musstest."

Amy spürte ein Kratzen im Hals. Eine harte Maiskornhülle schien sich dort festgesetzt zu haben. Heiser sagte sie: „Ich habe ihn schon getroffen. Gestern."

Tanja ließ die Hand sinken, mit der sie gerade eine größere Ladung Popcorn in den Mund hatte schaufeln wollen.

„Und?"

Der letzte Funken Hoffnung, Tanja habe sich doch nicht so fies verhalten, schwand. Amy räusperte sich und konnte die Schale endlich schlucken. Allerdings war das Kratzen noch immer da. Es hatte wohl einen anderen Grund.

„Du hast das absichtlich gemacht. Du hast den Besuch bei Jacqueline auf heute gelegt, damit ich ihn nicht sehen kann."

Tanjas verlegenes Gesicht bestätigte alles. Es abzustreiten, wäre zwecklos gewesen. Schnell legte sie ihre von Popcorn und Salz klebrige Hand auf Amys Hand. „Du … du musst das verstehen. Ich … ich meine … ich finde, Jungen sind doch alle höchstens als Wurstfüllung geeignet. Nur David nicht."

Bitter sagte Amy: „Ja, der ist nicht einmal dazu gut."

Verständnislos sah Tanja sie an.

„Wie meinst du das? Du hast mit ihm ein Date gehabt."

Es tat Amy weh, es auszusprechen, aber sie musste es loswerden. „Ja, und er wollte nur alles über dich wissen. Er hat nämlich Angst vor dir und deinem Emanzengetue. Aber er will mit dir auf den Schulball gehen."

„Mit mir?" Tanja quiekte in einer Tonlage, die für sie untypisch war. Als sie aber Amys niedergeschlagenen Blick sah, nahm sie sich sofort zurück.

„Du musst das wirklich verstehen. Ich … ich finde ihn süß. Und ich war so enttäuscht, dass er dich zum Eisessen eingeladen hat."

„Immer soll ich alles verstehen. Immer muss ich dir zuhören. Dann versteh du doch einmal mich. Hör du mir einmal zu." So heftig hatte Amy sich selbst noch nie erlebt.

„Amy, bitte, du machst immer alles zu einer Tragödie. Es tut mir leid, dass er nicht so war, wie du ihn dir vorgestellt hast. Aber du kannst dich auch für mich freuen. Oder? Schließlich sind wir Freundinnen. Nicht wahr?"

Amy wollte einfach nichts darauf sagen, deshalb kaute sie demonstrativ auf einem Popcorn herum.

Ihr Schweigen machte Tanja unsicher.

„Tut mir auch leid, dass ich … also wegen heute … tut mir echt leid."

Herausfordernd stellte Amy eine Frage, die sie sich vor ein paar Tagen wahrscheinlich noch nicht zu stellen getraut hätte: „Ich soll mich mit dir freuen wegen David? Und du, hast du dich mit mir gefreut, als er mich eingeladen hat? Du bist doch genauso meine Freundin, wie ich deine sein soll! Hast du dich gefreut? Nein! Du hast alles getan, damit ich ihn nicht treffen kann. Aber ich habe ihn doch getroffen!"

So, das saß und es tat richtig gut. Amy hatte nicht mehr diesen schmerzenden Knoten in der Brust. Er hatte sich aufgelöst, während sie sprach.

Tanja war völlig verstummt.

Beide Mädchen kauten vor sich hin. Amy ließ ihre Augen über Tanjas Sammlung an Kuschelbären wandern, die ein halbes Regal einnahm.

Leise sagte Tanja nach einer langen Pause: „Amy, tut mir wirklich leid, ehrlich leid. Nicht nur ein bisschen, ehrlich. War gemein von mir. Und du bist meine Freundin. Wirklich. Bin ich keine Freundin für dich?"

Amy sah sie an. Tanja schluckte und blinzelte treuherzig. Es war kein gekünstelter Blick, fand Amy. Tanja meinte es ernst. Auch wenn ihr Dauergequassel oft entsetzlich nervte und sie meistens nur an sich dachte, mochte Amy sie trotzdem.

Als Amy aufstand, war Tanja schneller auf den Beinen.

„Nein, bitte, geh nicht weg. Bitte, sei nicht so sauer. Bitte, bitte, Amy, bitte, sei wieder gut. Bitte!"

Da musste Amy lachen.

„Bin ich doch ohnehin. Aber kann ich trotzdem auf die Toilette gehen?"

Nein, konnte sie nicht. Noch nicht. Zuerst musste Tanja sie nämlich fest umarmen und vor lauter Erleichterung drücken, noch fester drücken und noch fester.

Als Amy ins Zimmer zurückkehrte, war es Zeit, aufzubrechen. Amy wurde auf einmal nervös. Was würde sie erwarten?

# 34

Matt stand vor dem Haus 222 Rose-
bud Road. Er hielt Abstand, stand mitten auf
der Fahrbahn. Vor ihm und hinter ihm rollten
Autos vorbei, manche sogar durch ihn hindurch,
ohne es zu bemerken.

In langen, glasklaren Schnüren fiel der Regen. Die Kanäle
konnten das Wasser längst nicht mehr aufnehmen, die Rinn-
sale hatten sich in kleine Sturzbäche verwandelt und die Reifen
der Wagen ließen die graubraune Brühe auf die Gehsteige
spritzen.

Wer nicht unbedingt hinausmusste, blieb zu Hause. Eine
Frau lief mit großen Schritten die Straße hinunter, einen bunt
gestreiften Schirm mit einer geknickten Speiche dicht über den
Kopf haltend.

Hätte sie ihm einen Rat geben können? An einem Tag wie
heute? Wäre er hergekommen oder hätte er angerufen? Hätte
sie ihm zugehört?

Ein vielleicht acht oder neun Jahre alter Junge in kurzen Hosen und Gummistiefeln hüpfte von einer Pfütze in die nächste.
Er hatte eine leere Plastiktrage für Gemüse umgedreht und sich
wie einen Helm aufgesetzt. Ihm machte der Regen nichts aus.
Seine Eltern würden allerdings nicht so begeistert sein, wenn er
triefendnass und mit Dreck beschmiert nach Hause kam.

Wenn er nach Hause kam ...

Matt war kein mutiger Mensch, das wusste er selbst. Sein kometenhafter Aufstieg hatte ihm Macht gebracht. Leute taten, was er wollte, weil sie an ihm Geld verdienten.

Sein Reichtum nützte ihm jetzt nichts.

Er brauchte Mut. Er wollte sie sehen. Seine Angst davor aber war größer als der Wunsch.

Wohin sollte er sonst gehen?

Zurück zu Amy? Er war doch nicht blöd. Er wusste genau, was sie so sauer gemacht hatte. Aber wie sollte er das wieder in Ordnung bringen? Das war ihm einfach zu kompliziert.

In das Haus zu schweben erschien ihm einfacher.

Er fühlte sich nur nicht bereit, alles zu ertragen, was er dort zu sehen bekommen könnte.

Aber dann begann er zu gehen.

Aus der lecken Dachrinne von Nummer 222 ergoss sich ein dicker Strahl, der neben den Stufen zum Eingang aufprallte.

Matt ging weiter. Er glitt durch das Holz der Eingangstür und hoffte inständig nur eines: Sie sollte nicht im Keller leben. Er würde es nicht ertragen.

„Naomi!", hörte er jemanden rufen.

Er fühlte sich benebelt wie nach zu vielen Drinks. Um ihn drehte sich alles. Er konnte noch nichts erkennen.

„Naomi! Herrgott noch mal, mach endlich auf!", rief dieselbe Stimme, diesmal schon deutlich ungeduldiger.

# 35

Als die Tür geöffnet wurde, fühlte Amy
sich unwohl. Es musste die Angst vor dem Zusammentreffen mit einem Mädchen sein, das sie
noch nie zuvor gesehen hatte und das noch dazu
anders zu sein schien. Sehr anders.

„Schönen Nachmittag, Tanja!" Amy schätzte die Frau in der
Tür auf etwas älter als ihre eigene Mutter. Obwohl sie bei sich
zu Hause war, trug sie ein blassgrünes Kostüm, war tadellos
geschminkt und machte überhaupt den Eindruck, als lege sie
sehr großen Wert auf ihr Aussehen. Amy hätte sich nicht gewundert, wenn dieser Frau vom abgewinkelten Arm eine
Handtasche, wie die Königin sie immer trug, gebaumelt hätte.

„Und du musst Amy sein. Tanjas Mutter hat mir von dir
erzählt. Bitte, kommt herein!" Amy gab ihr etwas verlegen die
Hand.

„Ich bin Dorothee Franc, Jacquelines Mutter. Bitte, geht nur
weiter. Kommt nur!"

Das Haus der Francs stand allein in einem kleinen gepfleg-
ten Garten, außen wie innen waren alle Teile aus Holz cremeweiß gestrichen.

Mrs Franc ging voran, blieb dabei aber die ganze Zeit zu
den Mädchen gedreht. „Jacqueline wird sich bestimmt freuen,
Besuch zu bekommen. Leider kommt das nicht oft vor." Für
einen Moment verschwand das etwas zu starke Strahlen aus

ihrem Gesicht und sie wandte sich mit ernster Miene Amy zu. „Ich nehme an, Tanja hat dir von Jacqueline erzählt." Sie wartete, bis Amy genickt, Ja gesagt und auch noch „Ist kein Problem" hinzugefügt hatte. Dann erst nickte auch sie beruhigt und näherte sich einer der vielen Türen, die von der rechteckigen Halle wegführten.

Links von den Mädchen trat ein Mann aus einem Zimmer. Er hielt ein aufgeschlagenes Buch in der Hand und hatte seine Lektüre wohl nur zu dem Zweck unterbrochen, sich die fremden Besucher anzusehen. Ein dichter Vollbart umrahmte seinen Mund.

„Ah, George, das ist Tanja, mit ihr ist unsere Jacqueline in den Kindergarten gegangen, und das ihre Freundin Amy." Mrs Franc deutete mit beiden Händen auf den Mann. „Und das ist mein Ehemann, Mr Franc."

Mr Franc legte sein Buch weg und grüßte die Mädchen mit einem kleinen Nicken. Während er sich einen Ärmel seines weißen Hemdes aufkrempelte, sagte er: „Wie nett von euch, zu kommen. Wie ich höre, handelt es sich um ein Schulprojekt. Ihr müsst wohltätige Arbeit machen und habt euch dafür Jacqueline ausgesucht."

Seine Frau bedeutete ihm, leiser zu reden, und zeigte mit den Augen auf die Tür, die sie gerade hatte öffnen wollen.

Tanja setzte an, etwas zu sagen.

Mr Franc kam ihr zuvor. „Meine Frau unterrichtet Jacqueline, weil es für sie keine geeignete Schule zu geben scheint. Ich bewundere ihre Ausdauer und Geduld. Jacqueline und auch ich sind ihr zu großem Dank verpflichtet."

Mrs Franc lächelte bescheiden.

„Wir wollen aber kein Mitleid für unsere Tochter. Das hilft ihr nicht. Ich möchte, dass ihr eure Haltung überdenkt, bevor ihr zu Jacqueline geht!", fuhr Mr Franc fort. Seiner Frau waren seine Worte sichtlich peinlich. Mit Blicken versuchte sie ihn zum Schweigen zu bringen.

„Ich bin mit Jacqueline in den Kindergarten gegangen und wir haben damals viel zusammen gespielt. Auch später habe ich sie noch einige Male gesehen", begann Tanja.

Was sie sagte, schien Mr Franc wenig zu überzeugen.

„Warum spricht sie nicht?", fragte Amy.

Beiden Elternteilen war diese naheliegende Frage augenscheinlich unangenehm.

Langsam antwortete Mrs Franc: „Dafür gibt es keine Erklärung. Leider."

„Die Ärzte meinen, es gebe keine organischen Gründe für ihre Stummheit", sagte Mr Franc betont sachlich. „Also kann sie jederzeit wieder zu sprechen beginnen. Wir warten auf diesen Tag, nicht wahr, Love?"

„Ja, George, das tun wir." Zum ersten Mal klang Mrs Franc resigniert, als hätte sie nur noch sehr wenig Hoffnung.

„Vielleicht freut sie sich, wenn wir ihr Hallo sagen. Und wenn nicht, gehen wir wieder. Ist das in Ordnung?" Amy bewunderte sich selbst für die Sicherheit, mit der sie das ausgesprochen hatte.

„Natürlich ist das in Ordnung!", beeilte sich Mrs Franc zu versichern und winkte die Mädchen weiter. Amy spürte den harten Blick des Mannes im Rücken.

Dorothee öffnete endlich die Tür und führte sie in das Wohnzimmer. Als Amy die vier Sessel, den Couchtisch und die

Bilder an den Wänden sah, wusste sie plötzlich, was in diesem Haus so komisch war: Es wirkte unbewohnt. Weder ein Buch noch eine Zeitschrift, nicht einmal eine Fernbedienung für einen Fernseher lag herum. Kein Bild hing schief, die Fransen des Teppichs unter den Polstersesseln waren gekämmt, die vier Sessel standen einander exakt gegenüber.

Das Mädchen, das in einem der Sessel saß und zeichnete, passte in diese perfekte, saubere Umgebung. Amy kam sie vor wie eine lebende Puppe. Ein kleines Mädchen, das stark gewachsen war, aber noch immer aussah wie ein kleines Mädchen. Zu einer gelben Leinenhose trug sie einen blassblauen Pullunder über einer weißen Bluse.

„Du hast Besuch", sagte Mrs Franc sanft. „Bestimmt erinnerst du dich an Tanja, Jacqueline. Ihr seid gemeinsam in den Kindergarten gegangen. Amy ist mit ihr mitgekommen. Ich bringe euch Cola und Kuchen." Sie verschwand und schloss die Tür hinter sich.

Sehr verlegen stand Amy da. Tanja machte zwei Schritte nach vorn.

„Hallo, Jacqueline. Du hast mir immer deine Schaufel geborgt, wenn wir in der Sandkiste Burgen gebaut haben. Außerdem hast du mir immer von deiner Schokolade abgegeben."

Jacqueline lächelte ein wenig, beugte sich dann aber wieder über die Mappe aus starkem Karton auf ihren Knien. Darauf lag ein Blatt Papier, auf das sie mit Bleistift etwas zeichnete.

„Darf ich mal sehen?" Amy deutete auf das Zeichenblatt.

Ohne aufzuhören, nickte Jacqueline. Amy und Tanja traten hinter sie und sahen ihr über die Schulter. Amys erster Gedanke war: So gut möchte ich auch zeichnen können.

220

Auf dem Papier wucherte ein üppiger Dschungel. Große Blätter, wilde Ranken, mächtige Baumstämme, Sonnenstrahlen, die sich durch die Baumkronen bohrten und helle Flecken auf den Boden malten, ein Tiger schlich dahin, wahrscheinlich auf der Jagd nach Beute.

Obwohl nur grau, hatte das Bild große Tiefe. Jeder Muskel des Tigers war unter seinem gestreiften Fell auszumachen. Kein einziges Blatt sah aus wie das andere. Alles, wirklich alles, war perfekt.

Die Mädchen bestaunten die detailreiche Zeichnung und sagten, wie gut sie ihnen gefiel.

Jacqueline nahm das Lob ganz selbstverständlich entgegen.

Mit einem Tablett in den Händen kehrte Mrs Franc zurück. Sie hatte Napfkuchen gebacken und Cola besorgt, obwohl es das sonst bei den Francs nicht gab. Jacqueline kostete nur ein wenig vom Kuchen und trank zwei Gläser des ungewohnten Getränks. Danach nahm sie ein neues Blatt und begann mit einer anderen Zeichnung.

Amy erzählte, dass sie immer gerne gezeichnet und gemalt hatte. Leider hatte ihre Kunstlehrerin ihre Werke wenig geschätzt, was sie entmutigt hatte. In diesem Schuljahr belegte sie deshalb nur die Musikstunden.

Amy war sicher, dass Jacqueline jedes Wort verstand.

„Jacqueline legt jedes Jahr eine Prüfung an der örtlichen Schule ab", erzählte Mrs Franc. „Sie hat immer nur die besten Noten. Dabei unterrichte ich sie ganz allein. Der Stoff ist jetzt schon recht kompliziert für mich. Aber ich möchte trotzdem, dass Jacqueline die Schule erfolgreich abschließt. Wir werden das schaffen, nicht wahr, Jacqueline?"

Ohne aufzublicken nickte das Mädchen.

Mrs Franc ließ die drei wieder allein. Da von Jacqueline kein einziges Wort kam, erzählten Tanja und Amy abwechselnd von sich, von der Schule, von Zeus und den Lehrern und vom bevorstehenden Schulball.

Amy spürte nur noch einen kleinen Stich, als die Rede auf die Jungen kam.

Jacqueline legte eine CD ein.

Der Song, der aus dem Lautsprecher klang, ließ Amy erschauern. Es war „Trust me" von Matt M. Sie hoffte, keiner würde ihr etwas anmerken.

„Hast du schon gehört, was mit Matt geschehen ist?", fragte Tanja Jacqueline. Jacqueline nickte und machte ein bedauerndes Gesicht.

„Angeblich haben sie das Mädchen, das als Letzte mit ihm zusammen war. Sie wird verhört!"

„Woher hast du das?", fuhr Amy Tanja an.

Erschrocken wich Tanja im Sessel zurück. „Hast du es nicht gelesen? Es stand heute in der Sonntagszeitung."

„Sie verhören sie? Warum verhören?" Amy hatte das Gefühl, nicht genug Luft zu bekommen.

„Weil sie mit dem Unfall zu tun haben kann. Weil es einen Streit gegeben hat. Das muss jetzt aufgeklärt werden."

„Aber wer ist das Mädchen?", wollte Amy wissen. Hatten sie irgendjemanden geschnappt? Eine Unschuldige?

„Ist noch streng geheim. Ich hab es in diesem Klatschblatt gelesen, du weißt schon, wo nicht immer alles so genau stimmt und sehr übertrieben wird."

Der nächste Song erklang: „Dear One".

222

Amy wollte gehen. Es war schon halb sieben. Sie waren wirklich lange genug bei Jacqueline gewesen.

Jacqueline legte den Bleistift weg und nahm das zweite Blatt aus den Klemmen, die es an den Ecken festgehalten hatten. Sie reichte Tanja den Dschungel und schenkte Amy die neue Zeichnung.

„Danke!" Amy freute sich wirklich über das weite Meer. Aus den Wellen sprangen zwei Delfine und flogen Seite an Seite durch die Luft. Die Lebensfreude war ihnen anzusehen.

Auch Tanja wollte aufbrechen. Jacqueline begleitete die beiden hinaus in die Halle.

„Nun, Jacqueline, hat dir der Besuch denn Spaß gemacht?" Mrs Franc redete mit ihrer Tochter wie mit einem sehr kleinen Mädchen.

Jacqueline nickte begeistert.

„Vielleicht können Amy und Tanja wiederkommen."

Diesmal nickte Jacqueline noch begeisterter.

Mrs Franc wandte sich an die beiden Mädchen. „Wäre schön, wenn ihr die Zeit fändet. Wir könnten auch mal alle zusammen in den Londoner Zoo gehen, oder in das Aquarium an der Themse, wo es die riesigen Haibecken gibt. Jacqueline liebt Fische. Und Delfine."

In der anderen Tür erschien Mr Franc, argwöhnisch wie vorher. Laut, damit er es bestimmt hörte, sagte Amy: „Wir kommen gerne wieder. Es war schön bei dir, Jacqueline. Danke für die Einladung. Und vielen Dank für die Zeichnung. Ich hänge sie über meinen Schreibtisch. Sie ist wunderbar."

Der Regen hatte nachgelassen. Amy und Tanja machten sich auf den Heimweg. Als sie vom Gartentor zum Haus zurücksahen, stand Jacqueline in der Tür und winkte ihnen mit dem ausgestreckten Arm hinterher.

Sie winkten zurück.

Amy kam sich vor wie Alice, die gerade durch den Spiegel trat und aus dem Wunderland zurück in die richtige Welt kehrte. Was störte sie an dem Wunderland, in dem Jacqueline und ihre Eltern lebten? War es nur diese peinliche Sauberkeit und Ordnung?

## 36

Über ihm rissen die dunklen Wolken auf. Durch die ausgefranste Öffnung strahlte der Mond. Er war eine halbe Scheibe, spendete aber genug Licht, um die Wellenkämme zum Glitzern zu bringen. Von dem Felsen aus, auf dessen Spitze er stand, konnte Matt weit hinaus auf das Meer blicken.

Hinter ihm lag der Sandstrand, auf dem sich, eng an die Steilklippen geschmiegt, Badehütte an Badehütte drängte. Um diese Zeit war der Strand verlassen. Nicht einmal ein Liebespaar lag irgendwo im Sand. Dafür war es viel zu feucht nach dem heftigen Regen.

Der Wind wehte kühl und als normaler Mensch hätte Matt einen Pulli und eine Jacke gebraucht, um nicht zu frieren.

Aber er war kein normaler Mensch mehr. Er war ein Engel auf Bewährung, mit schwarzen Flügeln, die einfach nicht weiß werden wollten.

Es hatte ihn wieder hierher gezogen, zum Strand, an den er im Sommer oft mit seinem Dad und seiner geliebten Ma gekommen war. Wo „Prince Charming" seine Burgen gebaut und am Abend ein doppeltes Eis mit zwei Schokostangen bekommen hatte.

Das alles lag hinter ihm. Lange, lange zurück. So lange.

Das Meer rollte unermüdlich gegen den ausgewaschenen Fels, der wie ein kahler, spitzer Kopf aus dem Wasser ragte.

225

Tagsüber diente er den Möwen als Landeplatz, in dieser Nacht war er Matts Landeplatz.

Der große Matt M, Superstar, Hitparadenstürmer, die Nummer eins, stand auf dem Felsen und weinte, wie er es zuletzt als kleiner Junge getan hatte, als sein Vater gestorben war. Weil er glaubte, es könnte den Schmerz stillen, schrie er seinen Kummer in die Nacht hinaus.

Nur er konnte es hören.

Und Amy hätte es hören können. Aber sie war weit entfernt.

Unter ihm spiegelten sich seine Flügel im Wasser. Zuerst glaubte Matt nur an eine Täuschung, trotzdem breitete er die Schwingen zur Seite aus, um es zu überprüfen.

Nein, er hatte sich nicht getäuscht. Der untere Rand der Flügel, alle Federn von der Spitze bis hinauf zum Ansatz bei den Schultern waren weiß.

Er hatte also doch das Richtige getan, als er zu Naomi gegangen war. Aber es war zu wenig. Viel zu wenig, denn sieben Achtel der Flügel blieben schwarz. Was sollte er denn noch tun?

„Ich halt das nicht mehr aus!", brüllte er aus tiefster Seele und nicht einmal das Brennen in seinem Hals kümmerte ihn. Was nützte ihm eine Stimme, die er nie wieder würde einsetzen können. „Was noch? Was noch?"

Von den Klippen schwang sich eine aufgeschreckte Möwe in die Luft und zog ihre Kreise über ihm. Sie ließ einen dicken weißen Klecks fallen, der auf dem Fels aufklatschte.

Beschissen, genau das war es, beschissen!

# 37

Die Vorwarnung kam zu spät. Das heißt, selbst wenn sie früher gekommen wäre, hätte sie auch nichts genutzt.

Beatrice rief um halb sechs Uhr morgens an. Das Telefon in der Diele dudelte in einem fort die elektronische Melodie, bis endlich die Schlafzimmertür geöffnet wurde und jemand heraustapste, um abzuheben.

Amy war durch das Läuten wach geworden, rollte sich aber zur Wand und wollte noch weiterschlafen. Der Anruf galt sicher ihren Eltern.

Im Flur ertönte Henrys Stimme. „Weißt du, welche Uhrzeit wir haben? Manche Leute schlafen noch, auch wenn andere jetzt erst schlafen gehen." Er näherte sich Amys Zimmer und öffnete vorsichtig die Tür. Flüsternd redete er weiter in den Hörer: „Beatrice, wenn das wieder eine deiner verrückten Ideen ist, dann kann ich dir nur sagen …" Er brach ab.

Fragend richtete sich Amy im Bett auf. Henry sah sehr fremd aus mit verstrubbelten Haaren und dem Abdruck der Kissenfalten im Gesicht. Er trug nur eine Schlafanzughose, an der er herumzog wie ein kleiner Junge. „Es ist Beatrice und sie muss dich sprechen. Unbedingt. Wahrscheinlich ist sie betrunken. Tut mir leid." Henry reichte Amy den Hörer.

Ihr Herz schlug augenblicklich doppelt so schnell.

„Ha… hallo?"

Beatrice redete los, ohne Amy ein einziges Mal zu Wort kommen zu lassen. „Baby, hör mir gut zu, ich kann nichts dafür. Dieser Manager ist mir so lange auf die Zehen gestiegen, bis ich ihm von dir erzählt habe. Hör zu, Baby, er hat mir alles Mögliche angedroht, das Mildeste war noch, mich zu feuern, wenn ich ihm nicht sage, wer im alten Sitzungssaal war. Natürlich habe ich ihn schwören lassen, also nicht gerade schwören, denn das hätte ich nicht verlangen können, sondern eben versprechen, niemandem etwas zu sagen, aber er muss es getan haben. Jedenfalls ..." Beatrice legte eine lange Pause ein, in der sie Kraft zu sammeln schien, um dann das zu sagen, was sie Amy unbedingt zu sagen hatte: „... jedenfalls ist dein Foto auf der Titelseite der *Daily News.*"

Der Hörer fiel Amy aus der Hand.

Henry war neben dem Bett stehen geblieben und hatte in Amys Gesicht verfolgen können, dass seine Schwester tatsächlich etwas Wichtiges mitzuteilen hatte. Er nahm jetzt den Hörer, da Amy keine Anstalten machte, danach zu greifen.

„Ich bin es wieder, Beatrice. Was hast du Amy gerade gesagt? Sie ist ja richtig ... geschockt."

Vor dem Haus auf der Straße war das scheußliche Geräusch von Blech, das über Blech scheuerte, zu hören. Ein Mann schimpfte los. Henry trat an die geschlossenen Vorhänge, zog die Ränder auseinander und sah in die Morgendämmerung hinaus. Schnell ließ er den Vorhang wieder los und machte einen Schritt zurück.

„Meine Güte", keuchte er. „Oh, du meine Güte. Beatrice, weißt du etwas darüber? Rufst du wegen der Fotografen an, die vor unserem Haus stehen?"

228

Amy schlich an ihm vorbei und hoffte immer noch, es sei alles nur ein schlimmer Traum. Sie spähte hinaus wie vorhin Henry.

Am Gartentor standen mindestens zehn Leute, alle mit Fotoapparaten in den Händen. Auf der Straße parkten zwei kleine Busse mit Satellitenschüsseln auf dem Dach. Sie trugen die Logos von Fernsehstationen. Ein dritter Bus war gerade eingetroffen und schien einen anderen gestreift zu haben. Amy sah einen Mann mit einer schweren Fernsehkamera auf der Schulter am Zaun Aufstellung nehmen. Hinter ihm lief eine gähnende junge Frau, die sich einen groß gemusterten Stoffmantel fröstelnd um die Schultern zog.

Immer noch redete Beatrice. Ihre aufgeregte Stimme klang aus der Ferne für Amy wie ein Mickymaus-Piepsen.

„Oh mein Gott, oh meine Güte." Das waren die einzigen Worte, die Henry immer wieder herausbrachte. Irgendwann legte er auf, ohne sich zu verabschieden. Amy stand neben ihm und fror in ihrem Nachthemd.

„Ich rufe einen Kollegen an. Er kennt sich in solchen Fällen aus!", sagte Henry, der sich schnell wieder gefasst hatte.

Vom Flur kam Amys Mutter und schob sich ihre Brille ins Gesicht.

„Was ist denn los?", wollte sie wissen.

Henry atmete zweimal tief durch. „Frag am besten deine Tochter. Sie hat uns etwas verschwiegen."

Der bohrende Blick ihrer Mutter richtete sich auf Amy.

Mit großen Schritten verließ Henry das Zimmer.

„Bitte, worum geht es? Kann ich das auch erfahren?"

„Ich ... also ich ..." Amy brachte es nicht über die Lippen.

Sie konnte ihrer Mutter nicht sagen, was am Mittwoch im Sitzungssaal des Hotels geschehen war.

„Bitte, was?" Die Stimme ihrer Mutter hatte wieder diesen schneidenden Ton. Haare wurden energisch hinter das Ohr gestrichen. Selbst nach diesem unerwarteten Weckruf wirkte ihre Mutter perfekt frisiert.

Amy redete leise und schnell. Sie wollte es nur hinter sich bringen und danach ...

Ja, was sollte danach geschehen? Wenn sie das wüsste!

Ihre Mutter stand in ihrem weichen dunkelblauen Morgenmantel da wie eine Königin. Für Amy war die Rolle des Aschenputtels bestimmt, das gestehen musste, heimlich auf den Ball geschlichen zu sein.

„Damit ich das richtig verstehe", unterbrach ihre Mutter schließlich Amys Rede ohne Kommas, Punkte und Ausrufezeichen. „Du hattest mit diesem Sänger einen Streit? Aber worüber denn um Himmels willen?"

„Weil ich ihm irgendetwas Alkoholisches gegeben habe statt Wasser. Und er hat mich Blödheit auf Beinen genannt. Ich sollte mich verkriechen und nicht die Luft verpesten. Und ich habe ihm dann gesagt, dass ich ihm doch vertraut habe."

„Vertraut?" Ihre Mutter schüttelte fassungslos den Kopf. „Wie kann man einem Menschen vertrauen, den man überhaupt nicht kennt?"

„Ich habe ihn doch gekannt. Ich habe doch so viel über ihn gelesen und alle seine CDs gehört."

„Amy, werde erwachsen, werde bitte endlich erwachsen. Das war eine Schwärmerei. Eine dumme Schwärmerei. Du hast vielleicht auch noch gedacht, du bist verliebt in ihn." Ihre

Mutter verdrehte die Augen und verschränkte die Arme vor der Brust. „Kind, bitte, du bist zu alt für solchen Unsinn."

Amy hatte wieder dieses Glasfiguren-Gefühl. Ihre Mutter drosch mit einem Hammer auf ihr herum, ohne sich darum zu kümmern, dass sie dabei nicht wiedergutzumachende Spuren hinterließ.

„Solche Verrücktheiten sind normal in deinem Alter, ich weiß. Henry predigt es mir ständig!"

Bitte, sei still, flehte Amy innerlich.

Durch den dünnen Spalt zwischen den Vorhängen drang ein kurzer Lichtblitz. Amys Mutter ging ans Fenster, zog den Vorhang halb zur Seite und erstarrte. Mehrere Blitze leuchteten schnell hintereinander auf. Sofort riss sie den Vorhang wieder zu und presste ihn gegen das Glas, als könnte er auf diese Weise noch dichter geschlossen werden.

Henry kam zurück. Er hatte die ganze Zeit telefoniert.

„Am besten, wir bringen Amy durch den Garten weg. Mein Kollege meint, es beginnt eine erbarmungslose Hetzjagd auf sie. Fotos, Interviews, alles. Wir müssen heute Vormittag einen Plan erstellen, wie wir uns verhalten, sonst können wir schon heute Abend eine Horrorstory nach der anderen lesen. Diese Schmieranten können aus deiner Tochter ein Monster machen, das womöglich von diesen kreischenden Fans gejagt wird wie ein Tier."

Völlig allein stand Amy da. Sie zitterte am ganzen Körper, ohne dass Henry oder ihre Mutter es mitbekommen hätten.

„Bitte, was redest du da?" Amys Mutter sah zwischen dem Fenster und ihrem Mann hin und her. „Heißt das, dort drau-ßen lauern Fotografen auf Amy?"

„Deine Tochter ist die Sensation des Tages. Das Mädchen, das Matt in den Tod getrieben haben könnte. Die geheimnisvolle Unbekannte, vor der Matt M flüchtete! Das sind die Schlagzeilen. Und ein Fotograf muss Amy schon seit gestern auflauern. Es gibt Bilder von unserem Haus, von ihrem Zimmer, durch das Fenster geschossen, und von unserem Garten ebenfalls. Auch Amys Schule kommt zu Berühmtheit, denn auch sie wird gezeigt. Diese Zeitung hat alles, wirklich alles über sie ausgeforscht."

Die Mutter schloss die Augen und zwang sich, ruhig zu atmen. „Was werden meine Kunden denken?"

„Und meine Klienten! Sehr vertrauenswürdig: ein Anwalt, dessen Stieftochter bezichtigt wird, einen Popstar zu einer Verzweiflungstat getrieben zu haben." Henry rang die Hände.

Amy war auf einmal nicht mehr Amy. Sie stand neben sich, sah sich selbst vor Verzweiflung, aber auch vor Wut zittern. Die zweite Amy, die der ersten zu Hilfe kommen musste, begann auf einmal zu schreien: „Ich habe nichts Schlimmes getan! Ich wollte nur ein Autogramm! Er war widerlich, aber ich weiß, es tut ihm leid."

Ihre Eltern starrten sie mit weit aufgerissenen Augen an.

Amy war noch nicht fertig. „Ihr denkt nur an euch! Ich bin wieder die dumme Gans. Euch sind doch nur eure Kunden und Klienten wichtig und was die Leute denken. Weil ich euch total egal bin. Weil ich für euch gar nicht existiere." Die wilde Amy starrte Henry ins Gesicht. „Und ich bin nicht deine Stieftochter. Ich bin Amy McMillan und du nicht mein Vater."

Ihre Mutter kam mit zwei schnellen Schritten auf sie zu. Sie hob die Hand, um ihr eine Ohrfeige zu versetzen.

„Nicht, Audrey!", rief Henry. Trotz Amys bösen Anschuldigungen trat er neben sie, um sie zu beschützen. Ganz Anwalt bewahrte er noch immer die Ruhe. „Amy, es tut mir leid. Natürlich geht es um dich."

Ihre Mutter rang nach den richtigen Worten, schien zwischen Vorwürfen und Trost für Amy hin- und hergerissen zu sein. Entschied sich schließlich und sagte sehr bestimmt: „Ich werde doch noch enttäuscht sein dürfen, dass du so wenig Vertrauen zu uns hast und uns so etwas verschweigst. Fünf Tage lang. Kein Wort. Und jetzt dieser Skandal."

Bevor Amy aufbrausen konnte, wozu sie ohnehin keine Lust mehr hatte, antwortete Henry an ihrer Stelle: „Audrey, wir hätten vor fünf Tagen nicht viel anders reagiert als jetzt. Ich kann Amy verstehen."

Es klang nicht so anbiedernd wie sonst oft, sondern ehrlich.

„Wir müssen jetzt sehr kühl und sehr professionell reagieren. Das ist die einzige Chance. Amy, bitte, zieh dich an. Ich rede mit den Morris' von gegenüber. Wir klettern über den Zaun und ich bitte den Fahrer unserer Firma, uns dort abzuholen. Ihr kommt beide mit in die Stadt. Im Büro seid ihr sicher. Am Wachpersonal kommt niemand vorbei. Glaubt mir."

Henry strich seiner Frau über den Rücken und rieb kurz über Amys Schulter. Er verließ das Zimmer wieder, weil er noch mehrere Telefonate führen musste.

Schweigend standen sich Mutter und Tochter gegenüber.

„Enttäuscht, das bin ich. Tut mir leid, das sagen zu müssen, aber es ist so." Ihre Mutter konnte es sich nicht verkneifen.

Leise sagte Amy: „Enttäuscht? Weil ich etwas nicht gesagt habe? Du sagst mir seit fünfzehn Jahren nicht, wer mein Vater ist. Du verschweigst es auch. Bei dir ist es bestimmt etwas anderes als bei mir. Ich weiß."

In ihrer Mutter tobte offensichtlich ein Kampf. Mit den Zeigefingern legte sie hektisch die Haarsträhnen der Schläfen hinter die Ohren. Einmal, zweimal, dreimal und noch öfter.

„Du sagst doch sonst immer, ich solle mir ein Beispiel an dir nehmen!", setzte Amy nach.

Wieder zuckte die Hand ihrer Mutter. Amy wich nicht aus, fürchtete den Schlag auch nicht. Sie hatte recht, das spürte sie, das wusste sie und das wusste auch ihre Mutter.

Diese kam ihr vor wie eine lebende Schaufensterpuppe. Auf einmal war ihr Gesicht eine Maske, hart, nicht unfreundlich, aber undurchschaubar.

„Wir machen uns besser fertig!" Ihre Stimme war nicht mehr voll unterdrücktem Zorn, sondern bemüht neutral.

Was hatte das zu bedeuten?

Amy fiel eine Zeile aus einem Song von Matt ein: „... never again will it be, as it used to be, never, never, never again!"

# 38

**Ich bin ein Idiot!** Das war Matts erster Gedanke. Den hatte er, als er in den Streit zwischen Amy und ihren Eltern platzte. Sein zweiter Gedanke lautete: Wie viele? Diesen hatte er, als er durch die Hausmauer in den Vorgarten trat und auf der Straße einen weiteren Fotografen auf seinem Motorrad eintreffen sah. Matt versuchte die lauernden Wölfe zu zählen und wusste sofort, wie gierig sie waren.

Amy war erledigt. Sie würden sie fertigmachen.

Er hätte sie warnen müssen. Er war wirklich der größte Trottel unter der Sonne.

Geisterfotografie? Matt mit Engelsflügeln? Der Dickbauch im Lieferwagen war ein stinknormaler, widerlicher, sensationslüsterner Fotograf, der für eine dieser stinknormalen, widerlichen, sensationslüsternen Zeitungen arbeitete.

Amy war zum Freiwild erklärt.

Sie würden sie jagen wie die armen Füchse, hinter denen früher die berittenen Jäger her waren. Unerbittlich würde sie gehetzt und zur Strecke gebracht werden. Was immer Amy sagte, würde verdreht und zu der Story gemacht, die diese Hyänen haben wollten.

Matt kannte sie zu gut.

Er verachtete diese Schmierer zutiefst. Sie waren nur zu gebrauchen, um seine neuen CDs zu loben. Als Belohnung erhiel-

235

ten sie von Rob die eine oder andere Story aus Matts Leben, die Rob meistens erfunden hatte.

Bei Amy aber war es anders. Sie würde gejagt und gebissen werden.

Und das war Matt nicht egal. Er musste ihr helfen. Nein, er WOLLTE ihr helfen. Er ließ sie nicht im Stich.

Ihm war auch sofort etwas eingefallen. Er musste es Amy erklären. Dazu aber brauchte er sie allein. Diese Gelegenheit musste kommen. Bei ihr aufzutauchen, während sie duschte, wagte er nicht. Matt beschloss, an ihrer Seite zu bleiben. Zuflüstern wie bei dem Date mit diesem Flaschenhals von Jungen war auch nicht drin. Sie würde ihm nicht zuhören.

Er musste in Amys Nähe sein und ihr, sobald sie ihn sehen konnte, erzählen, was er bisher allen verschwiegen hatte, und sie dann jemanden anrufen lassen, der nur danach gierte, diese Meldung endlich hinausgehen zu lassen.

Hatte diese Frau, Amys Mutter, nicht gesagt, man sähe manchmal erst im Nachhinein, wozu etwas gut war? Matt musste ihr recht geben. Was ihm am Mittwochmorgen noch als Verrat und Albtraum vorgekommen war, entpuppte sich jetzt als eine große Chance.

# 39

Der Rasen quatschte unter ihren Schuhen. Er war vom Regen des Sonntags noch aufgeweicht. Amy fror, obwohl sie über die Sweatjacke noch eine kurze Jeansjacke gezogen hatte. Das Wasser drang durch den Stoff ihrer Schuhe und ihre Füße wurden sofort kalt.

Henry lief neben ihr her wie ein Bodyguard. Er zog seinen Mantel auseinander, um sie vor möglichen neugierigen Kameraobjektiven zu schützen.

Am Holzzaun wartete bereits ein gähnender Mr Morris in einem fleckigen Bademantel. Er winkte die Familie zu einem schmalen Gatter, das normalerweise mit einem Fahrradschloss abgesperrt war. Mr Morris hielt es für sie auf und knurrte einen Gruß, der nur mit viel Fantasie als „Guten Morgen" gedeutet werden konnte. Er roch nach saurer Milch. Aber das war egal. Hinter Henry, ihrer Mutter und Amy schloss er das schiefe Türchen wieder umständlich ab.

„Schnell, Mr Morris, wir müssen zum Wagen", drängte Henry, der ständig zu den Bäumen hochsah. Auch dort oben vermutete er Paparazzi.

„Ist kein Wagen da." Mr Morris hatte Mühe, die beiden Enden des Schlosses ineinanderzustecken.

Sofort hatte Henry sein Handy in der Hand. Er redete leise, aber sehr bestimmt.

„In einer Minute muss der Fahrer da sein!", sagte er zu Amy und seiner Frau.

Der Nachbar musterte die Familie. „Ist nicht lustig, so früh geweckt zu werden. Was soll der Zirkus überhaupt? Haben Sie gestohlen oder jemanden umgebracht?"

„Natürlich nicht!", gab Henry zurück. „Ich erkläre Ihnen das ein anderes Mal. Wir finden unseren Weg auch allein zur Straße. Ist Ihr Gartentor offen?"

Mr Morris zog seine Schlüssel aus der Tasche und ließ sie zwischen den Fingern klingeln. Er schien keine Eile zu haben. Dabei war er barfuß und fror sicher.

Amy stand zwei Schritte von ihrer Mutter entfernt, die Arme fest um den Körper geschlungen. Die Aufregung und die morgendliche Kühle ließen sie zittern. Sie spürte den Blick ihrer Mutter, erwiderte ihn aber nicht. Diese klopfte Henry auf die Schulter und deutete zu Amy. Henry verstand sofort, schlüpfte aus dem Mantel und hängte ihn Amy um.

„Ich möchte es aber wirklich gerne jetzt wissen. Wieso flüchten Sie aus Ihrem Haus?", bohrte Mr Morris weiter. Betont langsam schritt er über seinen kurz geschnittenen Rasen.

Henry sah ein, dass er mit Ausflüchten nicht weiterkam. „Lesen Sie die Morgenzeitung, dann wissen Sie es. Und gleich vorweg: Kein Wort ist wahr!"

„Ach!" Mr Morris' Neugier wuchs.

Nur einen Steinwurf entfernt raschelte das Laub eines Busches. Es klickte in sehr kurzen Abständen mehrfach hintereinander. Henry war sofort wieder bei Amy, um sie abzudecken.

„Was soll denn das?", empörte sich Mr Morris. „Was machen Sie auf meinem Grundstück?"

Ein kleiner Bursche in einer braunen Lederjacke mit einer übergroßen Kappe flüchtete in den Garten nebenan.

„Das ist nur Ihretwegen. Wenn der mir meine neuen Rosen zertrampelt hat, dann bezahlen Sie sie aber. Ist das klar?"

„Ja, ja, ich komme für alles auf, aber lassen Sie uns endlich vorne zum Gartentor hinaus. Sonst haben Sie in Kürze eine ganze Horde von Fotografen hier!"

Diese Vorstellung beschleunigte Mr Morris' Schritte.

Amy musste an den Film über diese Insel denken, auf der Saurier gezüchtet worden waren. Die Velociraptoren fielen ihr ein, die auf zwei Beinen liefen und sich mit ihren scharfen Zähnen selbst auf viermal so große Tiere stürzten und sie gemeinsam zerrissen. Diese Fotografen waren nicht anders.

Endlich öffnete Mr Morris das Gartentor, das wie die Tür einer Gefängniszelle quietschte. Gleichzeitig rollte eine schwarze Limousine mit getönten Scheiben heran. Sie hielt mitten auf der Straße und ein junger Fahrer sprang heraus. Er wieselte um den Wagen und riss die beiden hinteren Türen auf.

Von rechts näherten sich schnelle Schritte. Ein Fotograf kam gerannt, die Kamera vor dem Gesicht.

Henry stieß Amy auf die Rückbank. Ihre Mutter setzte sich links von ihr, er selbst rechts. Als der Fotograf sie erreichte, schlug Henry die Wagentür zu und der Fahrer gab Gas.

Sie erreichten das Viertel von London, in dem die Hochhäuser standen und selbst um diese frühe Tageszeit schon viele Männer in dunklen Anzügen mit Kaffeebechern in den Händen unterwegs waren. Hier sah Amy sich selbst.

Die Titelseite der Zeitung war in einen Rahmen gespannt und zeigte eine erregte Amy in ihrem Zimmer.

MATTS LETZTES DATE! FAN ODER TODESENGEL?

Die Schlagzeile war im wahrsten Sinne des Wortes ein Schlag für Amy.

Todesengel!

Sie würde sich nie wieder in die Schule trauen können. Alle mussten denken, sie hätte Matt umgebracht. Dabei lebte er erstens noch, und zweitens stimmte es doch überhaupt nicht.

Ein sehr leiser Zweifel nagte an ihr. Hatte sie ihn doch so aufgeregt? War sie mitschuldig an seiner Wahnsinnsfahrt? Sie hatte mit ihm nie darüber gesprochen.

Henry bat den Fahrer, anzuhalten und ihm eine Ausgabe der Zeitung zu bringen. Seine Frau bedeutete ihm, es nicht zu tun, aber es war zu spät. Der Fahrer war gewohnt, alle Aufträge sofort und schnellstmöglich auszuführen. Er schien nur Sekunden fort gewesen zu sein, als er wieder einstieg und die gewünschte Zeitung nach hinten reichte.

Henry faltete sie zusammen, damit Amy die Titelseite nicht sehen konnte.

„Besser, du liest das nicht."

„Das ist noch schlimmer!", sagte Amy. Ihr Hals fühlte sich an, als würde ihn jemand zudrücken.

Die Geschichte nahm gleich die zweite und die dritte Seite ein und war bestückt mit großen Fotos, die Amy nicht nur in ihrem Zimmer, sondern auch auf der Fahrt zur Verabredung mit David zeigten. Es gab eine Aufnahme des Eisessens und eine mit Tanja.

Der Text beschrieb sie als ‚unscheinbar', ‚graue Maus', ‚Mauerblümchen', ‚farblos' und ‚gut in der Schule'. In einem Zimmer auf der ersten Etage des Hotels hatte sich ein Zimmer-

240

mädchen befunden, das Amys Auseinandersetzung mit Matt mitgehört hatte. Allerdings hatte sie sich nichts richtig gemerkt und brachte die wenigen Sätze, die gesprochen, oder eher geschrien worden waren, durcheinander. Ihrer Beschreibung nach klang der Streit so, als wäre Amy eines der Mädchen, die Matt aufpickte und bald darauf wieder fallen ließ. Deshalb sei es wohl zu diesem Krach gekommen. Es gab sogar Mutmaßungen, Amy könnte von ihm schwanger sein.

Ihre Mutter räusperte sich neben ihr, als würde sie sonst an einem Kloß im Hals ersticken.

Henrys Handy klingelte. Er hörte zu und sagte dann immer nur: „Nein, sicher nicht. Nein, ganz sicher nicht. Ich bin gleich in der Kanzlei. Meine Familie habe ich dabei. Sagen Sie dem Sicherheitsdienst, er soll alle Besucher heute genauestens unter die Lupe nehmen. Wir brauchen keine Fotografen im Büro."

Kopfschüttelnd ließ er das Handy sinken. „Sie rufen bei mir im Büro an wegen Interviews mit Amy. Um halb sieben Uhr."

Ihr war so übel. Amy ließ sich auf der Bank nach vorne rutschen und legte den Kopf zurück auf die Kante.

„Wenn du nur ein Wort gesagt hättest ...", begann ihre Mutter neben ihr erneut. Amy tat, als hätte sie es nicht gehört.

Der Wagen glitt durch die Straßenschluchten zwischen den dunklen Hochhäusern und hielt an einem Bau, der sich von den anderen unterschied. Die Fassade war ein blasses Ziegelrot und das Dach eine flache Pyramide, auf der ein Licht blinkte. Henry half seiner Frau und Amy beim Aussteigen. Dann führte er sie durch eine weite Marmorhalle zu einer Absperrung. Der diensthabende Wachmann in seiner blau-weißen Uniform grüßte ihn, indem er sich an den Rand seiner Kappe tippte, bevor er einen Knopf drückte. Ein Gatter aus Stahlrohr schwenkte auf und gab den Weg zu den Liften frei.

Henrys Büro lag im 27. Stockwerk. Durch die Scheiben, die bis zum Boden reichten, konnte er über den geschwungenen Lauf der Themse bis zur Towerbridge sehen.

„Setzt euch. Clarisse bringt uns Frühstück!"

Clarisse war eine junge Sekretärin, die mit geröteten Augen und einem strengen Haarknoten im Vorzimmer residierte.

Müde, so unendlich müde sank Amy in einen eckigen Ledersessel. Ihre Mutter nahm auf dem Sessel Platz, der davon am weitesten entfernt war.

„Ich muss ein paar Stockwerke tiefer zu meinem Kollegen. Ich komme bald wieder", sagte Henry und ließ Mutter und Tochter allein.

Amy vermied es, in ihre Richtung zu schauen. Sie tat, als interessiere sie sich ausschließlich für den bewölkten Morgen vor den großen Fenstern.

Auf dem Schreibtisch klickte etwas.

Henrys Computer meldete mit einem hohen Pling das Eintreffen einer E-Mail.

Sonst war es still in dem quadratischen Raum mit dem grauen Teppichboden und den wenigen Möbeln aus schwarzem Holz und gebogenem Stahl.

Aus den Augenwinkeln blinzelte Amy doch zu ihrer Mutter. Sie hatte ihre Handtasche auf dem Schoß und presste sie mit einer Hand an den Bauch. Die andere Hand hielt sie vor den Mund und kaute an den Nägeln.

Ihre Mutter kaute Nägel! Nicht im Traum hätte Amy gedacht, sie dabei zu ertappen.

Energisch nahm die Mutter die Hand wieder vom Mund.

„Amy", begann sie. Es klang, als würde noch einiges folgen.
„Amy, du tust mir unrecht."

Was bitte sollte das bedeuten? Noch immer war Amy nicht
bereit, sich ihrer Mutter zuzuwenden.

# 40

Matts Gesicht war dicht an Amys Ohr. Er hatte schon einige Male angesetzt, ihr etwas zuzuflüstern, sich dann aber nicht getraut. Er musste mit ihr allein sein. Ganz egal, wo. Zur Not auf der Toilette. Es gab wirklich Wichtiges zu bereden, doch dazu musste und sollte sie ihn sehen.

„Amy, du tust mir unrecht!", hörte er ihre Mutter sagen. Sie war an diesem Tag ungewohnt blass. Irgendetwas wollte sie mit ihrer Tochter besprechen, das hörte sogar er heraus.

Nein, jetzt nicht. Seine Sache war dringender.

„Ich bin's!", hauchte er.

Er konnte sehen, wie sich die feinen Härchen an Amys Schläfe aufrichteten. Ihre Augen weiteten sich, sonst aber zeigte sie keine Reaktion.

„Bitte, ich muss mit dir sprechen. Ich muss dir so viel sagen. Bitte, komm raus. Geh irgendwohin, wo wir allein sind."

Aber Amy blieb im Sessel sitzen und schlug das eine Bein über das andere.

„Du denkst immer ... du denkst ... ich würde absichtlich vor dir verheimlichen ...", setzte die Mutter fort. Die Worte bereiteten ihr große Mühe. Sie sah sich um, als stünde der Text irgendwo an der Wand.

Drängend flüsterte Matt: „Amy, bitte steh auf und komm hinaus. Bitte."

Demonstrativ drehte sie den Kopf von ihm weg.

„... aber ich tue es doch nur, um dich zu schützen. Kannst du mir nicht vertrauen? Kannst du nicht glauben, dass ich immer dein Bestes möchte?"

Amy wandte sich ihrer Mutter zu und richtete sich ein bisschen auf.

„Mach das später und komm jetzt!", flehte Matt.

„Nein!", raunte Amy aus dem Mundwinkel.

Ihre Mutter hatte es gehört und als Antwort genommen. „Aber ich will dein Bestes!", rief sie schrill.

„Jaja, ich weiß", beeilte sich Amy zu versichern. Sie hielt die Hände vor den Mund und tat, als müsse sie etwas aus den Zähnen entfernen, und flüsterte: „Bin ich an deinem Unfall schuld?"

Diese Frage kam für ihn völlig unerwartet. „Nein, absolut nicht. Nicht im Geringsten."

Amy war die Erleichterung anzusehen. Sie schloss die Augen und atmete tief aus.

„Aber komm jetzt!", bestürmte Matt sie weiter.

Hinter den Händen sagte Amy leise: „Warte, gleich. Ich kann jetzt nicht."

Ihre Mutter war aufgesprungen. „Es interessiert dich ja doch nicht, was in mir vorgeht und welche Beweggründe ich für mein Verhalten habe."

Auch Amy fuhr hoch. „Doch, das interessiert mich. Sehr."

Matt fühlte sich richtig nutzlos. Er störte wohl gerade. Aber wieso kapierte Amy nicht, dass er ihr helfen konnte?

Die Mutter kam mit großen Schritten durch den Raum, stellte sich vor Amy und legte ihr die Hände auf die Schultern.

„Damals war es für mich die größte Katastrophe. Es war für mich wie das Ende von allem. Ich wusste wirklich nicht, was ich tun sollte."

Sie ließ Amy wieder los und zog ein zerdrücktes weißes Stofftaschentuch aus ihrer Jackentasche. Hastig tupfte sie sich die Augen ab.

Matt stand dicht bei den beiden. Amys Mutter hatte Tränen in den Augen.

„Ich habe den Mann, der dein Vater ist, geliebt." Es kostete sie große Überwindung, es auszusprechen. „Ich habe davon geträumt, mit ihm zusammenzuleben. Für mich war er das, was in den Zeitungen immer ,Traummann' genannt wird. Und als ich schwanger war, da dachte ich natürlich, er würde sich freuen." Sie konnte nicht mehr weiterreden. Verlegen drehte sie sich weg und wischte die Tränen ab. „Wir haben uns in der kleinen Weinbar getroffen, in der ich ihn kennengelernt habe. Ich war so glücklich, aber er war auf einmal völlig anders. Er hat mich beschimpft, weil ich vergessen hatte, die Pille zu nehmen. Auf einmal war er ...", sie rang nach den passenden Worten, „ ... roh, kalt, grausam und völlig verändert. Er hatte nichts, aber auch gar nichts mehr von dem Mann, den ich so sehr geliebt habe."

Sie schluchzte kurz, riss sich dann aber zusammen. Mit ruhiger Stimme redete sie weiter: „Er wollte, dass ich unser Baby wegmachen lasse. Aber dafür war es zu spät und ich hätte das auch nie getan. Niemals. Er hat dann gedroht, entweder das Baby oder er."

Matt beobachtete Amy. Ihr Brustkorb hob und senkte sich stark.

Ihre Mutter trat an die hohen Scheiben und blickte auf die Dächer hinaus.

„Ich musste mein Studium aufgeben und zu arbeiten beginnen, um für uns Geld zu verdienen. Und ich war so traurig und enttäuscht. Weil ich ihn noch immer geliebt habe und weil ich dachte, du hättest mein Leben zerstört."

# 41

„… du hättest mein Leben zerstört!“

Der Satz hallte wie ein Echo in Amys Ohren. Es war typisch für ihre Mutter, so etwas zu denken und ausgerechnet jetzt zu sagen, da Amys eigene Welt einzustürzen drohte.

Mit einer energischen Bewegung drehte sich ihre Mutter um, die Augen rot und voller Tränen. „Aber Amy, das ist nicht wahr. Ich kann mir gar nicht verzeihen, dass ich das jemals denken konnte. Es wäre nie etwas aus ihm und mir geworden, weil er Frauen nicht liebt, sondern nur benutzt. Auch mich hat er benutzt und weggeworfen.“

Amy lehnte sich mit der Schulter und dem Kopf an die Wand. Sie stand da und hörte nur zu.

„Ein halbes Jahr, bevor ich Henry begegnete, habe ich ihn wieder getroffen. Damals hatte ich mein Studium in Abendkursen gerade zu Ende gebracht und in einer Bank zu arbeiten begonnen. Er war in der Abteilung über mir. Und er war noch genauso überwältigend wie früher. Er hat mich zum Abendessen eingeladen und ich dachte, alles würde gut werden. Ich wollte ihm von dir erzählen und war sicher, wir würden eine Familie werden.“

Wie hatte dieser Mann ausgesehen, überlegte Amy. Was habe ich von ihm? Wenn er so „überwältigend“ war, wieso habe ich nichts davon abbekommen?

Ihre Mutter hatte sich auf die Schreibtischkante gesetzt und hielt sich mit den Händen am Rand fest. „An diesem Abend war er noch aufregender als je zuvor. Er meinte, wir könnten ein Wochenende in Paris verbringen. Da habe ich ihm gesagt, dass er eine Tochter hat." Sie blickte ins Leere. „Und es war wie am Abend in der Weinbar. In der nächsten Sekunde zeigte er sein wahres Gesicht. Er beschimpfte mich und warf mir vor, ich sei damals mit mehreren Männern zusammen gewesen und könne gar nicht wissen, von wem mein Kind sei. Bestimmt nicht von ihm, das stand für ihn fest. Nur stimmte das nicht. Danach erfuhr ich, dass er bereits zum zweiten Mal verheiratet war und diesmal eine sehr wohlhabende Frau hatte, die natürlich nichts erfahren durfte. Und eine Woche später schaffte er es tatsächlich, durchzusetzen, dass mir gekündigt wurde."

„Dreckskerl!", entfuhr es Amy.

„Arm. Ein armer Mann", meinte ihre Mutter milder. Sie kam wieder zu ihr, fasste sie aber nicht an. „Amy, was damals für mich ausgesehen hat wie die schlimmste Katastrophe meines Lebens, das war das größte Glück. Und er ist nur dein Erzeuger und ich will dir die Enttäuschung ersparen, die dich bestimmt erwartet, wenn du mit ihm in Kontakt trittst. Er ist zu allem fähig, zu jeder Gemeinheit."

„... never again will it be, as it used to be, never, never, never again!", sang Amy leise.

„... never again will it be, as it used to be, never, never, never again!", stimmte Matt neben ihr ein.

Über seine Anwesenheit war sie nicht böse. Es störte sie auch nicht, dass er alles mitangehört hatte. Ein klein wenig war sie sogar froh, ihn so nahe zu spüren.

249

„Das größte Glück, Amy", ihre Mutter griff sachte nach Amys Kinn und drehte ihren Kopf, bis sie einander in die Augen sahen, „mein größtes Glück bist du. Auch wenn du das oft nicht glaubst." Sie schluckte. „Und ich es dir vielleicht auch manchmal nicht verständlich machen kann."

Amy umarmte ihre Mutter. Diese stand ein wenig steif da. Sie war nie eine Mam zum Kuscheln gewesen. Jetzt aber strich sie ihrer Tochter über den Rücken und hielt sie fest.

„Störe ich?", fragte Henry, der zurückgekommen war.

Die beiden machten einen Schritt auseinander.

„Ich möchte dir schnell erklären, was mein Kollege vorschlägt", sagte Henry zu Amy.

In diesem Augenblick sah sie ihn anders als früher. Er war noch immer ein bisschen eitel, ein bisschen steif, ein bisschen sehr Anwalt, ein bisschen zu kumpelhaft, manchmal ein bisschen peinlich, was seinen Geschmack an Kleidung und Musik anging, und auch ein bisschen fern in seiner Welt aus Verträgen und noblen Klienten. Und dennoch …

Es war einer jener Momente, in denen Amy etwas sagte, ohne vorher abzuwägen, was es bedeutete. Sie spürte tief in sich, dass es das Richtige war, und deshalb sprach sie es auch aus: „Ich will Borrison heißen."

Selbst der immer beherrschte Henry konnte seine Verblüffung nicht verbergen. Er lächelte unsicher, schnaufte, drehte sich linkisch und bemerkte schließlich: „Du … du wolltest doch nie, dass ich dich … adoptiere!"

Amy lächelte nur und Henry verstand.

„Das kann ich … noch heute in die Wege leiten. Ich würde dich dann adoptieren. Also ich wäre … ich wäre … dein …"

„... Vater!", vollendete Amy seinen gestammelten Satz und nickte bekräftigend.

„Dein Vater", wiederholte Henry, als müsse er sich an das Wort erst gewöhnen. Er kam unsicher auf sie zu, legte seine Hände sanft an ihren Hinterkopf und küsste sie auf den Scheitel. Gleich darauf war er wieder Henry, der Anwalt. Sachlich und effektiv: „Mein Kollege schickt einen Presseberater, der für einige große Stars arbeitet. Er müsste in einer halben Stunde hier sein." Henry redete und redete. Es ging um eine Pressekonferenz, ein Interview, das Amy gleichzeitig vielen Reportern geben musste. Fernsehen würde dabei sein, Kameras und jede Menge Mikrofone. Im Radio würde alles natürlich auch zu hören sein. Amys Geschichte galt als „Hot Story", auf die sich alle stürzten.

Das machte Amy Angst. Große Angst. Sie hatte das Gefühl, einer Meute hungriger Bluthunde gegenübertreten zu müssen.

„Es wird dir alles erklärt, auch wie du reden sollst", versuchte Henry sie zu beruhigen. Er selbst war allerdings nicht weniger nervös. „Wichtig ist, was du sagen wirst."

„Natürlich musst du darüber reden, wie unmöglich sich dieser Sänger benommen hat!", riet ihre Mutter.

„Nein, tu das nicht!", hörte Amy Matt in ihr Ohr schreien. Natürlich konnte nur sie es hören und deshalb zuckte auch nur sie zusammen.

Verunsichert sah ihre Mutter sie an. „Habe ich etwas Falsches gesagt?"

„Ich ... ich muss hinaus ... sofort", stammelte Amy und stürzte zur Tür.

„Gleich gegenüber!", rief ihr Henry hinterher.

# 42

Beide fühlten sie sich reichlich komisch. Amy stand gegen die Kunststofftür einer Kabine auf der Damentoilette gelehnt und Matt hockte auf dem geschlossenen Klodeckel.

„Die Klos sind so scheußlich wie bei uns in der Schule", sagte Amy, die sich ein bisschen verlegen fühlte.

Matt begann einfach zu reden, weil er so viel loswerden musste und nichts vergessen wollte. „Es war wegen Naomi. Nur deshalb bin ich abgehauen."

Amy traute ihm nicht ganz. Das sah er an ihren Augen, die ständig prüfend über ihn wanderten.

„Es ist die Wahrheit. Wirklich, es ist wahr, verdammt, glaub mir doch!"

„Das habe ich schon ein paar Mal getan", entgegnete Amy trocken.

„Und mit diesem Typen, mit diesem David, ich habe dich nicht zu ihm geschickt, damit meine Federn weiß werden. Ich dachte, es wäre eine gute Idee. Konnte doch nicht wissen, dass der Kerl dich nur … . Na, du weißt schon."

Weil sie noch immer keine versöhnliche Geste machte, drehte Matt den Kopf weg. „Ach, dann glaub mir nicht. Was müsst ihr immer so kompliziert sein?"

„Wir?", hörte er Amy fragen.

Nach ein paar Sekunden, in denen ihm etwas klar wurde,

252

verzog sich sein Mund zu einem breiten Grinsen. „Bin ich wohl auch, was?"

Zustimmend nickte Amy.

„Amy, es gibt eine Menge Dinge von mir, die du nicht weißt. Aber da ist eine Journalistin, die wollte die Sache mit Naomi auffliegen lassen. Deshalb bin ich ausgerastet. Weil ich dachte, Rob, das ist mein Manager, hätte ihr etwas gesteckt. Aber das hat er nicht. Ich weiß das jetzt. Und es macht mir nicht mehr so viel aus. Ich kann es doch nicht ungeschehen machen. Weil es so ist. Weil ich gehört habe, was deine Mutter da gerade erzählt hat. Also wenn du sagst, es sei zwischen uns um Naomi gegangen und du hättest mir einfach gesagt, dass ich absolut daneben sei, dann schreibt keiner mehr so einen Quatsch über dich wie heute."

In Amys Gesicht drehte sich ein riesiges Fragezeichen. „Kannst du irgendwie so reden, dass ich es verstehe? Wer ist Naomi?"

Matt stand auf, weil ihm die Oberschenkelmuskeln wehtaten. Er streckte die Beine und lockerte seine Flügel. Während er die Füße ausschüttelte, sagte er: „Ich sehe ihr ähnlich. Und sie malt so winzige Bilder. Nur der Kerl, mit dem sie wohnt, der ist völlig durchgeknallt. Poltert herum. Und sie lässt es sich gefallen."

„Aber wer ist sie?", wiederholte Amy ihre Frage.

„Rob muss herkommen. Und diese ... wie heißt sie?", er versuchte sich an den Namen zu erinnern. „Ja, diese Louisa Nisson. Nur die beiden. Sie bekommt die Story exklusiv. Die anderen erst danach und am besten ohne Interview mit dir. Wenn alles bekannt ist, wird bei Naomi die Hölle los sein und es ist sicher nicht ganz fair. Deshalb ist Rob auch wichtig. Er ist in Ordnung und regelt das. Und noch etwas, Amy …"

Sie schüttelte ratlos den Kopf. „Matt, bitte, ich kapiere nichts."

„Noch etwas", setzte er fort, als hätte er ihren Einwand gar nicht gehört, „du musst Naomi besuchen. Bitte. Für mich. Ich meine, ich komme mit. Du musst ihr etwas sagen. Weil …"

Er stieg vom Klodeckel und glitt durch die dunkle Kabinenwand hinaus in den Bereich der Waschbecken. Amy schob den Riegel beiseite und folgte ihm. Vor den Händetrocknern stehend, breitete Matt seine Flügel aus.

Amys freudiger Blick baute ihn auf.

„Du hast mehr … der ganze Rand ist weiß!"

„Aber sieben Achtel sind schwarz. Und mir bleibt nur noch so wenig Zeit. Ich kann es nicht mehr schaffen. Es wird nicht klappen. Deshalb musst du Naomi alles sagen, was ich ihr nicht sagen kann. Tust du es für mich? Bitte!" Da sie nicht sofort zustimmte, fügte er noch ein eindringlicheres „Bitte!" hinzu.

„Ich mach's!", willigte Amy ein. Sie hatte gezögert, weil sie daran dachte, was es bedeutete, wenn seine Flügel schwarz blieben. Sie würde ihn noch sechs Tage lang sehen können, dann nicht mehr. Niemand würde Matt M jemals wiedersehen können. Die Vorstellung davon erschien ihr unfassbar.

Nie wieder.

Wie hart das klang.

Wie hart und endgültig.

Wie dumm, auf ihn sauer zu sein. Jeder Moment musste genutzt werden, um Matt zu helfen.

„He, Amy, hallo!" Er fuchtelte mit der Handfläche vor ihrem Gesicht herum.

Sie wollte nicht aussprechen, was ihr durch den Kopf gegangen war. Deshalb sagte sie schnell: „Kannst du mir jetzt endlich erklären, wer Naomi ist?"

# 43

„Es ist das Falsche. Es ist gegen den Rat, den ich Ihnen gebe. Aber wenn Ihre Tochter so bockig ist, dann sind mir die Hände gebunden! Ich will später aber nicht dafür verantwortlich gemacht werden." Der Mann, der das sagte, war nur so groß wie Amy, ähnlich dünn und erinnerte an eine Wachspuppe, eine dieser Kerzen, die die Form einer Person haben und denen aus dem Kopf ein Docht ragt. Seinen Namen hatte Amy sich nicht gemerkt. Seit dem Betreten von Henrys Büro hatte er mindestens schon zehnmal die prominenten Namen seiner Kunden aufgezählt. Es waren Schauspieler, Fernsehstars und eine Sängerin.

Unsicher suchte Henry Amys Augen. Fragend hob er die Brauen. Wollte sie wirklich bei dem bleiben, was sie verlangte?

„Ich rede nur mit Louisa Nisson. Und Robert Dalter muss dabei sein. Sonst niemand." Sie fügte hinzu: „Doch: Henry und Mam auch."

Das Kerzenmännchen bekam zornige, rasierklingendünne Lippen. „Wozu hat man mich eigentlich gerufen? Louisa Nisson ist eine Hyäne. Sie wird die Kleine zerfleischen. Ich kann die Verantwortung wirklich nicht übernehmen."

Ruhig fragte Henry: „Können Sie die Journalistin wenigstens anrufen? Oder sagen Sie mir, wo ich sie erreichen kann, und ich erledige es selbst."

Nachdem er den Namen der Zeitung genannt hatte, für die Mrs Nisson schrieb, verließ der Mann grußlos das Büro.

Amys Mutter saß auf der Kante eines Ledersessels, die Hände auf den Knien. Amy selbst lehnte mit dem Rücken gegen eines der Fenster.

„Kannst du es uns wenigstens irgendwie erklären?", begann Henry vorsichtig.

„Nein. Ich kann nicht. Es wäre so, als würde ich zu euch sagen: Ich rede mit Matts Geist und er hat es mir geraten."

Ihre Mutter verzog das Gesicht. „Ach, Amy."

Sie lächelte. „Vertraut mir. Bitte."

Henry trat hinter seinen Schreibtisch und nahm den Hörer ab. „Aber du sagst dieser Frau nicht etwa, dass du Stimmen hörst. Bitte, Amy, bitte, tu das nicht!"

Amy schenkte ihm einen gütigen Blick. „Henry, glaubst du so etwas von mir?"

Auf diese Frage antwortete Henry nicht.

Dicht neben sich hörte Amy Matt glucksen. So vergnügt hatte sie ihn noch nie erlebt. Weder früher, wenn er im Fernsehen Interviews gegeben hatte, noch seit ihrer ersten Begegnung letzte Woche.

Das Treffen mit Mrs Nisson wurde für ein Uhr nachmittags angesetzt. Louisa Nisson nahm das Angebot zu dem Gespräch sofort an. Es dauerte, bis Henry Robert Dalter an den Apparat bekam. Dieser willigte ohne große Begeisterung ein.

Amy war sehr aufgeregt und musste mehrmals auf die Toilette. Matt erwartete sie immer bei den Waschbecken, streckte den Daumen in die Höhe, zwinkerte ihr zu oder schnitt eine witzige Grimasse, um sie zum Lachen zu bringen. Ihr Bauchweh wurde davon nicht besser, trotzdem tat es jedes Mal gut, ihn zu sehen.

Die kleine Sekretärin brachte ein Tablett mit Sandwiches und Getränken, aber Amy knabberte nur ein bisschen und trank wenig.

Auf die Minute pünktlich erschien Louisa Nisson in der Tür. Amy fand, dass sie ihrer Mutter ein wenig ähnlich sah. Etwas Unnahbares ging von ihr aus, auch wenn sie sich bemühte, Amy herzlich gegenüberzutreten. Ihr mauvefarbener Rollkragenpulli und der schwarze Blazer verliehen ihr eine zusätzliche Strenge.

Sie nahm auf einem der Ledersessel Platz und holte ein kleines Aufnahmegerät aus ihrer Handtasche.

Die Sekretärin öffnete die Tür und meldete Robert Dalter. Ein rothaariger Mann trat ein und sah sich um, als müsse er einen Fluchtweg finden. Seine Augen lagen tief in dunklen Höhlen und sein Gesicht wirkte grau. So sah Amy aus, wenn sie mehrere Nächte schlecht geschlafen hatte. Nachdem Henry sich und seine Familie vorgestellt hatte und Mister Dalter alle Hände geschüttelt hatte, nahm er der Journalistin gegenüber Platz. Amy entging der harte Blick nicht, den er ihr zuwarf.

Henry rückte für Amy einen Sessel zwischen Mrs Nisson und Mr Dalter. Sie ließ sich ein bisschen zu schnell hineinfallen und sah Hilfe suchend zu ihrer Mutter, die am Fenster stand. Henry trat neben sie. Beide lächelten Amy aufmunternd zu und nickten leicht. Sofort fühlte sie sich besser.

Amy spürte, dass Mr Dalter sie musterte. Mrs Nisson lächelte wie damals die Schuldirektorin der Primary School am Anmeldetag. Es fehlte nur noch, dass Mrs Nisson sie genauso zuckersüß fragte, wie sie heiße und ob sie sich schon allein die Schuhe binden könne.

„Ich bin bei dir", raunte Matt ihr zu. Sie spürte ein warmes Gefühl auf ihrer rechten Hand. Er musste seine dorthin gelegt haben.

„Darf ich noch Du sagen?", begann Louisa Nisson.

Amy nickte.

„Wieso hast du Matt aufgelauert?", platzte Robert Dalter heraus. Er war so heftig, dass Henry sich aufrichtete, um einzuschreiten. Beschwichtigend hob Mr Dalter die Arme. „Verzeihung, Verzeihung. Es sind meine Nerven. Ich bin einfach völlig fertig. Soll ich nicht doch besser gehen?"

„Nein!", sagte Amy sofort.

Louisa Nisson betrachtete Matts Manager wie ein notwendiges Übel. Amy glaubte ihr anzumerken, dass sie ihn viel lieber vor der Tür gesehen hätte.

„Also, Amy, du bist Matt M als Letzte begegnet. Wie kam es dazu?" Sie drückte die Taste des Aufnahmegerätes und hielt ihr das Mikrofon hin.

Der Anfang war einfach. Amy erzählte von ihrem heißen Wunsch nach dem Autogramm und davon, wie Matt in den alten Sitzungssaal gestürmt war und sie ihm das Falsche zu trinken gegeben hatte.

„Und das war der Grund für den Streit, den ja ein Zimmermädchen des Nelson-Hotels mitangehört hatte", warf Mrs Nisson ein.

„Nein, war es nicht."

„War es nicht?"

Robert Dalter, der sich gerade das dritte Glas Mineralwasser einschenkte, sah gespannt zu Amy. Das Wasser gluckerte weiter aus der Flasche und das Glas lief über.

„Oh, Verzeihung", rief er und wischte die Flüssigkeit einfach mit der Hand auf den Teppich.

„Wir haben auch nicht gestritten. Ich war nur so wütend, als Matt von Naomi erzählte."

Die Journalistin wollte gerade einen Schluck nehmen. Sie hatte das Glas schon trinkbereit gekippt, aber noch nicht an die Lippen geführt. Sehr unfein rann Wasser über den Rand auf den Boden. Schnell stellte sie das Gefäß auf den Tisch zurück.

„Über Naomi?"

Auch Robert Dalter starrte Amy an. Er war mit einem Schlag viel wacher.

# 44

„Er hat es mir gesagt. Seine ganze Wut hat er an mir ausgelassen. Und ich fand ihn gemein. Das hätte ich nie von ihm gedacht." Amy machte zwischen jedem Satz eine kurze Pause. Sie starrte auf die kleine Schale mit Keksen auf dem Couchtisch.

Matt strich über ihre Hand. Auch wenn seine Finger sie nicht berühren konnten, war er sicher, sie würde ihn spüren und sich unterstützt fühlen.

In seiner Gegenwart war diese Louisa Nisson nicht so fassungslos gewesen. Rob kannte er gut und er machte sich Sorgen um ihn. So völlig fertig hatte er ihn noch nie erlebt. Doch jetzt horchte er auf, und was Amy noch zu sagen hatte, würde ihn beruhigen und erleichtern. Und das wollte Matt so gerne erreichen.

Amy musste nun selbst trinken. Sie leerte das Glas mit mehreren kräftigen Schlucken. „Matt M hat mir erzählt, dass die Frau, die ihn geboren hat, Naomi heißt. Sie hat ihn sofort nach der Geburt zur Adoption freigegeben. Seine neuen Eltern haben ihm verschwiegen, dass er nicht ihr eigenes Kind war. Auf einmal wollte Naomi wissen, was aus ihrem Kind geworden ist. Sie hat die Agentur, die die Adoption vermittelt hatte, um Auskunft gebeten. Ihr Brief wurde an Matt weitergeleitet. Etwas anderes ist nicht erlaubt. Es lag an Matt, sich mit ihr in Verbindung zu setzen. Aber er war zu verletzt und enttäuscht.

Er war wütend, weil ihm seine Adoptiveltern etwas verschwiegen hatten. Und er war wütend auf Naomi, weil sie ihn
weggegeben hatte. "

Louisa Nisson neigte sich immer weiter vor, als könnte ihr
sonst ein Wort von dem entgehen, was Amy sagte. Rob tat,
was er immer machte, wenn er nervös war: Er knetete an seinen übergroßen Ohren herum, die er unter den Haaren zu verbergen versuchte.

„Da bin ich richtig wütend auf Matt geworden. Ich habe es
gemein von ihm gefunden. Seine Adoptiveltern haben ihn doch
geliebt wie einen eigenen Sohn. Und er kannte diese Naomi
nicht. Er wusste nicht, wieso sie das damals getan hatte. Er hat
getobt und ich habe zurückgeschrien, dass ich enttäuscht von
ihm bin. Dass ich dachte, er sei anders. "

Rob nickte ständig. „Ich ... ich habe ihm auch so zugeredet,
aber er wollte einfach nicht hören. Seit damals, als ihr Brief
kam, seit damals war er völlig verändert. So voller Wut. "

Matt gaben Robs Worte ein sehr unbehagliches Gefühl. Die
Wut war immer noch da. Nicht mehr so scharf und schmer-
zend, aber noch da. Wie konnte eine Frau ihr Baby einen Tag
nach der Geburt einfach fremden Menschen überlassen und
fast ein Vierteljahrhundert warten, bis sie sich dafür interessiert, wie es ihrem Kind geht? Und wie konnten zwei Menschen, die er so sehr geliebt hatte, ihn so lange belügen?

Er fühlte sich noch immer betrogen.

Immer schon, seit er ein kleiner Junge war, gab es da eine
nagende Angst, es könnte ein Unglück geschehen. Immer
schon hatte er es gespürt. Und er hatte recht behalten.

Diese Fassade aus Eis, mit der sich Louisa Nisson umgab,

schien zu schmelzen. Die Ellbogen auf die Knie gestützt, saß sie da und ließ Amy keine Sekunde aus den Augen.

„Und dann? Was hat Matt gesagt?"

Amy wurde verlegen. Was sollte sie antworten? Sofort flüsterte Matt: „Er wollte nur noch zu seinem Auto."

Langsam wiederholte Amy, was er ihr vorgesagt hatte.

Rob lehnte sich zurück. „Die M4! Er war unterwegs zu ihr. Du hast wohl geschafft, was ich nicht erreicht habe. Er wollte zu Naomi. Sie wohnt in der Nähe des Flughafens, nicht weit von der M4."

Louisa Nisson stand auf und machte ein paar Schritte.

Matt sah Amys Eltern fassungslose Blicke wechseln.

„Gut, du bist echt gut", lobte er Amy. Sie senkte bescheiden den Kopf.

# 45

Sie verstand Matt gut. Während sie gesprochen hatte, war es ihr so vorgekommen, als könnte sie seine Gefühle nachempfinden. Beide hatten sie etwas gemeinsam: Neben den Menschen, die für sie die richtigen Eltern waren, gab es noch jemanden, der mit ihrem Leben zu tun, sich aber nie um sie gekümmert hatte.

Es war keine Bescheidenheit, die Amy zu Boden blicken ließ, sondern vielmehr dieser Schmerz. Es tat weh.

Was sie erfahren mussten, tat weh.

„Sie wussten davon", sagte Robert Dalter vorwurfsvoll zu Mrs Nisson.

Louisa Nisson antwortete nicht, sondern meinte nur nachdenklich: „Ich finde, es sollte jemand mit der Frau reden. Es bleibt nicht geheim, dass sie Matts leibliche Mutter ist. Ich überlege, es selbst zu schreiben und damit abzuwehren, dass einige Kollegen allen Schmutz über sie ausgießen."

„Sie hat keine Ahnung, dass ihr Sohn Matt M ist", warf Robert ein.

Amy fühlte sich sehr erschöpft. „Er … er hat mir doch von ihr erzählt. Und er wollte sicher zu ihr, um sie zu sehen."

Natürlich wusste Amy, dass es sich hierbei um eine Lüge handelte. Aber es war eine Notlüge, und deshalb war sie verzeihlich.

„Ich will ihr das sagen. Bitte!"

Die Journalistin und der Manager sahen sie zweifelnd an. Mr Dalter roch nach abgestandenem Zigarettenrauch und war unrasiert. Als er sich über das Kinn strich, war ein schabendes Geräusch zu hören.

„Ich würde vorschlagen, dass wir sofort zu ihr fahren", sagte Mrs Nisson.

Henry trat zu der Sitzgruppe. „Amy, ich glaube nicht, dass du dich da einmischen solltest."

Sie sah zu ihm hoch. „Wenn mir etwas zustößt ..."

Ihre Mutter kam an Henrys Seite. „Amy, bitte, sag so etwas nicht. Das denkt man nicht einmal."

„Wenn mir etwas zustößt", wiederholte Amy trotzdem, „wäre es kein Trost für euch, mit demjenigen zu sprechen, der mich zuletzt gesehen hat? Vielleicht hätte ich etwas Nettes über euch gesagt?"

Fragend sah Henry zu Mrs Nisson und dann zu Mr Dalter.

„Ihre Identität ist nicht zu verheimlichen. Die Person, die mir den Tipp gegeben hat, kann ihn jetzt teuer an andere Reporter verkaufen. Es wäre am besten, etwas über sie zu schreiben und sie dann weit fortzubringen, damit sie von meinen Kollegen in Ruhe gelassen wird", gab die Journalistin zu bedenken.

„Sie könnte auf Matts Landsitz untergebracht werden. Das Grundstück ist völlig abgeriegelt und nicht einsehbar", schlug Rob vor.

# 46

**Matt wollte protestieren,** hielt sich dann aber zurück. Es war ohnehin egal. Jetzt war ihm nur wichtig, dass Amy die Frage stellte, die er Naomi unbedingt stellen wollte.

Nur noch so wenig Zeit. Was erwartete ihn am Sonntag? Er würde dann „aber noch nicht im Warmen" sein, hatten ihm diese Wesen vorhergesagt.

Matt spürte die Gänsehaut auf seinen bloßen Armen und auf dem Rücken. Die Vorstellung der nahen Kälte ließ ihn schon jetzt frieren.

Er war froh, dass Louisa Nisson und Rob auf Amys Vorschlag eingingen. Sie war seine einzige Chance.

Amys Vater bot einen Firmenwagen an, in dem die drei zu Naomi gefahren werden konnten. Das Angebot wurde angenommen und Matt kam im Auto mit. Er saß die ganze Zeit neben Amy, die leicht bebte.

Der Verkehr auf den Straßen war dicht und die Fahrt dauerte mehr als eine Stunde. Die ganze Zeit wurde kein einziges Wort gesprochen. Jeder hing seinen Gedanken nach und sah in den trüben Tag hinaus.

Die schwarze Limousine erregte Aufsehen, als sie durch die Rosebud Road rollte. Ein paar farbige Kinder, die auf dem Gehweg Fußball spielten, kamen neugierig gelaufen und betrachteten sich selbst im spiegelnden Lack.

Naomi wohnte im Erdgeschoss. Das hatte Matt bereits herausgefunden. Da es die anderen aber nicht wussten und Naomis Name nicht neben einem der Klingelknöpfe stand, drückte Rob einfach den obersten Knopf.

Im zweiten Stock beugte sich eine üppige Blondine aus dem Fenster und keifte nach unten, was sie von ihr wollten. Rob rief hinauf, dass sie Naomi suchten.

„Da müsst ihr verdammt noch einmal bei ihr läuten, ihr Blödmänner!"

Geduldig fragte Rob, wo denn „bei ihr" sei, weil ihr Name nirgendwo zu lesen sei.

„Na, sie wohnt doch bei Rufus. Rufus North!", schrie die Blondine, als wäre es das Logischste auf der Welt.

Rob bedankte sich, aber sie war schon wieder verschwunden und hatte das Fenster heftig hinuntergeschoben.

Hinter dem Fenster des Erkers neben der Tür war eine scheppernde alte Glocke zu hören. Die Tüllgardine wurde einen Spalt auseinandergezogen und von drinnen musterte jemand die Besucher. Die Haustür wurde aufgeschlossen und vor ihnen stand die Frau, die Matt am Samstag gesehen hatte.

„Ja?", fragte sie mit sehr hoher, leiser Stimme.

Naomi hatte ein junges, glattes Gesicht und die gleichen strahlenden Augen wie Matt. Sogar die Gesichtsform war ähnlich. Sie war Matt nicht fremd vorgekommen, eher so als hätte er sie schon einmal gesehen, obwohl das ganz sicher unmöglich war. Sie trug ihr Haar offen und es hing fast bis zu den Hüften hinab. Es sah ausgebleicht aus, genau wie die Bluse und der Rock aus gekreppter indischer Baumwolle. Statt Schuhen trug sie nur dicke Wollsocken.

„Haben Sie meinen Zettel im Supermarkt gelesen? Geht es um ein Porträt Ihrer Tochter?" Die Frau deutete auf Amy.

Louisa Nisson übernahm das Reden. „Wir hätten Sie gerne gesprochen. Ist es drinnen möglich?"

Die Frau schien wenig begeistert. „Rufus mag es gar nicht, wenn ich Besuch habe."

„Bitte. Es ist sehr wichtig", versicherte die Journalistin.

Nach einigem Zögern trat die Frau zur Seite und ließ die Besucher eintreten.

Hinter der Tür befand sich ein düsterer Korridor, von dem rechts eine steile Treppe nach oben führte. Es roch nach gekochtem Hammelfleisch und unter der Treppe lehnten vier Kinderfahrräder.

Zur Linken stand eine Wohnungstür offen. Die Frau deutete darauf und ließ den Besuchern den Vortritt. Matt folgte.

Im Raum hingen blaue Schwaden von duftendem Rauch. Sie stiegen von mehreren Räucherstäbchen mit glühenden Spitzen auf, die in einer sandgefüllten Schale steckten.

Im Erker stand ein Tisch, der von Farbspritzern nur so übersät war. Darauf befand sich ein Schuhkarton voller Farbtuben. Mehrere Gläser waren mit einer milchigen Flüssigkeit gefüllt, in der verschiedene Pinsel steckten, die wahrscheinlich ausgewaschen werden sollten.

Daneben lag eine winzige Leinwand, die nicht einmal halb so groß wie ein Taschenbuch war. Kunstvoll entstand darauf eine Landschaft an einem Fluss. Jedes einzelne Blatt der Bäume war sorgsam gemalt. An der Wand neben dem Tisch hingen zahlreiche solcher Mini-Ölgemälde ohne Rahmen.

Amy bestaunte die Werke genauso wie Louisa und Rob.

„Die sind alle von mir", sagte die Frau und Stolz schwang in ihrer Stimme. „Ich möchte am liebsten Bilder malen, die nicht größer als Briefmarken sind. Aber Rufus ist dagegen, weil die Leute dafür gar nichts mehr bezahlen wollen. Sie sagen immer: Je kleiner das Bild, desto billiger muss es sein. Dabei dauert das Malen einer Miniatur oft länger als das eines Wandgemäldes."

Sie seufzte tief.

„Und Sie wollen wirklich nicht, dass ich Ihre Tochter male? Porträts sind meine Spezialität."

Das Gesicht der Frau war jung, sonst aber erschien sie alt und müde. Sie ging in kleinen Schritten und leicht vorgebeugt.

„Die Bilder sind wunderschön", versicherte Louisa Nisson. „Wir kommen aber aus einem anderen Grund."

„Dann müssen Sie schnell wieder gehen. Rufus mag es wirklich nicht, wenn Fremde in seiner Wohnung sind."

Der Maltisch war der gemütlichste Platz in dem Raum. Die wenigen anderen Möbel waren zerschlissen, abgewetzt und angeschlagen. An einer Wand hing ein Poster, das einen bulligen Mann mit Piratenkopftuch und Sonnenbrille auf einer Harley-Davidson zeigte. Darunter befand sich ein offener Kamin, der als Lager für zerlesene Zeitschriften benutzt wurde. Auf den Titelblättern prangten ebenfalls Motorräder.

„Sie sind Naomi Dyer, nicht wahr?", begann Rob. Er, Louisa und Amy standen etwas hilflos neben der Tür. Die Frau war ihnen gegenüber stehen geblieben, als wolle sie den Zutritt in den restlichen Teil der Wohnung versperren.

„Naomi Dyer, ja!" Sie hatte die Hände in die Ärmel der Jacke gesteckt.

Matt brannte seine Frage auf der Zunge. Er spürte aber, dass es noch zu früh dafür war.

Robert stotterte herum und Louisa Nisson kam ihm zu Hilfe. Klar und sachlich, wie es ihre Art war, sprach sie Naomi auf den Brief an die Adoptions-Agentur an.

Naomis Körper schien in der ohnehin schlotternden Kleidung auf einmal noch viel kleiner geworden zu sein. Sie tastete nach der Lehne eines Holzstuhles, der hinter ihr stand, und stützte sich darauf.

„Sie wollten mit Ihrem Sohn in Kontakt treten, haben aber bisher keine Antwort bekommen. Ist das so?" Louisa Nisson setzte unerbittlich fort.

Naomi zwinkerte ständig nervös und nickte.

Noch leiser als vorhin, fast schon tonlos, sagte sie: „Weil ich doch nicht schlafen kann, hat er es mir geraten. Wissen Sie, in der Gruppe. Wir helfen einander. Wir treffen uns zweimal die Woche und jeder erzählt von sich. Andrew leitet die Gruppe und gibt immer Ratschläge. Und ich habe von dem Jungen erzählt, den ich damals ..." Sie war nicht mehr zu hören.

„Warum hat sie mich weggegeben, warum?", sagte Matt drängend. „Frag sie! Los, frag sie!" Er war aufgebracht. Hätte er gekonnt, hätte er Amy geschüttelt, damit sie seine Frage sofort stellte.

Aber Amy tat nicht, was er wollte.

„Frag es, frag!"

Naomis Kopf bewegte sich hin und her, als wäre er nicht richtig auf dem Körper befestigt.

Endlich hörte er Amy sagen: „Wieso ... wieso haben Sie Ihr Baby weggegeben?"

270

Louisa Nisson schnalzte vorwurfsvoll mit der Zunge.

Die zarte Frau nahm nervös die Kette aus Holzperlen vom Hals, um sie sich gleich darauf wieder umzuhängen.

„Ich war doch erst siebzehn Jahre. Ich war so dumm. Ich war allein. Meine Eltern hatten mich vor die Tür gesetzt. Ich habe ihn vergessen wollen. Aber seit ein paar Jahren kann ich kaum noch schlafen, weil ich Angst habe, es könnte ihm schlecht gehen. Weil es ihm doch gut gehen soll."

„Sie wissen nicht, wer Ihr Sohn ist?", fragte Louisa.

Naomi schüttelte bedauernd den Kopf.

„Aber Sie kennen Matt M?"

Die Ratlosigkeit in Naomis Gesicht konnte nicht gespielt sein. Matt kränkte es fast.

„Der Popstar Matt M? Ist er Ihnen kein Begriff?"

„Popstar?", wiederholte sie, als wäre es ein Fremdwort. „Ich höre keine Popmusik."

Naomi trat an einen länglichen Holztisch, auf dem ein schwarzer Ghettoblaster stand. Sie drückte eine Taste und Heavy Metal brüllte aus den Lautsprechern. Nach ein paar Sekunden drehte sie ab.

„Rufus erlaubt nur diese Musik hier. Ich mag lieber indische Musik. Wenn ich endlich genug Geld habe", sie deutete auf die kleinen Bildchen, „dann habe ich meine eigene Wohnung und kann meine Musik hören."

Matt war enttäuscht. Er hatte damit gerechnet, Naomi werde vor Begeisterung in Tränen ausbrechen, wenn sie seinen Namen erfuhr.

Er hörte Amy eine Frage stellen, um die er sie nicht gebeten hatte.

# 47

„Warum wollen Sie Ihren Sohn kennenlernen?"

Naomis blasse Lippen begannen Worte zu formen, die aber nicht zu hören waren.

„Wie bitte?", fragte Amy noch einmal. Sie trat ganz nahe an die zerbrechliche, kleine Frau. Das Wispern war unverständlich, aber Naomi griff nach Amys Arm und zog sie, die einen guten Kopf größer war, zu sich herunter. Sie roch wie die Gewürze in einem indischen Restaurant und ihre Wange war kalt. Amy verstand, was Naomi sagte, die weiterredete und keine Anstalten machte, sie wieder loszulassen.

Auf dem Flur polterte es. Naomi sprang von Amy weg. Die Tür wurde aufgestoßen und ein Monster von einem Mann platzte herein. Das Leder seiner Jacke und seiner Hose hatte Mühe, die Massen seines Bauches zu halten. Bart und Haare hingen lang und fettig herab.

Robert Dalter legte schützend den Arm um Amy.

„Wer sind die? Habe ich dir nicht verboten, jemanden in meine Wohnung zu lassen, du Miststück!" Breitbeinig bewegte sich der Mann auf Naomi zu, die schützend die Hände hob und sich wegbeugte, als wolle sie Schlägen entgehen.

Louisa Nisson trat energisch neben die kleine Frau.

„Wir gehen schon. Und Naomi wird uns begleiten. Sie muss nur schnell zusammenpacken."

„Die geht nirgendwohin. Die bleibt!", brüllte der Mann.

„Rufus!", flüsterte Naomi flehend.

Amy wollte hinaus. Nur hinaus. Sie sah an Rufus rechter Hand einen Schlagring aus Stahl mit spitzen Stacheln blitzen. Sie kannte solche Dinger. Ein Junge aus ihrer Schule hatte einmal so einen Ring mitgebracht, der ihm sofort von Zeus abgenommen worden war.

„Haben Sie viel hier?", wollte Louisa Nisson von Naomi wissen.

Sie schüttelte kaum merklich den Kopf, noch immer geduckt und in Angst vor Schlägen.

„Hinaus", sagte Mrs Nisson zu Rob und zog Naomi mit sich.

Zwischen ihnen und der Tür stand Rufus und streckte den Bauch vor.

„Sie geht nirgendwohin. Aber ihr verzieht euch, sonst ..." Drohend riss Rufus die Faust mit dem Schlagring in die Höhe und richtete die Spitzen auf Naomi.

# 48

Matt warf sich von vorne gegen Rufus, stolperte aber nur durch ihn hindurch und blieb hinter ihm stehen.

„Macht, dass ihr rauskommt!", wiederholte Rufus knurrend. In Naomis Richtung bellte er: „Du ab ins Schlafzimmer!"

Obwohl er wusste, wie sinnlos es war, sprang Matt Rufus von hinten an und versuchte, seine Arme um den Stiernacken zu legen und ihn zu würgen. Es war so, als würde er in Rauch fassen. Doch nicht Rufus war aus Rauch, sondern Matt.

Naomi wand sich aus Mrs Nissons schützendem Arm.

„Ich … es … es tut mir leid, Rufus. Ich mache es bestimmt nie wieder. Die Leute waren so freundlich. Sie haben mir etwas gesagt, wegen …"

„Schnauze!", fuhr er sie an. „Halt's Maul!"

Furchtsam zuckte Naomi zusammen und machte sich noch kleiner.

Rob drückte Amy an seine breite Brust, als wolle er verhindern, dass sie etwas Schreckliches sah. Er schien um ihre Sicherheit besorgt und streckte beschwichtigend eine Hand vor.

„Es ist alles in Ordnung … wir … wir gehen …!"

„Aber doch nicht ohne Naomi!", schrie Matt.

Amy zuckte zusammen. Sie hatte seinen Schrei natürlich gehört. Die Angst vor dem gewalttätigen Rufus aber machte sie

274

unfähig, etwas zu tun. Rufus meinte es ernst, da bestand kein Zweifel.

Louisa Nisson versuchte, Naomi erneut an sich zu ziehen, aber die zerbrechliche kleine Frau wich weiter nach hinten in den muffigen Raum.

Den Schlagring noch immer erhoben, öffnete Rufus mit der anderen Hand die Tür. Die Fremden schienen ihm kein weiteres Wort wert zu sein, nur ein kurzes Deuten mit dem Kopf, auf dem die verfilzten Haare speckig glänzten.

Um seinen Hals baumelte eine Kette aus breiten Gliedern, an der ein Totenkopf aus Metall hing. Er drehte sich jetzt und bleckte grinsend das Gebiss.

Vor Wut trat und schlug Matt nach allen Seiten, ohne dabei irgendetwas auszurichten.

Sehr langsam und Rufus keine Sekunde aus den Augen lassend, setzte sich Rob mit Amy in Bewegung. Amys Blick war voller Entsetzen und Angst, blieb aber auf einmal auf dem schweren Ghettoblaster hängen. Sie fixierte ihn wie ein kleines Kind ein Spielzeug im Schaufenster.

Der Apparat stand auf dem Tisch, schräg neben Rufus.

„Wirf ihn", hörte Matt Amy gerade so laut sagen, dass er es aufschnappen konnte.

Aber er konnte nichts werfen. Was meinte sie?

Rob und Amy hatten fast die Tür erreicht, Louisa Nisson folgte ihnen mit schleichenden Schritten, als wäre sie in einem Löwenkäfig und dürfte das Raubtier nicht reizen.

Matt richtete seine Augen und seine Gedanken nur auf das Gerät mit dem dunkelgrauen Gehäuse und den Lautsprechern an den Seiten. Er schloss die Lider halb und lenkte seine gesamte Konzentration wie einen gebündelten Energiestrahl auf das abgeschlagene Gerät, an dem unappetitliche Spuren von Essen klebten.

Rufus' massiger Körper war wie versteinert. Er bewegte nur die Faust mit dem Schlagring.

Matt fühlte den Kontakt mit dem Gerät. Das Ding war schwer, aber als Matt den Kopf bewegte, ruckte auch der Ghettoblaster. Es war keine Zeit mehr für langes Zögern. Matt ließ den Kopf schräg nach oben schnellen. Der eckige Kasten wurde in die Höhe gerissen, flog durch die Luft wie von gigantischen Kräften geworfen und traf Rufus seitlich am Schädel.

Es gab ein Knacken und Rufus stöhnte auf. Als hätte jemand die Knochen aus seinen Beinen gezogen, sackten sie ein und der Koloss kippte zur Seite. Bewusstlos blieb er liegen.

„Schnell, Naomi!", rief Amy und winkte der kleinen Frau.

Diese stand unter Schock und konnte nicht fassen, was geschehen war. Louisa Nisson lief zu ihr, packte sie am Handgelenk und zog sie hinter sich her. Naomi hielt sich am Türrahmen fest und wollte nicht weiter.

Noch immer bewegte sich Rufus nicht. Die Wunde an seiner Schläfe war klein, mehr ein Kratzer. Sein mächtiger Bauch hob und senkte sich flach. Er atmete also und lebte.

Naomi raffte flink die Bilder von den Wänden und warf sie in den Karton mit den Farben. Sie packte ihn mit beiden Händen und folgte der Journalistin, die in der Diele auf sie wartete. Wie ein Storch musste Naomi über Rufus' ausgestreckte Beine steigen. Bei den halb offenen Stiefeln verharrte sie kurz, drehte sich zurück, spuckte ihn an und schnaubte triumphierend.

„Bravo!", sagte Matt.

Er blieb noch in der verlotterten Wohnung und bewachte Rufus.

Von der Straße kamen das Schlagen der Wagentüren und das Starten des Motors.

Benommen versuchte Rufus sich aufzurichten. Vor Schmerz verzog er das hässliche Gesicht. Er würde eine halbe Kiste Aspirin benötigen, bevor er weiter herumpoltern konnte.

Matt war mit sich zufrieden, als er durch den Erker davonschwebte.

# 49

**Amys Ohr schmerzte.** Sie hatte mindestens
zwei Stunden mit Tanja telefoniert. Ungewöhnlich an dem Gespräch war, dass Tanja immer
wieder die Luft angehalten hatte. Das war ihre
einzige Möglichkeit, sich selbst daran zu hindern, ohne Pause zu reden. So bekam Amy tatsächlich die
Chance, auch zu Wort zu kommen und von all dem zu erzählen, was da auf sie eingestürzt war.

„Ich fühle mich, als wäre das heute ein ganzer Monat gewesen, nur in einen Tag hineingepresst."

Tanja betonte, wie gut sie das nachfühlen könne. Sie fragte
sogar schüchtern, ob sie vielleicht auch erzählen solle, was sich
in der Schule abgespielt hatte.

Amy zögerte. Wollte sie es wirklich erfahren? Konnte sie das
heute noch ertragen? Sie rollte sich auf den Rücken, nahm den
Hörer in die andere Hand und lauschte. Natürlich redete
Tanja los, ohne ihre Einwilligung abzuwarten.

„Kristin hat geheult. Den ganzen Tag. Und ich habe ständig
versucht, bei dir zu Hause und auf deinem Handy anzurufen,
aber du bist nicht drangegangen."

Eine Erklärung dazu ersparte sich Amy.

„Kristin ist sogar in den Stöckelschuhen durch die Schule
gelaufen, weil sie vor lauter Aufregung vergessen hat, sie aus-
zuziehen. Aber sogar Zeus war durcheinander, als wäre er vom

Olymp gefallen. Er hat Kristin nicht zurechtgewiesen, obwohl sie ein paar Mal an ihm vorbeigeklappert ist."

„Aber warum hat sie geheult?", wollte Amy wissen.

Tanja schnaubte. „Weil sie eine Krise hatte. Sie liebt Matt und du sollst ihn doch halb umgebracht haben. Aber sie mag dich doch auch so gerne und bewundert dich, weil du immer so ruhig bist und immer weißt, was du tun sollst."

Meint die mich?, fragte sich Amy insgeheim.

„Sie war zerrissen. Ich sag es dir ja, in der totalen Krise. Dazu dann auch noch Fiona, die du vergessen kannst. Sie hat noch geklotzt und mit irgendwelchen Leuten angegeben, die ihr schon am Samstag gesteckt hätten, dass du Matt fertiggemacht hättest. Sie meint, du bist so gut wie tot und am besten, ihr wandert aus. Sie hat sogar Zeus gefragt, ob dein Spind schon geräumt worden ist. Also, Fiona kannst du für alle Zeiten abschreiben. Ich freue mich schon auf ihr Gesicht, wenn sie morgen in der Zeitung liest, wie es wirklich war."

Natürlich hatte Amy ihrer besten Freundin von dem Interview erzählt, das sie Louisa Nisson gegeben hatte, und auch von der Begegnung mit Naomi.

Noch im Nachhinein beleidigt meinte Tanja: „Also mir hättest du das alles schon beichten können. Ich bin beleidigt, weil du mir nichts gesagt hast."

„Ach, Tanja, du weißt gar nicht, wie es in mir gebrodelt hat. Ich war völlig verzweifelt und richtig froh, dass die Wahrheit endlich ans Tageslicht kam!" Diese Sätze hatte Matt ihr zugeflüstert, als guten Rat, wenn sie gefragt würde, wieso sie alles so lange für sich behalten hatte. „Ich stand unter Schock. Du hast es doch selbst erlebt in der Schule."

Dafür wiederum hatte Tanja volles Verständnis.

„Kommst du morgen in die Schule?", wollte sie wissen.

Nein, Amy würde nicht zur Schule gehen. Erst wieder am Donnerstag. Noch in dieser Nacht würde sie mit ihren Eltern nach Schottland fliegen und dort zwei Tage in einem Schloss ausspannen, das einem Kollegen von Henry gehörte. Dort würden sie absolut ungestört sein und könnten allen Versuchen, noch ein Interview oder Fotos von ihr zu bekommen, aus dem Weg gehen.

„Übrigens will Mrs Franc, dass wir Jacqueline wieder besuchen", berichtete Tanja. „Sie hat bei Ma angerufen und gesagt, Jacqueline sei gestern Abend richtig gut drauf gewesen."

Gestern Abend! Für Amy fühlte es sich an, als wäre das vor einem Jahr gewesen.

Auf einmal brannte ihr eine Frage auf der Zunge, die sie unbedingt loswerden musste. „Hat David dich angequatscht?"

Einer der seltenen Momente trat ein, in denen Tanja verlegen war. Ungern gab sie es zu: „Ja, hat er. Und er hat mich eingeladen. Ich gehe mit ihm auf den Schulball." Schnell fügte sie hinzu. „Ist das schlimm für dich? Ich meine, wenn du es nicht möchtest …"

Aber darum ging es doch nicht. „Schon in Ordnung", sagte Amy.

„Jetzt hast du niemanden, was?" So eine Frage konnte in dieser Art wirklich nur Tanja stellen. Amy verzog das Gesicht. „Nein, ich habe niemanden", bestätigte sie.

Bestimmt wäre das Telefonat noch eine Stunde weitergegangen. Der Akku des Funktelefons teilte aber mit aufgeregtem Pfeifen mit, dass er gleich leer sein würde. Die Mädchen ver-

280

abschiedeten sich voneinander. Am Donnerstag, spätestens am Freitag würde Amy wieder zur Schule kommen.

Nachdem sie aufgelegt hatte, rollte Amy sich zur Seite, setzte sich auf und stieg aus dem Bett. Sie fühlte sich plötzlich fremd in ihrem Zimmer. Wie in einem Schuh, den sie gerne getragen hatte, der aber auf einmal nicht mehr passte. Weil sie einen anderen anprobiert hatte, der besser saß.

Gab es das?

An der zarten Wärme auf ihrem linken bloßen Arm spürte sie seine Nähe. Sie drehte sich um und hob grüßend die Augenbrauen. Er hatte den Kopf schief gelegt und lächelte stolz.

„Vor diesem Rufus ist sie jetzt sicher", sagte Matt.

Amy malte mit den nackten Zehen auf dem Teppich herum. „Und? Wie geht's dir?"

„Gut."

Das war alles?

„Mehr nicht?"

„Gut. Ist doch gut. Was soll sonst sein?"

„Du kennst sie jetzt. Du weißt, wieso sie es getan hat."

Neben ihr stehend, zeichnete auch Matt mit der Schuhspitze das Kringelmuster des Teppichs nach.

„Jaja, ist alles klar. Musste wohl so sein."

„War so", verbesserte ihn Amy.

„Rob ist ganz wichtig und umsorgt sie. Er hat sogar so einen Psychodoktor geholt, der ihm hilft, Naomi beizubringen, wer ich bin und wie reich ich bin und dass sie keine Not mehr leiden wird, weil er sich um sie kümmert. Er hat ihr aber noch nicht gesagt, dass ich – also mein richtiges Ich – dass ich nicht mehr lange ... also dass ich ..." Er brach ab.

Obwohl Amy ihm zuhörte, wanderten ihre Augen ständig über die Möbel: über den Schreibtisch und den Stuhl, die mit dem mattweißen Anstrich und den goldenen Verzierungen viel besser in ein Rokokoschloss passten als in ein gewöhnliches Haus in Bromley South.

„Wollte ich dich schon die ganze Zeit fragen: Stehst du echt auf diesen Kitsch?", kam es von Matt. „Ich meine, hier sieht es aus wie bei einem kleinen Mädchen, das Prinzessin spielt."

Amy lachte leise. „Ich glaube, das ist es. Der Teppich mit der Krone, der Stuhl und der Schreibtisch. Hat mir alles Henry geschenkt. Ich glaube, die Möbel sind sogar echt und wertvoll. Er hat immer gesagt, sie wären einer Prinzessin würdig. Ich habe doch früher so gerne Prinzessin gespielt."

Sie ließ sich rittlings auf dem Stuhl nieder und stützte Arme und Kinn auf die Lehne. „Beim Spielen habe ich mir immer vorgestellt, dass eines Tages ein König kommen wird und mich auf sein Schloss holt. Zur Probe musste ich hier als Aschenputtel leben, als Belohnung für mein gutes Betragen durfte ich dann wieder Prinzessin sein."

„Kitsch!", bemerkte Matt trocken.

„Hat mir aber gutgetan!", entgegnete Amy. „Jetzt will ich das Zeug jedoch nicht mehr. Ich werde Mam um neue Möbel bitten. Erwachsenere Möbel."

Matt deutete auf die geschlossenen Vorhänge. „Die Fotografen sind fort."

„Dieser Kollege von Henry hat das erreicht. Keine Ahnung, wie er das gemacht hat."

„Prinzessin Amy", sagte Matt mit mildem Spott. „Prinzessin Amy, die auf ihren Märchenprinzen wartet."

Amy wackelte verneinend mit dem Zeigefinger. „Kein Prinz! Der König selbst musste es sein!" Sie sprang auf und trat an das geschlossene Fach eines Regals. Bevor sie aufsperrte, sagte sie voll Vertrauen zu Matt: „Ich zeige dir etwas, was sonst niemand kennt. Du darfst aber nicht lachen oder dich darüber lustig machen."

Matt hob die rechte Hand wie zum Schwur.

Von der Unterseite des Schreibtisches löste Amy den angeklebten Schlüssel für das Fach. Behutsam, als wäre sie zerbrechlich, zog sie die Schatztruhe heraus, nahm die Kette von ihrem Hals und sperrte das goldene Umhängeschloss auf. Als es endlich aufgesprungen war, nahm sie es ab und legte es zur Seite. Mit beiden Händen klappte sie den Deckel hoch und betrachtete den Inhalt der Truhe.

„Seit damals, als Miss Bixi verschwunden ist, hat er mich immer beschützt." Sie nahm einen Stapel selbst gemalter Bilder heraus. Langsam blätterte sie die Werke für Matt durch. Sie zeigten alle einen Engel mit weißen Flügeln. Die ersten Bilder waren noch Kritzeleien eines Kindergartenkindes, die letzten sorgfältig ausgeführt und sehr realistisch.

„Der hat ja Shorts an! Und ein Rolling Stones-T-Shirt!", stellte Matt fest.

Amy nickte.

„Wieso trägt er Shorts?"

Wortlos deutete Amy auf seine Lochjeans und das ausgeleierte weiße T-Shirt.

„Eins zu Null für dich."

Normalerweise nahm Amy die Bilder nie heraus, sondern legte nur ein neues, das sie von ihm angefertigt hatte, dazu.

Nur bei sehr seltenen Gelegenheiten, wenn sie Trost brauchte und er nicht erschien, betrachtete sie die Zeichnungen. Alle auf einmal aber hatte sie noch nie in den Händen gehalten. Deshalb hatte sie wohl auch das gefaltete Zeichenpapier, das auf dem Boden der Kiste lag, in all den Jahren völlig vergessen. Es klebte so fest, dass sie mit den Fingernägeln den Rand loskratzen musste, bevor sie es dann endlich hochnehmen konnte. Sie faltete es auseinander und heraus fiel ein Foto.

Die Farben waren verblichen, die glänzende Oberfläche vielfach geknickt und ein Rand ausgefranst.

Jemand hatte die untere Hälfte weggerissen. Deshalb waren die beiden Leute auf dem Foto auch nur von den Knien aufwärts zu sehen. Die Aufnahme war an der Küste gemacht worden. Eine junge Frau in einem kurzen Strandkleid lehnte ihren Kopf an die Schulter eines Mannes, der in ihrem Alter war.

Sein Mund war von einem dichten Dreitagebart umrahmt und lächelte verschmitzt. Mit der Hand strich er sich Strähnen dunkler Haare aus der Stirn. Die Zusammenstellung seiner Kleidung tat in den Augen weh: lindgrüne Badeshorts mit orangefarbenen Seesternen, darüber ein T-Shirt mit dem Symbol der Rolling Stones, der aufgerissene Mund mit der herausgestreckten Zunge.

Die Frau war ihre Mutter.

# 50

Matt hatte sofort Angst, wieder etwas Falsches getan zu haben.

„Bist du o.k.?", erkundigte er sich besorgt.

Amy kniete auf dem Boden, hielt das Foto mit beiden Händen und schluckte ständig. Matt erkannte die junge Frau in dem sexy Kleidchen. Er hätte nie gedacht, dass sie jemals so etwas getragen hatte.

„Das ist doch deine Mam, nicht?"

Wieder schluckte Amy nur. Als sie sprach, war ihre Stimme sehr rau. „Sie hat damals viel weggeworfen. Ich kann mich erinnern. Sie hatte ihren Job in der Bank verloren und war so wütend. Und dann hat Mam gesagt, dass sie jetzt alles von ihm losgeworden ist. Ich glaube, sie hat gesagt, dass er mein Vater sei, aber diesen Namen nicht verdient. Ich muss es aus dem Papierkorb geholt haben."

„Dann ist das", Matt deutete auf den Mann neben ihrer Mutter, „dein Vater?"

Amy konnte den Blick nicht mehr vom Foto nehmen.

„Mein Engel war er."

Matt ertappte sich dabei, wie er sich umzusehen begann, ob Amys anderer Engel vielleicht auch im Raum stand. Ins Nichts starrend redete Amy leise weiter.

„Ich habe ihn mir nur ausgedacht. Weil ich so traurig war. Weil ich dachte, er würde mir helfen. Weil ich nicht wollte, dass Mam ihn wegwirft. Weil ich geglaubt habe, er könnte mich vor allem Schlimmen bewahren und glücklich machen." Sie biss sich auf die Lippe und zwinkerte heftig. Hastig wischte sie sich mit dem Handrücken über die Augen. „Ich habe nur mit mir selbst gesprochen!" Sie drehte sich zu Matt. „Ganz schön bescheuert, nicht?"

Ein wenig hilflos lächelte Matt. Er konnte doch nicht zustimmen.

„Aber es war so angenehm, ihn zu sehen und mit ihm zu reden. Auch wenn es ihn nie gegeben hat." Zweifelnd musterten ihre Augen Matt. „Habe ich dich auch nur erfunden? Bist du nur in meiner Fantasie?"

„Baby, ich bin echt. Kannst mir glauben", versicherte er ihr. „Kostprobe gefällig?" Er fixierte die offene Kiste auf dem Boden, lenkte all seine Gedanken in sie und nahm sich vor, sie quer durch das Zimmer über den Teppich rutschen zu lassen. Schon setzte sie sich in Bewegung und knallte ungewollt heftig gegen die Wand auf der anderen Seite. Der Deckel klappte zu. In Amys Gesicht standen gleichzeitig Trauer und Erleichterung. Sie seufzte tief. In ihr lief etwas ab. Es fühlte sich an wie Zahnräder, die lange Zeit eingerostet gewesen waren und sich nun wieder zu drehen begannen. Sie griffen ineinander und bewegten sich ohne jedes Rucken oder Haken.

„Was ... was wirst du weitermachen?" Matt machte eine flüchtige Handbewegung auf das Foto. Mit energischen Bewegungen zerriss Amy es. Einmal. Zweimal. Dreimal. Die Stücke bildeten schon einen dicken Stapel, deshalb teilte sie ihn und riss die beiden halben Stapel noch einmal durch. Das Gleiche tat sie mit allen Zeichnungen. Die Stückchen, von denen keines größer als eine Briefmarke war, schob sie zusammen, packte sie und verließ das Zimmer. Matt hörte die Tür in der Küche klappern, die in den Garten führte. Als Amy zurückkam, wusch sie sich die Hände.

„Vorbei!" Sie verkündete es ohne Wehmut. „Der Mann ist nur mein Erzeuger, wie Mam immer sagt. Mein Dad ist Henry. Er kümmert sich nämlich um mich und mag mich wirklich." Amy bückte sich, hob die leere Schatztruhe auf, stellte sie auf den Tisch und meinte: „Ich verschenke sie. Tanjas kleine Schwester freut sich bestimmt darüber."

„Äh ... Amy?"

Sie war sofort für ihn da.

„Amy?" Er musste sie danach fragen, fürchtete aber die Antwort.

„Ja?"

„Meine Flügel ... sind sie heller?" Wie um sich Mut zuzusprechen, sagte er: „Sie müssen heller sein. Sie müssen. Ich meine, das mit Naomi, das habe ich doch wirklich gut gemacht. Du findest das doch auch?"

„Ja, sehr gut!" Amy lobte ihn wie einen kleinen Jungen.

Zögernd drehte er sich um und zeigte seine Rückseite.

„Sag schon!"

Sie ließ sich zu lange Zeit. Mutlos lief er in eine andere Zimmerecke.

„Es sind einige dazugekommen. Nicht nur unten am Rand, sondern auf den ganzen Flügeln. Du hast ein paar weiße Streifen und Punkte."

„Ein paar, ein paar!" Ihm war zum Heulen zumute. „Sie müssen weiß sein. Ganz weiß. Aber was soll ich denn noch tun? Es klappt nicht. Es ist nicht gut genug, was ich tue. Aber sie haben mir auch nicht gesagt, was genau ich ‚in Ordnung bringen‘ soll, oder so.“

„Du musst wahrscheinlich einfach nur mehr tun. Noch viel mehr“, riet ihm Amy.

„Mehr? Ich habe meine echte Mutter getroffen, die mich einfach weggegeben hat. Ich habe geholfen, dass sie von diesem Schläger wegkommt. Sie lebt von jetzt an von meinem Geld. Was soll ich denn noch machen?“

Gereizt rannte er im Zimmer auf und ab.

„Noch etwas Gutes!“

„Ach ja, und was? Sag schon, ich nehme jeden Job an.“

„Da ist dieses Mädchen Jacqueline. Tanja und ich besuchen sie. Sie spricht seit vielen Jahren nicht. Die Eltern sind ziemlich fertig. Vor allem ihre Mam. Du bist doch ein Engel. Sei bei ihr und finde heraus, warum sie nicht spricht. Dann kannst du ihr vielleicht helfen. Wenn sie zum Beispiel wieder zu sprechen beginnt, dann wäre das schon ein Wunder. Deine Flügel könnten mit einem Schlag weiß sein.“

Matt hatte ihr sehr aufmerksam zugehört und war begeistert. „Wo ist diese Jacqueline? Ich mache das. Ich krieg das hin. Du wirst sehen. Ich muss das schaffen.“

Amy nannte ihm die Adresse und Matt flog sofort los.

Ein Engel im Einsatz, ging es ihm durch den Kopf.

Ein Engel mit letzter Chance.

# 51

**Wie am Ende der Welt** kam sich Amy vor. Gruneer Castle lag zwischen grünen Hügeln irgendwo im Nirgendwo. Die dicken Mauern hatten noch die eisige Kälte des Winters gespeichert und in den Zimmern schien es kühler zu sein als im Freien.

Ein heftiger Sturm hatte bleigraue Wolken gebracht, die mächtige Regenschauer niedergehen ließen. Selbst in den besten Regenjacken und den höchsten Fischerstiefeln, die bis zur Hüfte reichten, war ein Spaziergang nicht möglich.

Die ganze Familie Borrison hatte es sich deshalb vor dem Kamin in einem der Wohnräume gemütlich gemacht. Amy war sicher, dass früher einmal ganze Wildschweine auf der Feuerstelle gebraten worden waren. Groß genug dafür war sie allemal. Lord Gruneer persönlich, der Vater von Henrys Kollegen, hatte für seine Gäste schwere Holzscheite aufgeschichtet und ein Feuer entfacht, das gut wärmte.

Die Zeitung mit Louisa Nissons Artikel kam mit einem Tag Verspätung ins Schloss. Henry las ihn vor: Louisa Nisson hatte Amys Erzählung wortgetreu wiedergegeben. Darunter hatte sie ergänzend hinzugefügt, dass sie schon seit einigen Wochen von Naomis Existenz wusste und dass Matt sich geweigert hatte, mit ihr darüber zu sprechen. „Als Matt M am Vormittag des Unglückstages auf seine leibliche Mutter angesprochen wurde, leugnete er ihre Existenz. Am Nachmittag desselben Tages hatten ihn die eindringlichen und klaren Worte eines jungen Mädchens überzeugt, dass man in seinem Leben vor nichts davonlaufen kann. Tragisch, dass gerade in dem Moment, als er diesen wichtigen Schritt unternahm, der Unfall geschah. Beeindruckend, mit welcher Offenheit und mit wie viel Menschenverstand ihm ein zehn Jahre jüngerer Fan gegenübergetreten ist und ihm den Weg gewiesen hat."

Amy konnte dieses Lob nicht annehmen. Es stimmte doch gar nicht. So war es nicht gewesen im Hotel. Matt hatte ihr nur eingetrichtert, es so zu erzählen.

Amy lag auf einem langen Hocker vor dem Feuer und kuschelte sich in die flauschige Lammfelljacke, die ihr der Lord geliehen hatte.

Henry faltete die Zeitung ordentlich zusammen. „Wieso hast du uns diesen Teil eurer Begegnung eigentlich nicht früher erzählt?"

Es war zu spät. Amy hatte nichts, womit sie ihren Hals bedecken konnte, und die roten Flecken meldeten sich schon mit dem typischen Brennen. Verlegen nestelte sie am Rundkragen ihres Sweaters.

„Die Flecken werden auch vergehen", sagte ihre Mutter tröstend, die durchschaute, was Amy zu verbergen versuchte. „Genau wie dein Augenzucken."

„Das hast du auch bemerkt?", entfuhr es Amy.

Ihre Mutter lachte kurz. „Amy, ich bin deine Mutter. Mir entgeht nichts. Fast nichts."

Erst jetzt kam Amy zu Bewusstsein, was ihre Mutter gerade gesagt hatte: „Das Auge zuckt nicht mehr?"

„Nein. Völlig weg. Muss aber erst seit kurzer Zeit sein. Vor einer Woche habe ich es noch gesehen."

Sofort suchte Amy einen Spiegel und überprüfte es selbst.

Zwei gleich große Augen blickten ihr entgegen. Beide blau, kein sehr helles Blau, sondern ein tiefes, ungewöhnliches Türkis, aber fast ohne Grün.

Kein Lid zuckte. Amy strich sanft mit der Fingerspitze über die weiche Haut der Augenlider. Sie fühlte sich völlig entspannt an.

Der Rückflug war für Mittwochabend geplant, aber Henry riet, noch eine Nacht zu bleiben. Er hatte einen Anruf aus London erhalten.

„Es war dieser Presseberater", berichtete er. „Auf einmal ist er völlig begeistert über die Vorgehensweise, die wir gewählt haben, und über dein Interview. Andere Zeitungen schreiben die Geschichte ab und schmücken sie aus. Meine Sekretärin fühlt sich schon wie eine Maschine, die immer denselben Satz sagt: ‚Nein, Amy gibt keine weiteren Interviews.' Alle drei Minuten wird sie von irgendeinem Reporter angerufen." Das aber war noch nicht alles. „Mehrere Fernsehshows bieten dir hohe Geldbeträge für einen Auftritt. Dieser Berater möchte dich unbedingt in die besten Sendungen vermitteln. Wenn du mich fragst, der kassiert dafür eine ordentliche Provision. Aber ich überlasse es dir, ob du das möchtest."

Amy brauchte nicht lange darüber nachzudenken. Sie lehnte rundweg ab.

Was sie erzählt hatte, war eine erfundene Geschichte. Sie wollte diese Lüge nicht wiederholen.

Da vielleicht einige Reporter ihre Handynummer ausfindig

gemacht hatten, ließ Amy es lieber ausgeschaltet. Mittwoch-abend aber wollte sie mit Tanja sprechen und ging dazu in die Bibliothek. Kaum hatte sie Empfang, klingelte ihr Handy auch schon. Am Apparat war Tanja, die ihren üblichen Wasserfall an Worten auf sie niedergehen ließ.

„Amy, du kannst dir nicht vorstellen, wie fest ich zugeschlagen habe."

„Zugeschlagen? Wen hast du geschlagen?"

„David. Alle fünf Finger haben sich auf seiner Backe abgezeichnet. Ich weiß, ich habe damit etwas getan, wofür wir Frauen Männer verdammen. Aber ich sage dir, er hat es nicht anders verdient."

„Wieso? Was ist geschehen?"

„Dieser Dreckskerl kommt heute und sagt, es habe sich etwas geändert und er könne doch nicht mit mir auf den Schulball gehen."

„Hat er ein wichtiges Match oder so etwas?"

Tanja sog die Luft ein. „Ich habe natürlich sofort nachgeforscht und Robin gefragt. Der ist wirklich zu niedlich, denn er hat mir sofort gesagt, dass David dich zum Ball einladen möchte. Weil doch alle in der ganzen Schule nur noch über dich reden. David, dieser Drecksack, sagt zu Robin tatsächlich: ‚Die Nummer-eins-Frau für den Nummer-eins-Mann.' Na, da musste die Nummer-zwei-Frau zu ihm gehen und ihm eine Nummer-eins-Ohrfeige verpassen, dass er die Engel singen gehört hat."

Das mit den Engeln kam bei Amy nicht so gut an.

„Tut mir leid für dich", sagte sie schnell.

„Kristin und ich haben beschlossen, uns von Jungs nicht

abhängig zu machen. Das Diktat, dass ein Mädchen nur dann Wert hat, wenn es am Arm eines männlichen Wesens zum Ball erscheint, muss endlich gebrochen werden. Wir kommen allein und werden uns bestens amüsieren. Darauf kannst du dich verlassen."

„Gut!", sagte Amy.

„Kommst du auch? Du musst kommen. Dann sind wir drei. Die drei Mädchen, die den Jungs die kalte Schulter zeigen."

„Nein, ich komme nicht."

„Schade. Aber zu Jacqueline gehst du doch wieder mit? Wieso warst du eigentlich heute nicht in der Schule?"

Amy seufzte. „Tanja, ich habe dir doch gesagt, ich werde erst am Donnerstag oder Freitag wieder da sein. Für mich ist das alles ziemlich viel."

„Gut, am Freitag. Dann quatschen wir am Freitag weiter. Aber spätestens. Und falls du David auch nur einen winzigen Blick gönnst, rede ich nie wieder ein Wort mit dir. Also jedenfalls eine ganze Woche nicht."

Als Amy auflegte und zurück in den Wohnraum trat, musste sie lachen. Tanja blieb Tanja.

Ihr Handy vibrierte erneut und spielte ein bisschen leiernd die Melodie von „Trust me". Auf der Anzeige stand eine Nummer, die Amy nicht kannte. Sie lief zum Kamin und reichte ihrer Mutter das Handy. „Kannst du bitte fragen, wer dran ist? Ich möchte nicht auf so einen Reporter reinfallen."

Ihre Mutter nickte und hob ab. „Ah, du bist es, warte, ich gebe dich weiter an Amy." Mit den Lippen formte sie den Namen ,Robin'.

Robin?

Woher hatte Robin ihre Nummer? Er rief sie nie an. Amy verließ den Wohnraum und ging zurück in die Bibliothek. Im Gehen redete sie schon.

„Hallo! Große Überraschung!"

„Ha... hallo Mi... Mimi! W... W... Wie g... g... geht's dir?" Robins Stottern war schlimmer als sonst.

„Ach, ich bin in Schottland mit meinen Eltern. Wegen des ganzen Trubels."

Sie konnte Robin am anderen Ende der Leitung heftig nicken sehen. „Ja, jaja, g... g... großer Trubel. Fernsehen war vor der Schule. Ha... haben uns gefragt ü... ü... über d... dich. Fi... Fiona hat behauptet, deine be... beste Freundin zu sein."

„Vorgestern hat sie noch verlangt, mein Fach müsse ausgeräumt und ich von der Schule verbannt werden."

Robin lachte kurz. Danach wusste er offenbar nicht weiter.

„Hallo, bist du noch dran?"

„J... ja ... ja!"

„Hast du auch ein Interview gegeben? Du kennst mich schließlich wirklich. Länger als alle anderen."

„Oh", machte Robin geschmeichelt. Amy ahnte, dass sein Sprachfehler ihn abgehalten hatte. Schließlich rückte er mit seinem Anliegen heraus. „M... m... meine Mutter hat mit d... d... d... deiner gesprochen und ich ... also ... deine Mu... Mutter wollte ... d... dass ich dich zum Schulball einlade."

„Nein." Amy ächzte gequält. Wieso mischte sich ihre Mutter da ein?

Schnell sagte Robin: „I... ich weiß o... o... ohnehin, d... d... d... dass du nicht mit mir g... g... gehst. Sondern mit David gehen wi... wirst."

„Nein, ganz bestimmt nicht!", brauste Amy auf.

Das überraschte Robin. „Nicht?"

„David kannst du vergessen. Der verscherzt es sich gerade mit jedem Mädchen."

„A... ach ... wirklich? Amy ... nur ... also ... nicht, weil unsere Mams es so wollen. I... ich ... ich würde ... so g... gerne mit dir hingehen. B... bitte sag Ja."

Amy konnte es nicht fassen. „Robin, meinst du das ernst? Also, willst du das wirklich? Oder möchtest du nur meiner und deiner Mam einen Gefallen tun?"

„Nein!"

Sie nahm das Handy vom Ohr, weil er so laut schrie.

„Aber ich kann nicht."

Er winselte wie ein Welpe. „Wieso ... Mimi ... wieso? W... w... weil ich ...?"

„Nein, hat nichts mit dir zu tun. Aber ich kann doch nicht auf den Ball gehen. Nach dem, was war."

„Du ... bist ... d... d... d... der Star h... hier! Zeus hat heute eine Schulversammlung einberufen und d... dich vor allen gelobt. Du ... bist ... sozial ... kompetent ... oder so."

Noch immer hatte sie ihre Zweifel.

„Mimi ... b... b... b... bitte."

„Ich ... ich schlafe drüber. Morgen melde ich mich."

„Schön!" Sie hörte das Strahlen in seiner Stimme.

Sie redeten noch über das Wetter, das in London so scheußlich war wie in Schottland, dann verabschiedeten sie sich.

„... never again will it be, as it used to be, never, never, never again!", sang Amy leise. Nichts war mehr wie vor einer Woche. Gar nichts.

Sie fühlte sich fremd. Wie am ersten Tag in einer neuen Klasse mit lauter neuen Klassenkameraden.

Und KameradINNEN! – wie Tanja sofort verbessert hätte.

Natürlich hatte Amy oft an Matt gedacht. Seit zwei Tagen hatte er sich jedoch nicht mehr blicken lassen. Wieso blieb er ihr auf einmal fern?

Donnerstag, Freitag, Samstag!

Nur noch drei Tage. Was würde dann am Sonntag mit ihm geschehen?

Bitte komm, bat sie ihn im Stillen. Sie hatte Sehnsucht nach ihm. Nicht nach Matt M, sondern nur nach Matt.

# 52

Spukhaus nannte Matt das Haus der
Francs. In den Zimmern lag ein kühles Schweigen. Es hatte bestimmt auch mit Jacqueline zu
tun. Sie glitt wie auf unsichtbaren Schienen durch
den Tag. Mehrere Stunden am Morgen saß sie mit ihrer Mutter am Tisch im Esszimmer und wurde von ihr in Geschichte,
Literatur, Geografie, Physik, Chemie und allen anderen Schul-
fächern unterrichtet.

Stumm schrieb Jacqueline in ihre Hefte, las ihre Schulbü-
cher, verfolgte aufmerksam den Vortrag ihrer Mutter, nickte,
wenn sie alles verstand, und hob fragend die Augenbrauen,
wenn ihr etwas unklar war.

Noch nie zuvor hatte Matt eine so enge, so winzige Handschrift gesehen. Die blaue Tinte verschwamm an manchen Stellen, weil die Buchstaben, die aus winzigen Schlingen und
Schlaufen bestanden, so dicht aneinandergesetzt wurden.
Jacqueline konnte auf eine Seite so viel schreiben wie andere in
ein halbes Heft.

Da sie Fragen ihrer Mutter nicht mündlich beantwortete,
musste sie sie als Hausaufgaben schriftlich erledigen. Sie tat es
ohne Widerspruch, ohne Trödeln, sehr effizient und schnell.

Den Nachmittag verbrachte sie mit Lesen und Zeichnen. Im
Fernsehen wählte sie nur Kinderprogramme aus, am liebsten
Zeichentrickfilme.

Mr Franc arbeitete von zu Hause aus. Sein Büro lag im Erdgeschoss. Es war ein großer Raum, in dem penible Ordnung herrschte. Seine Frau durfte staubsaugen und wischen, musste dabei aber jeden Zettel, jedes Buch und jede Zeitschrift an genau denselben Platz zurücklegen.

Weiße Hemden schienen Mr Franc besonders wichtig zu sein. Er besaß einen ganzen Schrank voll. Meistens wechselte er seines bereits am frühen Nachmittag zum ersten Mal.

Es schien, als wäre Jacquelines Vater eine Art Online-Banker, der Geldgeschäfte an allen großen Börsen auf der ganzen Welt über das Internet abwickelte. Er war immer sehr in seine Tätigkeit vertieft.

Der Morgen, der Mittag und der Abend gehörten seiner Familie. Alle Mahlzeiten wurden gemeinsam eingenommen. Meistens berichtete Dorothee Franc von Jacquelines Fortschritten im Unterricht und ihr Mann nahm die Neuigkeiten wohlwollend zur Kenntnis.

Die Francs redeten ihre Tochter auch an, stellten ihr Fragen oder versuchten ihr Bemerkungen zu entlocken, als würde sie sprechen. Sie hatten sich wohl nicht damit abgefunden, nie mehr ein Wort von ihr zu hören.

Matt verbrachte den ganzen Dienstag und den gesamten Mittwoch bei der Familie. In der Nacht stand er neben Jacquelines Bett und beobachtete ihren Schlaf. Ihr Zimmer war noch viel kindlicher als das von Amy. Rosa und Weiß waren die vorherrschenden Farben. Es gab ein Puppenhaus und ein Miniatursofa mit einer großen Puppenfamilie. Neben ihrem Bett türmten sich Kuscheltiere. Auf dem Nachtkästchen brannte eine gedämpfte Nachtlampe, die bläuliches Licht verstrahlte.

Sie war nicht die Einzige: Auf dem Regal und dem Schreibtisch standen weitere Lampen, in denen sich bunte Folien drehten. In den Ecken des Zimmers leuchteten schwache Glühbirnen in schlanken Stehlampen. Damit die Helligkeit Jacqueline beim Schlafen nicht störte, waren dünne lila Tücher über die Lampen geworfen, die das Licht dämpften.

Matt hätte in dieser Helligkeit niemals ein Auge zubekommen. Jacqueline aber konnte sich nur dann beruhigt zurücklegen, wenn ihre Mutter alle Nachtlampen eingeschaltet hatte.

Erst am Mittwoch stieß Matt auf eine Erklärung, wieso ihm der Aufenthalt im Haus Unbehagen verursachte. Draußen auf der Straße rollte ein Lautsprecherwagen vorbei. Musik dröhnte blechern und eine Stimme lud zum Besuch eines Zirkus auf der Wiese hinter dem Supermarkt ein.

Die Eltern von Jacqueline hörten nie Musik. Bei ihnen spielte kein Radio und keine CD. Der einzige CD-Player, den es im Haus gab, stand im Wohnzimmer und wurde ausschließlich von Jacqueline benutzt. Aber auch das nur ganz selten. Einmal hatte sie sogar eine von Matts CDs aufgelegt, allerdings die melancholischste von allen. Er hätte ja für sie gesungen, hätte sie ihn gehört. Aber er war nicht einmal sicher, ob Jacqueline das gewollt hätte.

Egal, wie nahe er auch an sie herantrat, immer lag ein tiefer Spalt zwischen ihnen. Gab es überhaupt eine Möglichkeit, ihn zu überbrücken? Ein Mädchen wie Jacqueline war ihm noch nie begegnet. Matt kam es so vor, als sei sie von einer dicken, undurchdringlichen Hülle umgeben.

Im Spiegel der Vorhalle betrachtete Matt mehrere Male am Tag seine Flügel. Er verdrehte den Kopf, bis es in seinem Nacken knackte, und versuchte die weißen Federn, die zwischen den schwarzen eingesprenkelt waren, zu zählen. Am Mittwochmorgen glaubte er, sieben mehr zu sehen. Als die Francs beim Lunch saßen, kam er aber auf neun weniger als morgens. Später am Nachmittag verzählte er sich mehrere Male, gab schließlich auf, um in der Nacht noch einmal vor den Spiegel zu treten und seine Schwingen kritisch zu mustern.

Wenn er ehrlich zu sich selbst war, änderte sich überhaupt nichts. Aus welchem Grund auch? Hatte er irgendetwas ausrichten können?

Nichts!

Dabei war er, als Amy ihm von Jacqueline erzählte, voller Hoffnung gewesen. Er war doch so etwas wie ein Engel, auch wenn seine Flügel noch großteils schwarz waren. Engel beschützten Menschen und halfen ihnen. Er hatte sich vorgenommen, Jacqueline zum Sprechen zu bringen ...

... und er hatte keinen blassen Schimmer, wie er es anstellen sollte.

Sie war stumm. An ihren Stimmbändern lag es nicht. Sie hatte irgendwann einfach beschlossen, nichts mehr zu sagen.

Wenn er den breiten schwarzen Streifen auf seinen Flügeln sah, hatte er Lust, Jacqueline an den Schultern zu packen und zu schütteln, bis sie endlich etwas sagte.

Nur ein paar Worte und er war sicher, seine Flügel würden weiß werden. Er wusste es. Er war überzeugt davon. Weil er dann bewiesen hatte, dass ... dass was?

Was hätte er damit bewiesen?

Was für ein feiner Kerl er war?

Ging es darum?

War er nicht schon nett genug gewesen? Hatte er nicht Amy ein paar gute Tipps gegeben? Und hatte er nicht Naomi geholfen, ihrem brutalen Freund zu entkommen?

Seinen düsteren Gedanken nachhängend, hockte er auf der Treppe der Francs, den Kopf in die Hände gestützt. Oben lag Jacqueline in ihrem hell erleuchteten Zimmer im Bett und unten saß Mrs Franc vor dem Fernsehapparat im Wohnzimmer.

Nein, sie hatte abgedreht. Die Schlussmelodie einer Fernsehserie riss ab und Jacquelines Mutter trat in die Vorhalle. In ihrem geraden Gang bewegte sie sich auf die Treppe zu, genau dorthin, wo Matt hockte. Doch er musste nicht ausweichen. Sie würde ihn nicht bemerken.

In der Mitte der Halle blieb sie stehen, überlegte es sich anders und trat an die Tür zum Arbeitszimmer ihres Mannes. Leise klopfte sie an.

„Ja?", kam es von drinnen.

„George, darf ich reinkommen?"

„Ja."

Sie drehte den Knauf und schlüpfte durch den schmalen Spalt hinein.

Matt hatte auf einmal das Gefühl, ihr folgen zu müssen. Er erhob sich, streckte seine Arme und schüttelte die Flügel aus. Als wäre sein Unglück nicht schon groß genug, fiel ausgerechnet eine weiße Feder heraus. Er hob sie auf und ging mit ihr in der Hand hinter Mrs Franc her.

Das Arbeitszimmer war dunkel. Egal, ob bei Tag oder Nacht. Die Buchregale an den Wänden und die Möbel waren alle aus fast schwarzem Holz. Mr Franc saß in einem hohen Clubsessel aus Leder, neben sich eine Lampe, deren Licht auf das Buch in seinen Händen schien. Seine Frau stand neben dem Sessel. Sie spielte mit den Fingerspitzen wie ein kleines Mädchen, das ein Geständnis machen musste.

„George, wir können Jacqueline nicht von allem abschirmen, was draußen vor sich geht. Ich habe mich erkundigt ...“

Ohne aufzublicken, schnitt er ihr das Wort ab. „Dorothee, ich habe dazu meine Meinung gesagt, und an ihr hat sich nichts geändert.“

„Aber ich will, dass Tanja und das andere Mädchen Jacqueline wieder besuchen kommen. Es hat ihr Spaß gemacht.“

Mr Franc schloss sein Buch mit einem Knall. Seine Frau zuckte erschrocken zusammen. „Wir brauchen diese Almosen nicht. Wie oft muss ich dir das noch sagen?“

„Aber auch der Doktor meint, es sei höchste Zeit, Jacqueline in eine Schule zu geben. Es wäre der nächste Schritt in ihrer Behandlung. Ich habe mich erkundigt, es ist möglich.“

„Nein!“ Mr Franc schrie jetzt. Sein schwarzer Vollbart gab seinem Mund das Aussehen eines Tierrachens.

Seine Frau blieb kurz neben ihm stehen, trat dann aber an die Tür. Sie drehte sich noch einmal zurück. Sehr langsam und leise sagte sie: „Jacqueline spricht nicht mehr, seit ich damals für vier Wochen zur Kur war. Ich habe mir oft Vorwürfe gemacht, dass ich ihr diese Trennung zugemutet habe. Ich hätte die Kur in Schweden nicht machen sollen. Aber nur dort gab es die Behandlung für meine Haut, die ich brauchte.“

Mr Franc hielt das Buch mit beiden Händen und schlug es immer wieder auf sein Knie.

„Aber es kann auch andere Gründe haben. Wundert es dich nicht, dass sie niemals ...“

„Hör auf!", brüllte er los, noch immer sitzend.

„... dass sie niemals in das Zimmer gehen will", redete seine Frau trotzdem weiter.

„Was unterstehst du dich?" Mr Franc war aufgesprungen und schleuderte das Buch mit aller Kraft in ihre Richtung. Sie duckte sich und es knallte an den Türstock, von wo es zu Boden fiel. „Denk daran, dass du ohne mich nichts bist. Du hast keinen Beruf und kein Geld. Du brauchst mich. Ihr beide braucht mich. Wenn du noch einmal so mit mir redest, lasse ich deine Kreditkarten sperren. Dann musst du jeden Tag kommen und mich um Geld bitten."

Die Furcht machte ihr Gesicht faltig. Mrs Franc war innerhalb von Sekunden um zehn Jahre gealtert. In gebückter, demütiger Haltung verließ sie das Zimmer, ohne etwas zu sagen.

Was aber hatte sie andeuten wollen?

# 53

Er verheimlicht etwas! Henry setzte in seinem Beruf ein ausgezeichnetes Pokerface auf, an dem nicht abzulesen war, was in seinem Kopf vor sich ging. Gegenüber seiner Familie versagte diese Fähigkeit jedoch.

Sie befanden sich am Flughafen, kurz vor dem Abflug. Amy kam sich komisch vor mit der Sonnenbrille und der großen Kappe, die sie auf Wunsch ihrer Eltern tragen sollte. Doch als sie am Zeitungskiosk vorbeikam und ihr Foto vorne auf einigen glänzenden Magazinen sah, verstand sie den Sinn.

Wie es seine Gewohnheit war, hatte Henry einen ganzen Packen Zeitungen aus dem Ständer zusammengerafft und blätterte nun eine nach der anderen durch. Ihn interessierte nur Politik und Wirtschaft. Amy war mit ihrem Jane Austen-Roman fertig und hatte kein anderes Buch dabei. Deshalb bat sie Henry um die Teile der Zeitung, die er nicht las.

Aber er wollte sie ihr nicht geben.

Da war etwas, das sie nicht sehen sollte.

„Steht etwas Gemeines über mich drin?", wollte sie wissen.

Ausweichend schüttelte Henry den Kopf.

„Was ist es. Sag es. Bitte."

Auch ihre Mutter horchte jetzt auf.

„Sehr geehrte Passagiere, die Maschine nach London ist jetzt zum Einsteigen bereit", kratzte es aus den Lautsprechern.

„Später!", versuchte Henry sie zu vertrösten.

„Ich bleibe hier sitzen, wenn du es nicht sagst!", drohte Amy und meinte es ernst.

Henry gab sich geschlagen. „Es geht um Matt M. Sein Zustand ist sehr kritisch. Die Ärzte haben keine Hoffnung mehr."

Amy traf diese Meldung noch schlimmer, als Henry befürchtet hatte. Sie war drei Tage in einem Schloss gewesen, abgeschirmt von der Außenwelt, vertieft in eine Liebesgeschichte, die sie völlig gefangen genommen hatte.

Hätte sie Matt nicht helfen müssen?

Wie sehr er sie unterstützt hatte! Gab es nichts, was sie noch für ihn hätte tun können? Hatte sie ihn alleingelassen?

Zeigte er sich deshalb nicht mehr?

## 54

Durch jeden Raum war Matt geschritten. Er kannte alle Winkel des Hauses, sogar die Kammer unter der Treppe, in der Mrs Franc den Staubsauger verstaute. Auch in der Vorratskammer war er gewesen, und nicht einmal dort fand man auch nur ein Staubkorn auf den Konservendosen und Gläsern mit Kompott oder selbst gekochter Marmelade.

Im oberen Stockwerk, neben dem Schlafzimmer und dem Badezimmer, lag ein größerer Raum mit einem Erker und Fenstern nach hinten hinaus in den Garten. Mrs Franc benutzte ihn zum Bügeln. An der Wand neben der Tür standen Waschkörbe mit zerknitterter Wäsche, die sie Stück für Stück auf einem Bügelbrett glättete. Es war eine mühevolle Arbeit, da jeden Tag mindestens zwei Hemden anfielen, die ihr Mann perfekt gebügelt haben wollte. Falten an den falschen Stellen oder ein verdrückter Zipfel veranlassten ihn, das Hemd sofort wieder in den runden Schmutzwäschekorb zu werfen.

Am Nachmittag des Donnerstags stieg Jacqueline die Treppe hinauf. Sie schien in ihr Zimmer zurückzuwollen. Matt ging ihr nach, auch wenn er selbst nicht wusste, welchen Sinn es noch hatte, immer in Jacquelines Nähe zu bleiben.

So gerne wäre er wieder bei Amy gewesen. Doch er wollte noch nicht aufgeben. Den Auftrag, den er bekommen hatte, musste er allein zu Ende bringen. Das hatten diese Wesen, die alle mit einer Stimme redeten, bestimmt gemeint. Das wurde von ihm erwartet.

„Jacqueline?", hörte er Mrs Franc mit fragendem Unterton aus dem Bügelzimmer rufen.

Das Mädchen hatte den Fuß auf die letzte Stufe gesetzt und verharrte reglos.

„Könntest du mir ein bisschen helfen, Darling?"

Wie festgewachsen stand Jacqueline da.

„Komm bitte zu mir!"

Aber Jacqueline bewegte sich nicht.

Ihre Mutter trat aus dem Zimmer. Über einem blauen Kleid mit weißen Manschetten, das ein bisschen veraltet und zu fein für Hausarbeit war, trug sie eine Küchenschürze. „Jacqueline, komm. Du könntest mir wirklich sehr helfen."

Zum ersten Mal bemerkte Matt in Jacquelines Augen eine Veränderung. Sie öffnete sie weit.

Hatte sie Angst? Angst vor dem Bügeln?

Die sanfte Mrs Franc trat zu ihr und nahm sie fest am Handgelenk. Mit der anderen Hand umklammerte Jacqueline das Treppengeländer. Ihre Mutter versuchte sie loszureißen und mitzuziehen, aber Jacqueline sträubte sich.

Angestrengt keuchte Mrs Franc: „Jetzt – mach – schon – und – komm – mit!"

Aus Jacquelines Mund kam ein Laut wie von einer gequälten Katze. Sie warf sich mit dem ganzen Körper gegen ihre Mutter, die das Gleichgewicht verlor und gegen die Wand kippte. Dabei musste sie Jacqueline loslassen. Das Mädchen flüchtete in das Kinderzimmer und schlug die Tür fest hinter sich zu.

307

# 55

„Matt! Wo warst du so lange?" Aus
Freude über das Wiedersehen wollte Amy ihm
um den Hals fallen, stolperte aber durch ihn hindurch. Ein wenig verlegen fing sie sich ab und
trat wieder vor ihn. „Matt, ich will dir helfen.
Ich tu alles, was ich nur machen kann. Ich habe nur an mich
gedacht, wegen dieser Berichte in der Zeitung und …"

„Pssst!", machte er und legte den Finger an die Lippen.

„Und Matt, ich habe so ein schlechtes Gewissen. Weil ich
doch gelogen habe. Ich habe dir doch gar nicht wegen Naomi
ins Gewissen geredet. Ich habe dich nur noch wütender gemacht."

Matt schüttelte den Kopf und bedeutete ihr, ihn reden zu
lassen.

„Das mit Naomi wäre ohne dich nie so geschehen. Ist doch
egal, wann du mich drauf gebracht hast."

So hatte es Amy noch nicht gesehen. „Aber wo warst du?
Wieso bist du nie gekommen?"

Sie befanden sich in Amys Zimmer. Es war halb zehn Uhr
abends und Amy war erst vor einer Stunde nach Hause gekommen.

„Sie will nicht in das Bügelzimmer. Sie hat die Panik!",
platzte Matt heraus.

Aus der Hosentasche zog er die weiße Feder, die ihm gestern

ausgegangen war, und kratzte sich damit an der Nase. Danach steckte er den Kiel in den Mund und kaute darauf herum.

Matts Haare hatten sich verändert, fiel ihr auf. Statt der wilden Glatthaarfrisur kräuselten sich natürliche Locken auf seinem Kopf. Sie standen ihm gut. Seine weichen Züge waren kantiger geworden.

Amy setzte sich im Lotussitz auf das Bett. „Kannst du mir mehr erzählen?"

Matt lief beim Reden zwischen Tür und Fenster auf und ab. Er schilderte seine Eindrücke und das Gespräch zwischen den Francs vom Vorabend.

„Amy, ich muss sie zum Sprechen bringen. Es ist meine letzte Chance!", rief er. Verzweifelt wuschelte er sich mit beiden Händen durch die Haare, wischte sich über das Gesicht und kratzte sich am Bauch. „Es bleiben nur Freitag und Samstag. Ich weiß nicht, wann am Sonntag für mich Schluss ist. Es kann vielleicht schon früh morgens sein." Matt ließ sich auf den Teppich fallen. Zusammengesunken kauerte er da, kraftlos, mit hängendem Kopf. Als er zu Amy sah, zog sich eine tiefe Falte über seine Stirn. Seine Augen waren unendlich traurig. „Ich … ich werde es nicht schaffen. Es ist vorbei. Ich … ich kann das nicht."

Was sollte sie ihm zum Trost sagen? Amy fühlte sich hilflos. Wenn sie nur irgendetwas für ihn tun könnte.

Er zog die Beine an und schlang die Arme herum. Wie auf ein Kissen legte er die Wange auf die Knie. Langsam wippte er vor und zurück.

„Du bist so stark!", hörte sie ihn sagen.

„Ich? Stark?" Da musste Matt jemand anderen meinen.

„Vor einer Woche dachte ich noch, ich hätte alles im Griff und unter Kontrolle. Ich dachte, ich sei der Größte und Stärkste. Dich habe ich ausgelacht." Er zog lange durch die Nase auf und kratzte sich auf dem Rücken zwischen den Flügeln. Den Kopf ließ er dabei die ganze Zeit auf den Knien ruhen. „Aber es ist umgekehrt. Du bist stark. Bestimmt warst du das schon immer. In dir drin, stark und mutig."

Noch konnte Amy nicht glauben, was er da sagte.

„Ich war auch einmal stark. Und mutig. Damals, als ich noch mit den *Angry Alligators* getourt habe. Bevor ich Matt M geworden bin."

„Aber deine Songs sind stark. Und sie zu hören hat mir Kraft gegeben." Amy sagte es nicht nur, um ihm zu schmeicheln. Es war die Wahrheit. Die Worte der Lieder kannte sie alle auswendig, und wenn sie die Texte nachsang, dann spürte sie ein gutes, ein starkes Gefühl tief in sich.

Matt lehnte sich gegen die Wand.

„Wenn ich meine Songs schrieb, wenn ich sang, dann war ich der starke, mutige Matt von früher. Und sonst …?" Matt schüttelte über sich selbst den Kopf. „Weißt du, vor nur acht Tagen, vor dem Konzert am Trafalgar Square. Wenn ich daran denke, was mir durch den Kopf ging, als ich aufgewacht bin, was ich gesagt habe und wie ich dieses Zimmermädchen abgefertigt habe – es kommt mir wie ein anderes Leben vor."

Amy bewegten die letzten Worte. Sie sah, dass ihm sein Verhalten auf einmal bewusst wurde. Den Kopf weit nach hinten gebeugt kauerte er da und starrte zur Decke. Links und rechts liefen ihm die Tränen aus den Augen. Wie glitzernde Perlen fielen sie durch die Luft, ohne je auf dem Boden anzukommen.

Sie schob die Beine vom Bett, ging zu ihm, kniete sich nieder und betrachtete ihn. Vor ihr saß Matt, fast sechsundzwanzig Jahre alt – sein Geburtstag war in zwei Monaten –, gut trainiert und weltberühmt. Amy aber sah einen kleinen Jungen, der weinte, weil er bitter enttäuscht war – von den Menschen, denen er vertraut hatte, und besonders von sich selbst.

Langsam streckte sie die Hand aus und fuhr mit den Fingern die Umrisse seines Körpers nach. Sie streichelte ihn auf diese Weise, ohne ihn zu fühlen. Aber das war unwichtig. Immer wieder strich sie über seine Haare, seinen Hals entlang bis zu seinem Rücken, wo die Flügel ansetzten.

„Es wird alles gut", sagte sie beruhigend. „Es wird alles gut. Alles."

# 56

**Es tat so gut.** Matt genoss ihre Worte und ihre Stimme wie ein warmes Bad. Alles wird gut. Alles. Wo ihre Hand an ihm entlangglitt, glaubte er sie zu spüren.

Leise begann er zu sprechen: „Ich ... ich weiß nicht ... was mit mir geschehen wird. Wo ich hingehe. Am Sonntag ...“

Nun begann auch sie zu weinen. Sofort brach er ab. Er hatte ihr einfach sagen wollen, wie dankbar er ihr war und dass er sie nie vergessen würde. Aber vielleicht war am Sonntag für ihn alles zu Ende. Vielleicht gab es dann keine Erinnerung mehr. Außerdem machte er sie mit jedem Satz nur trauriger. Das wollte er nicht.

Matt spürte, dass sie ihn ansah.

„Du hast noch zwei Tage. Denk nach, ob du nicht noch etwas tun kannst. Etwas anderes vielleicht?“

Ratlos zuckte er mit den Schultern. Ihm fiel nichts ein.

„Mit dir singen, das würde ich gerne“, sagte er vor sich hin. „Es war stark. Können wir ans Klavier?“

Es klopfte an Amys Zimmertür. Henry steckte den Kopf herein. Amy fuhr hoch und lächelte verlegen.

„Ich dachte mir, dass du noch wach bist. Ich habe da ein Magazin mit Möbeln gefunden. Möchtest du sie mit mir ansehen? Damit wir bald neue Sachen für dein Zimmer bestellen können.“

Amy warf einen Blick zu der Stelle zurück, an der er gekauert hatte.

„Geh nur", hauchte er. „Ich muss auch los. Es ist besser so."

Henry räusperte sich. „Wenn du nicht mehr möchtest, dann nicht. Es muss nicht jetzt sein."

Ihr strahlendes Lächeln war für ihn, das Nicken auch. Matt wusste es. Sie hörte ihn in die Luft küssen, worauf sie noch mehr lächelte und dann Henry ins Wohnzimmer folgte. Matt stand auf, wandte sich zum Fenster und glitt in die laue Frühsommernacht hinaus.

Noch einmal den Duft der feuchten Erde, des Grases und der Blumen in den Beeten riechen. Alles erschien ihm wertvoller als die höchsten Geldbeträge, die er verdient hatte. Er musste über sich selbst lachen, wenn er an das Telefonat mit Rob dachte, an seinen Werbevertrag, für den er noch eine Million mehr gewollt hatte.

Schämte er sich? Oder erschien es ihm einfach nur so lächerlich und unwichtig?

Im Grunde war es egal.

Sollte er noch einmal an die Küste und das Meer? Oder in seinen Landsitz, wo Rob Naomi untergebracht hatte? Was hätte er dafür gegeben, Rob sagen zu können, dass er ein Kumpel gewesen war, ein prima Kumpel. Er wollte auch gerne Naomi etwas sagen, doch er wusste nicht, was es sein könnte. Noch immer war er wütend auf sie.

Eine Runde über das nächtliche London zu fliegen, wäre sicher auch etwas. Doch in dieser Nacht hatte er keine Lust. Seine Flügel hingen am Rücken wie ein Rucksack voller Steine.

Unentschlossen wanderte er im orangeroten Licht der Laternen durch die Straßen. Hinter einigen Fenstern sah er Leute, manche zogen die Vorhänge zu, andere warfen noch einen letzten Blick in den Garten, ein Paar küsste sich.

Matt kam sich so ausgeschlossen vor. Er lächelte nur traurig in sich hinein, als er aus einem Haus die Klänge seiner eigenen CD hörte.

Da ihm nichts anderes einfiel, kehrte er schließlich noch einmal in das Haus der Francs zurück.

Das untere Geschoss war dunkel, oben fiel Licht aus einem Zimmer.

Mrs Franc hatte einen Stuhl neben das Bett ihrer Tochter gerückt und hielt ihre Hand.

„Schlaf ein, Love, schlaf ein", sang sie, als würde sie ein Baby in den Schlaf singen.

Jacqueline lag auf dem Rücken und zitterte unter der Decke. Behutsam stopfte ihre Mutter die Ränder fest unter ihre Füße und ihre Seite. Sie fühlte Jacquelines Zehen und sagte fast vorwurfsvoll: „Jacquie, sie sind eiskalt. Warum frierst du so? Es ist doch eingeheizt."

Matt spürte die Wärme des Raumes. Er hätte nie bei solchen Temperaturen schlafen können.

„Ist es, weil Daddy fort musste? Er kommt sicher bald zurück, Love. Ganz bestimmt."

Jacqueline klapperte mit den Zähnen, so fror sie.

Was ging in ihr nur vor? Tonlos bewegte sie die Lippen. Matt beugte sich hinunter, um vielleicht etwas aufzuschnappen, was sie ganz leise sagte. Sein Ohr und die Hälfte seines Kopfes verschmolzen dabei mit Jacquelines Kopf.

In seinem Gehirn explodierten Bilder. Er schnellte hoch,

starrte Jacqueline mit weit aufgerissenen Augen an und schüttelte sich, als könnte er das, was er da gerade erlebt hatte, auf diese Weise loswerden.

Die Bilder waren erloschen, jedoch war Angst geblieben. Angst vor einem gigantischen Gewicht, das über ihm schwebte und jederzeit herabstürzen und ihn zerquetschen konnte. Dazu mischte sich ein zweites Gefühl, das mindestens so schlimm war. Aber was war es?

Vor Matt tauchten tausende Fans auf. Er fühlte sich auf der Bühne. Von oben sah er auf das Meer der Menschenköpfe hinab. Ihn erinnerte der Blick an das Konzert im Hyde-Park, zu dem fast 100.000 Leute gekommen waren.

Aber sie jubelten nicht. Sie starrten alle. Sie starrten ihn an. Jeder Blick, jedes Paar Augen quälte ihn. Er beugte sich vor und sah an sich hinab.

Er war nackt.

Matt stieß einen Schrei aus.

Es war wie das Erwachen aus einem scheußlichen Albtraum. Er atmete schnell und heftig. Noch immer starrte er ins Leere. In ihm tobte etwas, das er nicht verstand.

Auch wenn es für ihn schrecklich und schmerzhaft sein würde, er musste es noch einmal machen. Wieder senkte Matt die Seite seines Kopfes über das Gesicht des liegenden Mädchens. Sein Denken und sein Fühlen waren mit ihr verbunden. Matt kam sich vor, als säße er allein in einem riesigen Kinosaal, auf dessen Leinwand Jacquelines Film lief.

Er hielt es nicht aus. Er zuckte zurück.

Es war in ihr. In Jacqueline steckte Angst, steckte Scham, steckte ein grässliches Geheimnis.

315

Ein letztes Mal beugte Matt sich über sie. Er versuchte ihr Gedanken zu schicken. „Sag es! Du musst es erzählen! Sag es!", flehte er Jacqueline an. Sofort danach sprang er weg, um nicht erneut von ihren Ängsten getroffen zu werden.

Hatte sie ihn gehört? Konnte sie aufnehmen, was er ihr sandte?

Das Zittern flaute ab. Noch immer leise singend, strich Mrs Franc ihrer Tochter über die Hand. Sie wischte die Haarsträhnen aus Jacquelines Gesicht, die dort nass klebten. Jacquelines Körper entspannte sich. Sie schien tiefer in die Matratze zu sinken und atmete ruhiger.

Langsam fielen ihre Augen zu.

Sie war eingeschlafen.

Matt freute es, dass sie nicht mehr diesen Albtraum im Wachen hatte und Ruhe fand. Gleichzeitig war er sehr enttäuscht.

# 57

Zeus hatte sie am Schultor in Empfang
genommen wie eine Heldin, die von einem
großen Abenteuer zurückgekehrt war. Gleichzeitig hatte Henry hinter ihr zwei aufdringliche Fotografen verscheucht.

Der Unterricht hatte nur bis ein Uhr gedauert. Danach begannen die Vorbereitungen für den Ball. Amys Klasse hatte die
Aufgabe, mit einem brummenden Gerät, an dessen Unterseite
sich eine runde Polierbürste drehte, den Boden der Halle auf
Hochglanz zu bringen.

„Merkst du, wie dich alle anstarren?", fragte Tanja immer
wieder. Natürlich bekam Amy es mit, aber es war ihr sehr unangenehm und sie hatte beschlossen, es einfach zu ignorieren.

In jeder Pause war Kristin neben sie geflattert und hatte sie
angehimmelt, was Amy nur rote Flecken am Hals verursachte.
Sogar Fiona hatte sich herabgelassen und zu Amy gesagt:
„Nette Presse. Mein Vater meint allerdings, mit einem besse-
ren Presseberater hättest du noch weitaus größere Artikel kriegen können."

„Wir drei, Kristin, ich und du, wir machen den Ball gemeinsam unsicher", erinnerte Tanja Amy.

„Robin wird auch dabei sein. Er hat mich eingeladen",
musste Amy ihr gestehen.

Tanja nahm es leicht. „Ach, der zählt nicht so ganz als

317

Junge." Mit der flachen Hand schlug sie sich auf die Stirn. „Was rede ich da. Natürlich zählt er. Er hat dich eingeladen, also ist er ein vollwertiger Junge. Gratuliere. Wirklich, Amy. Ich bin ganz neidisch."

Da das Poliergerät höchstens drei Personen zur Bedienung brauchte, teilte Zeus Fiona, Kristin und ein drittes Mädchen der Klasse ein und schickte die anderen nach Hause. Fionas Entsetzen darüber, sich vielleicht einen der aufgeklebten Fingernägel abzubrechen, amüsierte Amy sehr und Tanja nicht weniger.

„Ich habe vereinbart, dass wir um fünf Uhr Jacqueline besuchen. Ist es dir recht?", fragte Tanja.

Amy hatte keine anderen Pläne. Sie war zweimal während der Schulstunden auf die Toilette gegangen, um Matt die Gelegenheit zu geben, für sie sichtbar zu werden.

Doch er war nicht erschienen.

Wenn er sie brauchte, würde er ihr ein Zeichen geben.

Am Nachmittag führte Tanja Amy ihr Kleid für den Ball vor – cremeweiß mit aufgenähten schwarzen Samtbändern – und präsentierte stolz ein schwarzes Haarteil.

„Mal etwas anderes", erklärte sie, „Ma wird es mir morgen zwischen meine eigenen Haare stecken und keiner wird sehen, dass die Haare nicht echt sind. Ich wollte immer schon mal langes Haar haben."

Natürlich passte die Haarfarbe nicht zu Amys Aschblond, trotzdem hielt sie das Haarbündel an ihren Hinterkopf.

„Du brauchst auch so eins. Ma könnte etwas für dich in ihrem Frisiersalon haben. Wir gehen einfach bei ihr vorbei", schlug Tanja vor.

Tanjas Mutter war eine immer geschäftig herumlaufende kleine Frau, die nach allen Seiten Anordnungen erteilte. In dem trendigen Laden gab es keinen, der ihr auch nur eine Sekunde widersprach. Amy wurde in einen Stuhl gedrückt und ein schwitzender Bursche namens Hugo musste ein ganzes Tablett mit verschiedenen Haarteilen bringen. Sie sahen aus wie Nester exotischer Vögel und Tanjas Mutter steckte mit schnellen Griffen eines nach dem anderen auf Amys Kopf fest. Hinter ihr stehend betrachtete sie das Resultat kritisch im Spiegel.

„Feines Haar hast du, Darling. Wunderbar feines Haar", lobte sie immer wieder. Ohne Amy lange um ihre Meinung zu fragen, suchte die Mutter langes Haar in Amys Farbe aus, das locker aufgerollt von einem feinen Netz umhüllt wurde. „Du kämmst die Strähnen von oben glatt zum Hinterkopf und steckst deine eigenen Haare im Nacken zusammen. Die Aufstecknadeln dürfen nicht zu sehen sein, am besten, du lässt das deine Mam machen."

Das Gewicht der zusätzlichen Haare war ungewohnt, doch die lockere Halbkugel im Nacken gab Amy das Gefühl, eine Königin zu sein. Mit Hilfe eines zweiten Spiegels bewunderte sie ihr Profil und war begeistert.

In Seidenpapier eingeschlagen und in ein kleines Kartonkästchen verpackt, durfte sie das Teil mitnehmen. Sie musste es nicht einmal bezahlen, sollte es nur am Montag wieder zurückbringen.

Die beiden Mädchen machten sich auf den Weg und trafen ein paar Minuten verspätet bei den Francs ein. Auf ihr Klingeln öffnete jedoch niemand.

Tanja hatte eine Befürchtung. „Da steckt sicher dieser Mister Unsympathisch, dieser Widerling, ihr Vater dahinter. Er wollte nicht, dass wir wiederkommen."

„Aber ihre Mutter war dafür", warf Amy ein.

Immer wieder drückte Tanja den Klingelknopf.

Endlich wurde die Tür aufgezogen. Die kurze Kette der Türsicherung rastete klickend ein. Durch den Spalt spähte Mrs Franc. Sie sah verstört aus, wie aus dem Schlaf gerissen. Oder hatte sie geweint?

„Guten Tag, Mrs Franc, wir wollten ... wir wollten ..." Tanja machte der Anblick von Jacquelines Mutter völlig verlegen. Amy jagte er Angst ein. Etwas Schreckliches musste geschehen sein.

„Ich sehe fürchterlich aus. Hier herrscht das völlige Chaos. Ich kann euch wirklich nicht hereinlassen", sagte sie mit belegter Stimme.

Amys Herz jagte los. War nicht Matt hier gewesen? War er zurückgekehrt? War etwas schiefgelaufen?

„Wir ... wir gehen dann besser", meinte Tanja und wollte die Stufe schon hinunter. Amy aber blieb stehen.

„Können wir etwas für Sie tun?"

Mrs Franc zog ein Taschentuch heraus und putzte sich die Nase. „Nein, danke. Es ... ich muss mich ... nein, es ist nicht schlimm."

Ungläubig sah Amy sie weiter an. Mrs Franc erwiderte ihren Blick und seufzte. „Ich will euch nicht belasten. Jacqueline ist auch nicht hier. Ich bin allein. Ganz allein. Aber möchtet ihr vielleicht einen Saft?"

Diese Frage hatten die beiden schon lange nicht mehr gehört. So fragten Mütter sonst nur kleine Mädchen.

Die Sicherheitskette wurde zurückgeschoben und Mrs Franc öffnete die Tür.

In der kleinen Halle türmten sich Kleidungsstücke. Amy erkannte mehrere Mäntel und Anzüge. Auf einem eigenen Haufen lagen nur weiße Hemden. Mrs Franc bemerkte ihr Erstaunen, sagte aber nichts. „Kommt weiter in das Wohnzimmer."

Amy und Tanja sahen einander fragend an. Beide hatten keine Ahnung, was vorgefallen sein könnte.

Im Wohnzimmer schien alles beim Alten. Auf dem Tisch, an dem sie Jacqueline zeichnen gesehen hatten, lagen einige ihrer neuen Werke. Wo aber war sie?

Mit einem Tablett in der Hand kehrte Mrs Franc zurück. Sie brachte Gläser und eine Packung Apfelsaft. Die Mädchen blieben vorne auf der Kante der Sessel sitzen, als wollten sie jederzeit aufspringen und flüchten können.

Dabei war Mr Franc nicht im Haus.

Jacquelines Mutter füllte die Gläser, nahm ihres und leerte es in einem Zug. Sie schenkte sich gleich nach und trank die Hälfte davon.

Lange sah sie Amy und Tanja an.

„Es kann mit euch zu tun haben."

Tanja rutschte unruhig hin und her. Amy spürte, dass ihre Freundin am liebsten wieder gegangen wäre.

„Ich kann noch nicht darüber reden. Aber … aber ich kann es euch zeigen." Ohne eine Antwort abzuwarten, stand sie wieder auf und verließ das Zimmer. Amy ging ihr hinterher, Tanja folgte ohne große Begeisterung. Mrs Franc führte sie in das obere Stockwerk. Sie ging an einer offenen Tür vorbei, durch die Amy ein Regal mit Puppen sehen konnte.

321

„Hier ... ich muss euch vielleicht warnen ... es ist kein schö-
ner Anblick. Es war früher unser Schlafzimmer. Aber mein
Mann hatte hier immer Probleme wegen der Morgensonne.
Deshalb haben wir das kleinere Zimmer nebenan genommen.
Seit damals habe ich den schönen Raum nur für die Wäsche
verwendet. Jacqueline wollte hier nie hinein. Als gäbe es hier
Geister."

Sie trat zur Seite, damit Amy und Tanja das Zimmer betreten konnten.

Amy schlug die Hände vor den Mund, als sie es sah.

# 58

Es war um zwei Uhr morgens. Matt lief rastlos in dem länglichen Raum mit dem romantischen Erker auf und ab. Das Zimmer wirkte, als wären die Bewohner des Hauses eben erst eingezogen und hätten vergessen, es zu möblieren.

Der Mond schien durch das breite Erkerfenster und warf blasse Streifen auf den Boden. Er war fast voll und hell genug, um den Schlaf eines empfindlichen Menschen zu stören.

Was war Schlaf? Nächtelang hatte Matt nicht mehr geschlafen. Dabei fühlte er sich so müde. Es war eine Müdigkeit, die seine Arme und Beine bleischwer machte.

In einem angrenzenden Garten gab ein Kater ein gellendes Konzert, erfüllt von Liebe zu einer Kätzin, die ihn nicht erhören wollte. Jemand hatte ein Fenster aufgerissen und einen Pantoffel in die Nacht geschleudert. Den Kater hatte er nicht getroffen, dafür einen Baumstamm.

„Sperrt eure blöden Mistviecher ein. Es ist zwei Uhr nachts. Ich will schlafen!", hatte eine tiefe Stimme gerufen.

Ob sie davon wach geworden war?

Matt war sehr erschrocken, als sie in der Tür stand. Ihr Haar fiel seidenglatt links und rechts vom Kopf. Ihr Gesicht hatte einen Ausdruck, als könnte sie in eine andere Welt blicken. Zuerst dachte er, sie schlafwandle. Als sie dann aber die Kiste mit ihren Stiften hochhob, nahm er an, sie sei doch wach.

Jacqueline trat an die Wand, die dem Erker gegenüberlag. Das Mondlicht ließ das Weiß des Anstrichs aufglimmen. Als Erstes nahm Jacqueline einen dicken schwarzen Marker. Mit sicheren Strichen zeichnete sie in Kniehöhe einen Kreis, einen Strich, der sich teilte und zwei weitere Striche.

Ein Strichmännchen.

Mit einem gelben Stift malte sie auf jede Seite des Kreises eine Welle – die Haare. In Rosa zeichnete sie einen kurzen Rock.

Als sie sich erhob, atmete sie heftig und schwer. Es folgte ein zweites Strichmännchen. Allerdings traf diese Bezeichnung nicht ganz zu. Vielmehr war es ein Strichmann, aber ohne Arme. Jacqueline stellte sich auf die Zehenspitzen, um seinen Kopf so hoch wie möglich zeichnen zu können. Fest drückte sie auf, als sie zwei runde, glotzende Augen malte und einen weit offenen Mund. Rundherum setzte sie viele kurze Striche.

Es war ein Vollbart, der den Mund einrahmte.

Wimmernd machte sich Jacqueline daran, das Bild fertigzustellen. Sie umklammerte den Stift mit beiden Händen. Matt bemerkte ihr Zittern. Sie malte einen Arm als gebogenen Strich von der Schulter bis zu der Stelle, wo die Beine ansetzten. Kraftvoll zeichnete sie fünf Finger, bevor sie sich wieder aufstellte und mit dem zweiten Arm begann. Er wurde übernatürlich lang, reichte fast bis zur Sesselkante und führte zu dem kleinen Mädchen.

Mittlerweile wurde Jacqueline geschüttelt wie bei hohem Fieber. Die Spitze des Filzstiftes brach, so fest drückte sie auf.

Die gezeichnete Hand griff an ihren Rock.

Matts erste Reaktion war der Wunsch, diesen Mr Franc mit den weißen Hemden zu verprügeln.

Jacqueline erhob sich, schleuderte den Stift von sich, öffnete den Mund und schrie. Zuerst war es nur ein kläglicher, dünner Schrei wie von einer Katze. Aber er schwoll an, bekam immer mehr Kraft und schien tief aus ihrem Inneren zu kommen. Sie brüllte und brüllte.

Ihre Mutter stürzte ins Zimmer und knipste das Licht an. Einen Moment mussten Mrs Franc und Jacqueline geblendet die Augen schließen. Blind tastete sich die Mutter zu ihrer Tochter und schlang die Arme um sie. Jacqueline, noch immer schreiend, presste sich an sie.

Als Mrs Franc die Augen öffnete, sah sie die Zeichnung.

Matt hörte sie nur leise stöhnen: „Also wirklich …"

Das Schreien brach ab. Jacqueline weinte jetzt.

„Komm hinaus … nichts kann dir mehr geschehen. Er kommt nie wieder zurück. Das verspreche ich dir."

In dieser Nacht hatte Mr Franc geschäftlich außer Haus zu tun. Als er am Vormittag die Haustür aufschließen wollte, passte sein Schlüssel nicht mehr.

Mrs Franc hatte ihren Anwalt und den Arzt, der Jacqueline betreute, angerufen. Er hatte vorgeschlagen, Jacqueline für einige Tage aus dem Haus zu bringen und in einem guten Krankenhaus betreuen zu lassen.

Der Anwalt redete mit Mr Franc vor der Tür auf der Straße.

Als Mr Franc zehn Minuten später ging, sah er aus, als hätten Jacqueline und ihre Zeichnung die saubere, tönerne Hülle, mit der er sich so viele Jahre lang umgeben hatte, mit einem Schlag zertrümmert.

Mit einem kleinen Koffer in der Hand, in den sie einige Puppen, Stofftiere und natürlich ihre Zeichenutensilien gepackt hatte, verließ Jacqueline das Haus. Draußen wartete ein Krankenwagen, der sie und ihre Mutter ins Krankenhaus bringen sollte. Fest hielt Jacqueline die Hand ihrer Mutter umklammert.

„Du brauchst keine Angst mehr zu haben", hatte Mrs Franc ihr versichert. „Ich bin ja bei dir und ich hab dich sehr lieb."

Jacqueline hatte schüchtern auf einen Knopf der Jacke ihrer Mutter gesehen.

„Mami", sagte sie sehr leise und lächelte.

# 59

„Du lässt die Augen zu!", rief Amys Mutter. Sie meinte damit ihren Mann, der ins Wohnzimmer verbannt worden war, während Amy sich für den Ball anzog.

„Sehr schön, deine Frisur", lobte ihre Mutter und befühlte das weiche Teil. „Es sieht aus, als wären es deine echten Haare."

Amy stand vor dem schmalen Spiegel an der Innenseite ihrer Zimmertür.

Fast erstaunt betrachtete sie ihr ovales Gesicht, das ihr vor kurzem noch so schrecklich langweilig erschienen war. Mit der Zeigefingerspitze fuhr sie über den zart grundierten Teint und das leichte Rouge, das ihre Wangenknochen betonte.

Es war nicht das tiefe ungewöhnliche Türkis – fast ohne Grün – ihrer Augen, das ihr so gut gefiel. Sie mochte das neue Strahlen.

„Den Lippgloss steck dir ein", riet ihre Mutter und reichte ihr eine kleine Tube. „Wenn deine Lippen trocken werden, kannst du sie ein bisschen damit auffrischen."

„Ich habe nicht gewusst, dass du dich mit Make-up so gut auskennst", sagte Amy.

Ihre Mutter zuckte mit den Schultern, als hätte sie vielleicht auch noch andere Überraschungen auf Lager.

Das Kleid schmiegte sich an Amys schlanken Körper, saß

nirgendwo zu locker, aber auch nicht zu eng. Sie drehte sich schwungvoll hin und her, damit der längere Teil hinten ein bisschen flog.

Liebevoll zupfte ihre Mutter die dünnen Träger auf ihren Schultern zurecht. Sie verließ kurz das Zimmer, hieß Amy aber noch zu warten, bevor sie sich Henry zeigte.

Amy war froh, allein im Zimmer zu bleiben. Sie blickte zum Schreibtisch, zum Bett, zum Fenster, in die Ecken. Aber nirgendwo stand Matt.

Leise sagte sie in den Raum: „Bitte, komm! Bitte, Matt!"

Wieso zeigte er sich nicht? Er hatte doch geschafft, was er sich so sehr gewünscht hatte. Jacqueline hatte ein Wort gesagt und es würde – das war die feste Überzeugung des Arztes – nicht das letzte bleiben.

Ein Verdacht beschlich Amy. Matts Flügel waren weiß und er genoss noch seine Zeit als Engel auf seine Art. So wie er früher gewesen war. Er hatte sie wieder vergessen, weil er sie nicht mehr brauchte.

Konnte das sein?

Hinter sich hörte sie die Tür aufgehen. Ihre Mutter war zurück und streckte ihr ein bauchiges Glasfläschchen mit goldenem Sprühkopf entgegen. „Riech mal!" Sie drückte und eine kleine Wolke feiner Tröpfchen schwebte in Nasenhöhe vor Amy. Es war ein edles Parfum, das sie an Frühlingsblumen und frische Luft erinnerte. „Möchtest du?"

Amy nickte.

„Ich habe es für dich ausgesucht. Schön, dass du es magst." Ihre Mutter sprühte ihr ein wenig hinter die Ohren, auf die Schläfen und die Innenseite der Handgelenke.

Aus einem Schritt Entfernung betrachtete sie Amy von den feinen Sandalen mit dem leichten Absatz bis zu der dünnen Perlenkette, die sie ihr geliehen hatte. Ihre Augen glitten weiter hoch, bis sie sich mit Amys Augen trafen. Sie lächelte bewundernd. Amy wusste, dass es nicht nur das Kleid war, das ihrer Mutter gefiel.

## 60

Er traute sich nicht. Matt fürchtete, Amy könnte sich Schuld dafür geben. Das wollte er unter keinen Umständen.

Während sich Mutter und Tochter in Amys Zimmer zurückgezogen hatten, hockte Matt auf dem Sofa im Wohnzimmer bei Henry. Die Übertragung der Pferderennen im Fernsehen interessierte ihn überhaupt nicht. Doch die aufgeregte Stimme des Kommentators lenkte ihn ein wenig ab.

Das tat gut.

Es war sein letzter Tag.

Er war gestern wieder in dem weißen Raum ohne Wände, Boden und Decke gewesen. Auf die gleiche unerklärliche Weise, wie schon die Male zuvor, war er ohne Vorwarnung dorthin befördert worden.

Samstag sei sein letzter Tag, hatten sie ihm gesagt. Und dann, am Sonntag, um halb zehn Uhr morgens, würde sich sein Schicksal entscheiden. Matt hatte versucht, herauszufinden, was geschehen würde, wenn er es nicht schaffte. Eine Antwort hatte er nicht bekommen. Die Mienen der Leute aber waren voller Mitleid gewesen.

Es war Samstag, halb neun Uhr abends.

Noch dreizehn Stunden.

Diesmal wusste er, dass es die letzten waren. Diesmal konnte er planen und entscheiden, wofür er sie nutzen wollte.

Sie würde ihn nicht sehen, weil ihre Eltern dabei waren.

Aber er würde sie sehen.

Das wollte er auch. Er würde sich ruhig verhalten. In ihrer Aufregung würde sie seine Anwesenheit bestimmt nicht bemerken.

Die Mutter kam ins Wohnzimmer gewirbelt und scheuchte ihren Mann hoch. Ohne ihn zu fragen, nahm sie die Fernbedienung und knipste den Fernseher aus. „Los! Hol schon mal den Wagen." Sie eilte wieder hinaus.

Folgsam erhob sich Henry.

Matt geriet in Panik. Kam Amy allein herein, waren sie auch nur ein paar Sekunden allein, würde sie ihn sehen.

Und seine Flügel.

Sie waren noch mehr als zur Hälfte schwarz.

Nein, das wollte er nicht. Hals über Kopf stürzte er in den milden Abend hinaus.

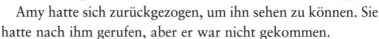

# 61

Vor dem Haus hupte es ungeduldig.

Ihre Mutter rief: „Amy, komm endlich. Du und Henry, ihr müsst noch Robin abholen. Es ist schon nach halb neun Uhr. Ihr seid ohnehin bereits viel zu spät."

Amy hatte sich zurückgezogen, um ihn sehen zu können. Sie hatte nach ihm gerufen, aber er war nicht gekommen.

Es konnte nur einen Grund geben, wieso er nicht kam. Nein, vergessen hatte er sie nicht. Das hätte Matt M vor zehn Tagen bestimmt getan, aber nicht der Matt, den sie jetzt kannte. Der echte Matt.

Es hatte nicht funktioniert. Was er für Jacqueline getan hatte, hatte ihn auch nicht retten können. Es blieb nur noch ein Tag, dann würde sie nie wieder mit ihm sprechen können. Niemand würde es jemals wieder können.

Die Vorstellung löste in Amy eine Traurigkeit aus, die ihr die Luft nahm. Am liebsten wäre sie zu Hause geblieben. Wie sollte sie sich auf dem Schulball amüsieren, lachen und Spaß haben, wenn der Abschied für immer war?

Wie aber hätte sie ihren Eltern erklären sollen, dass sie lieber hier blieb? Robins enttäuschtes Gesicht wäre nicht zu ertragen gewesen. Sie musste durchhalten. Verkriechen war jetzt nicht möglich.

Sie stand auf, schloss die Augen und flehte im Stillen

332

„BITTE!". Um in die Diele zu kommen, nahm sie den Umweg über das Wohnzimmer. Auf den Deckel über den Klaviertasten legte sie einen Zettel. Dann schritt sie zur Haustür, an der ihre Mutter auf sie wartete. Sie begleitete sie bis zum Wagen.

# 62

**Noch einmal ihr Zimmer sehen.** Nachdem Henrys dunkle Limousine abgefahren war, kehrte Matt in das Haus zurück. Körperlos bewegte er sich durch die Mauer und blieb neben dem Schreibtisch stehen, wo sie ihn zum ersten Mal gesehen hatte. Während er sich langsam drehte und sich jede Einzelheit einprägte, nahm er Abschied von Amy.

Er hielt es nicht mehr aus. Der Schmerz wurde zu stark. Seine letzten Stunden wollte er auf dem Felsen am Meer verbringen, ganz allein. Als er sich nach draußen bewegte, fiel ihm etwas ein. Der Moment, in dem sie sich am nächsten gefühlt hatten, war, als sie gesungen hatten. Amy hatte am Klavier gesessen und seine Songs so klar und voller Gefühl gespielt.

Das Instrument zog ihn magisch an. Noch einmal wollte er davorstehen und sich diesen Augenblick in Erinnerung rufen.

Matt bewegte sich durch den Raum, in dem nur die Stehlampen brannten.

Schief auf dem Deckel der Tastatur lag ein Zettel. Zwei Zeilen standen mit der Hand geschrieben darauf. Als Matt sie las, hörte er gleichzeitig Töne dazu in seinem Kopf. Die Worte waren poetisch. Stark. Und hatten Rhythmus.

*Ein Tanz mit dir*
*ist alles, was ich will …*
Als Unterschrift stand nur ein großes A.

# 63

Sogar Skyfingers hatte Zeus gemietet. Die Scheinwerfer standen auf dem Platz vor dem Schulhaus und schickten lange, dünne Lichtfinger in den Himmel. Von der Einfahrt bis zum Schultor war ein roter Teppich gelegt worden.

Robin zog ständig an seiner Fliege herum.

„T... tut mir e... echt leid, aber d... d... das Ding würgt!", entschuldigte er sich bei Amy.

In seinem schwarzen Anzug sah er viel besser aus als in der Schuluniform oder in Jeans. Nur seine drahtigen Locken standen in die Höhe wie immer.

Beim Aussteigen aus dem Auto hatte er ihr sogar galant den Arm angeboten, damit sie sich einhängen konnte. Amy fand, sie schritten über den Teppich, als hätten sie das schon ihr ganzes Leben so getan.

Die Säulen der Halle waren mit tausenden kleiner Lämpchen geschmückt und unter der Decke hingen breite, kunstvoll geraffte Stoffbahnen. Dort, wo Zeus sonst stand und seine Ansprachen hielt, spielte eine Tanzband. Die Musiker trugen alle weiße Smokingjacken und waren bestimmt so alt wie die Lehrer. Es war altmodische Tanzmusik, aber Zeus hatte verlauten lassen, dass im Laufe des Abends für jeden Musikgeschmack etwas dabei sein werde.

Zwei winkende Arme tauchten aus dem Gedränge auf. Tanja bahnte sich ihren Weg zu Amy und Robin, küsste Amy auf beide Wangen und tat das Gleiche dann beim völlig verdutzten Robin. Kristin hatte für diesen Abend Stöckelschuhe ausgewählt, die es ihr nur noch erlaubten, auf den Zehenspitzen zu tänzeln. Aufgeregt zwitscherte sie vor sich hin. „Die Disco ist im Chemielabor. Es stinkt dort noch immer nach faulen Eiern, weil in der anderen Klasse ein Experiment schiefgelaufen ist. Aber trotzdem hat Zeus dort die Lichtorgel aufbauen lassen."

Fiona traf am Arm eines Burschen ein, der lässig Kaugummi kaute und sich umsah, als habe er sich auf eine falsche Veranstaltung verirrt. Schnell machte das Gerücht die Runde, er hätte Fiona in einem Porsche hergefahren. Kristin beneidete Fiona um den Porsche, nicht aber um den Jungen, an dem ihr das brutale Kinn nicht gefiel.

Wenn Amy spürte, dass es angebracht war, lachte sie. Sie sagte dies, sie sprach jenes, war aber froh, wenn die Musik so laut war, dass sie das Reden unmöglich machte.

Robin war höflich und aufmerksam. Ständig erkundigte er sich, ob sie etwas trinken wolle oder Hunger habe, an die frische Luft wolle oder alles drei zusammen.

Zu tanzen lehnte er aber ab. „Zwei linke Füße", sagte er entschuldigend mit einem verlegenen Lächeln.

Es war ein Wirbel aus Musik, farbigen Lichtern, bunten Kleidern und Jungen, die ihre Anzüge absolut nervig fanden. Das Schulhaus erschien Amy wie der Kürbis im Märchen von Cinderella, der sich in eine Kutsche verwandeln konnte. Nur die nüchternen Toiletten mit den rinnenden Spülungen und den tropfenden Wasserleitungen über den Waschbecken erinnerten die Ballbesucher daran, wo sie sich befanden.

336

Amys Lippen fühlten sich trocken an und spannten. Sie ging einen Korridor hinunter zur Toilette. Als sie wieder herauskam, sah sie die Tür des Musikraumes aufschwingen.

Niemand hielt die Klinke.

Die Tür hatte sich von allein bewegt.

Die Klänge von „Trust me" schwebten durch das Halbdunkel. Sie kamen weder aus dem Chemiesaal noch aus der Halle. Zögernd ging Amy auf die halboffene Tür zu.

Durch die Fenster des Musikzimmers fielen die schmalen Lichtstreifen der Skyfingers. Die Stühle und Bänke standen da, als würden sie sich ausruhen. In der Ecke leuchtete die Anzeige des CD-Players, in dem sich Matts Scheibe drehte.

„Hallo?", sagte Amy halblaut.

„Hallo?", tönte ein Echo zurück.

Gänsehaut kroch ihr über die Unterarme.

„Ist da wer?"

„Ist da wer?"

Ein wohliges Unbehagen ergriff Besitz von ihr.

„Wer ist da?", fragte sie und hoffte inständig, sie möge diesmal kein Echo hören, sondern die Antwort bekommen, die sie sich so heftig wünschte.

„Siehst du heiß aus!" Er hatte sich hinter einem der bodenlangen Vorhänge versteckt und trat jetzt ins Licht.

Amy brachte keinen Ton heraus. Die schwarzen Kuppen der Flügel, die über seine Schultern ragten, fielen ihr sofort auf, aber sie zwang sich, nicht hinzusehen. Sie wollte nur in seine Augen blicken.

„Es wird nicht einfach mit dem Tanz", meinte Matt und deutete verlegen an sich herab.

„Aber es liegt nicht an deinen linken Füßen", versuchte Amy einen Scherz. Der Engel fiel ihr ein, der vor so vielen Jahren Miss Bixi gerettet hatte. Derselbe Wunsch wie damals stieg in ihr hoch und wurde zu einer unstillbaren Sehnsucht.

„Dich nur einmal spüren", sagte sie leise. „Nur ein einziges Mal."

Bedauernd blickte Matt zu Boden.

Es tat ihr leid, es ausgesprochen zu haben.

„Matt, ich …"

„Psssst!" Er legte die Hand an die Lippen und bedeutete ihr, die Tür zu schließen.

Amy zog sie hinter sich ins Schloss.

Schwerelos schwebte Matt durch die Pulte an die Stelle zwischen Lehrertisch, Tafel und erster Reihe. Dort blieb er stehen, legte einen Arm auf den Rücken und einen vor den Bauch, verneigte sich, wie es sonst nur Männer in Jane Austen-Romanen taten, wenn sie ihre Angebeteten zum Tanz aufforderten.

Es war nicht möglich, nach ihm zu greifen. Wie sollten sie tanzen? Nebeneinander wie in der Disco im Chemielabor?

„Darf ich bitten?", fragte er und hörte nicht auf zu lächeln.

Mehr um ihm den Gefallen zu tun, als dass sie einen Sinn darin gesehen hätte, ging Amy auf Matt zu.

338

# 64

Seine Sehnsucht war genauso groß wie Amys Wunsch. Es war sein letzter Tanz und er wollte ihn mit ihr tanzen. Er wollte, dass seine Arme, seine Brust, sein Bauch und seine Beine bis hinab in die Zehen aus Fleisch und Blut wären. Er wünschte es sich nur für die nächsten paar Augenblicke, wenigstens für eine Drehung auf dem abgewetzten Holzboden. All diese Gedanken schickte er durch seinen Körper.

So stark konzentrierte er sich, dass er die Augen geschlossen hielt. War da ein Gefühl? Ein Gefühl, wieder von der Schwerkraft angezogen zu werden? Spannte sich seine Haut über seine Gliedmaßen oder war sie noch immer nur ein Lufthauch?

Seine Lippen formten immer wieder das Wort „Bitte".

# 65

Sie war dicht an ihn herangetreten. Sie
konnte nicht aufhören, sein Gesicht anzusehen.
Es war nicht mehr dieses glatte, weiche Gesicht,
das so lange von den Postern gelächelt hatte. Sie
blickte jemanden an, der Vertrauen ausstrahlte.

Wie vorgestern in ihrem Zimmer hob sie langsam die Hand,
um an den Umrissen seines Körpers entlangzufahren, sie nach-
zuzeichnen.

Etwas kitzelte in ihren Handflächen. Sie zuckte zurück und
Matt öffnete vor ihr die Augen. Schnell streckte sie die Hand
wieder vor, spürte das Kitzeln erneut, senkte die Hand ein wenig und fühlte Haare.

Echte Haare.

Amy beugte sich vor und diesmal stolperte sie nicht ins Leere. Die Wärme seines Körpers traf sie wie eine Welle. Aus
Angst, es könnte gleich wieder vorbei sein, schlang sie die Arme um ihn, griff in die Federn seiner Flügel und schmiegte sich
an seine Brust.

Er zuckte zuerst ein wenig hilflos, die Arme noch neben dem
Körper ausgestreckt. Als hätte er die gleiche Furcht wie sie,
hielt er sie dann aber fest, drückte sie an sich. Sie hörte ihn
immer wieder heftig schlucken.

Sie lösten sich, aber nicht ganz. Matt nahm ihr Gesicht zwischen beide Hände. Sie versuchte sich das Blau seiner Augen

zu merken, um sich immer daran erinnern zu können, hob ihr Kinn ein wenig höher und spürte seine Lippen.

Weich fühlten sie sich an. Und warm. Er küsste sie auf das Kinn, die Stirn, die Augen und schließlich auf den Mund.

Irgendwann lösten sie sich voneinander, um einander gleich darauf wieder festzuhalten.

Doch da begann Matt sich wieder aufzulösen, ihr zu entgleiten.

# 66

## Matt machte einen Schritt von ihr weg.

Er wusste, dass es vorbei war, und wollte die Trennung nicht bis zum letzten Moment hinauszögern. Konnte er vielleicht auf diese Weise etwas von der Berührung behalten?

Die Handflächen nach oben streckte er die Arme aus. Amy weinte nicht, sondern strahlte. Auch sie streckte die Arme aus, die Handflächen nach unten. Sie hielten sie dicht übereinander, taten so, als könnten sie einander gleich wieder halten.

Draußen auf dem Flur rief Tanja nach Amy.

„Du musst zurück", sagte Matt. „Geh, es ist besser. Ich hasse Abschiede. Ich hasse dieses Getue und Geheule. Erspar mir das. Dreh dich jetzt um und geh raus. Klar?"

„Ja!" Amy nickte und ging rückwärts auf die Tür zu.

„Bitte, schau mich nicht so an. Ich halte das nicht aus." Matt redete wie bei ihrer ersten Begegnung im Hotel, nur würde seine Stimme nie wieder so hart sein wie damals. Ihm fiel noch etwas ein. „Sag mir nur schnell eines: Du hast Naomi doch gefragt, warum sie mich nach all den Jahren kennenlernen wollte. Was hat sie dir gesagt? Ich habe es nicht gehört!"

Die Hand schon auf der Klinke, sagte Amy: „Sie wollte dich um Verzeihung bitten."

„A-m-y!", rief Tanja ungeduldig. Sie trommelte gegen eine Tür. Wahrscheinlich die Tür der Toilette.

„Um Verzeihung bitten?", wiederholte Matt ungläubig.

Die Tür des Musikzimmers wurde heftig aufgerissen und Tanjas Hand zog Amy hinaus.

„Was machst du da? Robin heult fast, weil er denkt, du hättest ihn verlassen!"

# 67

**Nur einen letzten Blick!** Amy murmelte
etwas von „Kurz allein sein müssen" und lief in
das Musikzimmer zurück.

Er war fort.

Tanja stand noch immer auf dem Gang.

Matt und sie wären allein gewesen. Sie hätte ihn eigentlich
sehen müssen.

Wenn er noch da gewesen wäre.

Aber er war fort.

Amy ließ sich von Tanja in das Getümmel der Halle zurück-
ziehen. Als die Schulband, die *Rock Rhinos*, die Lautsprecher
dröhnen ließ, packte sie Robin, zerrte ihn unter die Tanzenden
und zwang ihn, sich zu bewegen.

Sie tanzte wild, versuchte den Schmerz abzuschütteln,
stampfte, warf die Arme und bemerkte, dass einige Mädchen
und Jungen sie klatschend anfeuerten.

Als sie um ein Uhr morgens den Ball verließen, sagte ein nass
geschwitzter Robin: „Hei... heiß, Amy!"

„Dort drinnen?" Sie deutete mit dem Daumen zurück und
nickte lachend.

„Nein, du!"

# 68

Es war sein letzter Sonnenaufgang. Da war sich Matt sicher. Diesmal teilte er den Felsen mit zwei weißen und einer schwarzen Möwe. Wie er streckten sie die Köpfe dem glutorange-farbenen Ball entgegen, der sich am Horizont erhob.

Sogar das Schlagen und Klatschen, das Rollen und Brausen der Wellen hörte sich an diesem letzten Morgen für ihn wie Musik an.

Immer noch dachte er an Amy und an die vergangenen zehn Tage. Nicht alles war so gelaufen, wie er es sich gewünscht hatte. Es wäre eine Lüge gewesen zu sagen, dass er nicht schreckliche Angst hatte vor dem, was nun auf ihn zukam.

Wozu aber die letzten Stunden in Angst verbringen?

Er gab sich lieber der Erinnerung an Amy hin. Wie viele glückliche Momente er mit ihr erlebt hatte. Sie war nicht mehr dieses kleine, unscheinbare Ding. Der Schmetterling, der im-mer schon in ihr gesteckt hatte, war zum Vorschein gekommen und hatte die Flügel entfaltet.

„Danke, Amy", sagte er und der auffrischende Wind trug die Worte landeinwärts davon.

Das also war es gewesen. Naomi, die Frau, die ihn geboren hatte, wollte ihn um Verzeihung bitten, weil sie ihn weggege-ben hatte.

Besser als seine Zieheltern, die ihn nie um Verzeihung gebeten hatten, ihm zweiundzwanzig Jahre nicht die Wahrheit gesagt zu haben.

War das wichtig?

Sein Vater hatte ihm die erste Gitarre geschenkt, seine Mutter seiner ersten Band immer geholfen, wenn sie wieder einmal pleite waren. Hatte sie ihn nicht immer ermuntert zu singen und die Musik zu machen, die in ihm steckte?

Genauso war es gewesen. Genauso.

Sie hatten ihn immer behandelt, als wäre er ihr eigener Sohn. Wenn er an manche Schulkameraden dachte, musste Matt sich eingestehen, dass sie sogar viel besser zu ihm gewesen waren als viele leibliche Eltern zu ihren Kindern.

Was also regte ihn so auf? Was machte ihn so wütend?

Er wollte das nicht mehr. Nach diesen zehn Tagen wünschte er sich nur noch eines: Ruhe! In seinem Inneren sollte es still sein. Keine Kämpfe mehr.

Die Sonne setzte ihren Weg fort und leuchtete immer heller. Zuerst in einem goldenen Gelb, bald aber in dem gleißenden Weiß, das den ersten heißen Sommertag des Jahres verhieß.

Matt formte die Hände zu einem Trichter und rief über das Meer: „Ich verzeihe dir, Naomi. Ich verzeihe dir alles. Ich verzeihe euch, Mam und Dad. Ich verzeihe euch voll und ganz." Er wollte es nicht so schreien und deshalb fügte er leise hinzu: „Ich liebe euch, Mam und Dad." Nach einer sehr langen Pause fügte er hinzu: „Ich liebe dich, Naomi."

Er war jetzt bereit. Was auch immer da kommen würde, er trat ihm entgegen. Ganz tief in sich, an einem Ort, den er so lange Zeit mit einem Panzer umschlossen hatte, fühlte er jetzt Frieden.

Kreischend stießen sich die Möwen vom Felsen ab. Zwei flogen mit heftigen Flügelschlägen auf das Meer hinaus, eine Richtung Land.

Auch Matt bewegte seine Flügel. Er sprang leicht hoch und genoss noch einmal die Freiheit, fliegen zu können. Er flatterte heftig, ließ die Schwingen über sich zusammenklatschen und bewegte sie weit nach außen, als wolle er zum Himmel hochschießen.

# 69

„Dreh den Fernseher an! Sofort!"

Tanja schrie ins Telefon.

Amy hockte, die Hände um einen Becher Tee geschlungen, in der Küche.

„Wozu, Tanja?"

„Schalt ein. Kanal 4! Mach!" Ihre Stimme kippte schrill nach oben.

Um ihr den Gefallen zu tun, ging Amy ins Wohnzimmer. Ihre Augen brannten noch und sie hatte Sehnsucht nach ihrem Bett. Erst als es draußen hell wurde, war sie eingeschlafen. Bis dahin hatte sie wach gelegen und nur an Matt gedacht.

Das Fernsehbild tauchte auf. Amy sah die Glasfassade des Krankenhauses, in dem Matt lag. Sie wollte sofort wieder abdrehen. Nein, sie ertrug es nicht. Sie konnte nicht hören, dass er gestorben war.

„Sein Manager kommt gleich, er muss etwas sagen", kreischte Tanja.

Amy schluchzte auf.

Die Stimme des Reporters redete und redete. Die Worte waren Amy zuerst egal. Erst als von einem „Wunder" die Rede war, horchte sie auf.

Robert Dalters Gesicht kam ins Bild. Er hatte Tränen in den geröteten Augen. Nach wenigen Worten musste er abbrechen. Aus Verlegenheit schob er die Kamera von sich. Sie schwenkte

348

sofort auf einen jungen, kahlköpfigen Arzt in einem weißen Krankenhauskittel. Der Reporter fragte ihn, ob er die letzte Meldung bestätigen könne.

„Es ist richtig, dass Matt M seit heute Morgen, neun Uhr dreißig, wieder bei Bewusstsein ist."

„Also schon seit mehr als fünf Stunden. Wie ist sein Zustand?"

Der Arzt machte eine hilflose Geste. „Wir können es bisher nur als Wunder bezeichnen. Er ist ansprechbar und alle Gehirnfunktionen scheinen, nach den ersten Untersuchungen, in Ordnung zu sein."

„Wird Matt M jemals wieder singen können?"

Robert drängte sich neben den Arzt. Mit erstickter Stimme sagte er: „Matt singt schon. Seine Stimme ist noch sehr leise und sehr heiser. Aber ich konnte es hören. Er hat gesungen."

„Welches Lied?", wollte der Reporter sofort wissen.

„Keines, das wir schon kennen."

Ungeduldig wackelte der Reporter mit dem Mikrofon, auf dessen Schaumstoffkappe der Name des Senders stand.

„Können Sie uns mehr darüber sagen?"

„Matt singt", Robert Dalter sammelte sich kurz, bevor er weitersprach: „Er singt ... Amy ..."

Aus dem Telefon kam ein Schnaufen von Tanja.

„Und weiter?", drängte die Stimme des Reporters.

„Amy Angel!"

# Thomas Brezina

wurde 1963 in Wien geboren
und gilt als einer der erfolg-
reichsten deutschsprachigen
Jugendbuchautoren. Seine
Werke wurden bereits in
mehr als 30 Sprachen über-
setzt: In Spanien, Russland,
Italien, England, Brasilien
und vielen anderen Ländern
werden seine Bücher gelesen.
In China belegen sie seit
mehreren Jahren die Spitzenplätze der Bestsellerlisten.
„Amy Angel" hat er, wie viele seiner Werke, in London
geschrieben. Das Leben in der größten Stadt Europas,
ihre Atmosphäre, die Vielfalt ihrer Bewohner, ihre alten
Gebäude inspirieren ihn immer von Neuem. Er liebt ihre
zahlreichen Theater, ihre Kinos und die gemütlichen
Treffen mit Freunden.
Besonders gern schreibt er in Cafés, wo er dann oft
fragende Blicke auf sich zieht, wenn er halblaut die
Sätze seiner Figuren mitspricht und manchmal heftig
gestikuliert.
Schreiben ist für Thomas das größte Abenteuer.

www.thomasbrezina.com

# MAGIC ⊕ CIRCLE

WIEDER WIE VON ZAUBERHAND
SCHLIESSET SICH DER BUND. UND
GOLD'NES LICHT BESCHÜTZET
UNS IM DREIFACH
MAGISCHEN RUND.

Kate, Annie und Cooper –
drei moderne Hexen fordern das
Schicksal heraus ...